OS HOSPEDEIROS DA MORTE

OS HOSPEDEIROS DA MORTE

CONTAMINAÇÃO

LIVRO UM

F. C. EDWIN

partners coerência

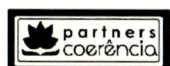

Copyright © Grupo Editorial Coerência, 2020
Copyright © F. C. Edwin, 2012

Todos os direitos desta edição reservados ao Grupo Editorial Coerência.
Nenhuma parte desta publicação poderá ser reproduzida através de
qualquer meio existente sem a autorização prévia da editora.

DIREÇÃO EDITORIAL	PRODUÇÃO EDITORIAL	PRODUÇÃO GRÁFICA
Lilian Vaccaro	**Bianca Gulim**	**Giovanna Vaccaro**
PREPARAÇÃO	REVISÃO	CAPA
Gabriel Lago	**Bianca Gulim**	**Henrique Morais**
DIAGRAMAÇÃO	ILUSTRAÇÃO	
Michael Vasconcelos	**Tathiane Regina Rodrigues**	

DADOS INTERNACIONAIS DE CATALOGAÇÃO NA PUBLICAÇÃO (CIP)

Edwin, F. C.
  Os hospedeiros da morte / F. C. Edwin. – 1ª edição – São Paulo: Coerência, 2020

ISBN: 978-85-5327-205-1

1. Ficção brasileira 2. Terror. 3. Ficção científica I. Título

CDD: 869.3

São Paulo
Avenida Paulista, 326,
cj 84 - Bela Vista
São Paulo | SP – 01.310-902
www.editoracoerencia.com.br

*Para a insólita criança que eu fui e que, lá no fundo — ou nem tão no fundo assim —, ainda sou.
Obrigada por nunca ter desistido, esquisitona!*

AGRADECIMENTOS

Agradeço ao Tiago Toy, meu primeiro leitor crítico e grande incentivador, por cada dica em forma de elegantes pitacos — e por ter convencido Lilian a me publicar. Ao Alexandre Callari pelo notável prefácio. À minha editora, Lilian Vaccaro, por acreditar na minha história — ou seria na lábia do Toy? Ao mestre Stephen King, mesmo que ele provavelmente nunca leia isto, por ser a minha inspiração.

Agradeço ao meu filho e meu nerd favorito, David Deschamps, por ter me transformado com a sua chegada e por ser a minha luz.

Aos meus pais, Maria e Argemiro, por sempre desejarem o meu melhor.

Agradeço a Penny Lane por, durante onze anos, ter dado seu magnífico brilho preto e branco à minha jornada.

À doce Maria Gertrudes por ter me resgatado daquele pesadelo.

À minha mais antiga amiga, Solange de Almeida, ou simplesmente Nancy, por me aturar desde a sexta série e por ter sofrido o bullying daqueles imbecis comigo.

À minha grande amiga, Adriana Saldanha, a criatura mais peculiar que já conheci, por ter me acolhido na sua casa e no seu híbrido coração.

À minha amada esposa, Thaís Camaris, por ser o meu amor, por sempre ter acreditado em mim e por ser a pessoa que divide os sushis e a vida comigo.

PREFÁCIO

A ideia de uma epidemia que se instaura no âmago da nossa civilização e a tudo destrói de dentro para fora não é exatamente nova, mas como poderia ser? Afinal, epidemias já existiram de fato e, mais de uma vez, cobraram um pedágio altíssimo da raça humana. A gripe espanhola e a peste negra são apenas dois exemplos famosos de como as coisas podem ficar tenebrosas, mas a verdade é que grandes epidemias ocorrem há tempos, desde a peste de Atenas até a peste de Justiniano. Da cólera ao ebola, o fato é que seres minúsculos, incapazes de serem vistos a olho nu, existem para nos lembrar da fragilidade da nossa civilização e, também e principalmente, de quem manda no planeta de verdade. O mundo invisível, bem diante dos nossos olhos, pode ser a maior de todas as ameaças.

A transmissão de uma epidemia ganhou contornos artísticos quando diversas linguagens se apropriaram do conceito para espalhar terror como forma de entretenimento, com destaque para o cinema. E filmes que tratam sobre o assunto não faltam. Um dos mais antigos de que consigo me lembrar — e um dos melhores — é o excelente *O exército do extermínio*, de 1973, dirigido pelo lendário George Romero, criador do zumbi moderno. Sua obra foi refilmada em tempos mais recentes com bons resultados, e no Brasil acabou rebatizada como *A epidemia*, de 2010. Pouco depois de Romero, o celebrado diretor David Cronenberg espalhou sua própria "praga" em *Calafrios*, de 1975, um conto de violência e sexualidade exacerbadas. O diretor, aliás, voltou ao tema de forma primorosa dois anos depois, em 1977, quando lançou um de seus melhores e mais conhecidos trabalhos, *Enraivecida na fúria do sexo.*

Claro que nem Romero, nem Cronenberg foram os pioneiros, e muita gente de qualidade já havia explorado o tema antes com roupagens variadas. Uma das obras-primas da produção mundial, *O sétimo selo,* de 1957, do genial Ingmar Bergman, já havia mostrado toda a crueza da peste assolando a Europa durante a Idade das Trevas, contudo não vemos de fato a praga se espalhando, mas nos centramos mais na contenda psicológica do protagonista e da própria morte. Aliás, outro filme antigo excepcional que merece ser citado é *A orgia da morte,* de 1964, baseado em um conto do mestre Edgar Allan Poe, em que Vincent Price faz o papel do Príncipe Próspero, um nobre que tenta fugir da peste de uma maneira absolutamente radical. Logo o cinema ficou bastante criativo, tanto nas maneiras de espalhar a epidemia como, principalmente, em seus efeitos, mantendo pelo menos uma constante: uma epidemia nunca é uma coisa boa.

Assim, elas podiam nascer de qualquer coisa: animais e plantas, radiação e alienígenas, tecnologia e monstros, ou simplesmente de algum vírus fabricado ou não pelo homem. Em *Epidemia,* de 1995, o culpado é um macaquinho inocente; em *Os doze macacos,* de 1995, o futuro é devastado por uma terrível doença que varreu a maior parte da população; em *Filhos da esperança,* de 2006, o problema é que os humanos não conseguem mais procriar; no divertido *Seres rastejantes,* de 2006, a causa são lesmas alienígenas que transformam as pessoas em um tipo de zumbi; em *Vírus,* de 2009, já acompanhamos a sociedade devastada, e os remanescentes tentando juntar os cacos de sua vida e sobreviver; em *Contágio,* de 2011, temos uma boa noção de como algo similar poderia, de fato, ocorrer na vida real; em *O sinal*, de 2007, as pessoas se tornam violentas e raivosas por conta da transmissão de um sinal de televisão; entre tantos outros exemplos.

Claro que não demorou para que epidemias e zumbis se confundissem bastante. Na verdade, de acordo com alguns fãs, os dois temas até mesmo se unificaram. Assim, não é possível dizer se *As uvas da morte*, de 1978, *Sinal de perigo*, de 1985, *Extermínio*, de 2002, REC, de 2007, ou *Salvage*, de 2009, entre tantos outros, são filmes de epidemias ou de zumbis — mas não importa de fato. O que importa é a diversão, pois, no final das contas, o apelo de ambos é o mesmo: o fim. De toda a ordem vigente! De tudo o que conhecemos e tomamos como certo! De toda a civilização que erigimos, a qual, por mais antropocêntrica que seja, é a nossa civilização. Assim, o que nos resta se não a tivermos?

As epidemias não se restringiram ao cinema, evidentemente. Nos quadrinhos, a série *Y — O último homem* trouxe uma das propostas mais interessantes dos últimos anos: todos os machos do planeta morrem, exceto um único desafortunado. *Desafortunado*, eu disse? Sim, pois ser o último homem em um mundo exclusivo de mulheres é o pior que poderia ter acontecido ao pobre protagonista.

Na literatura, o tema nos brindou com pelo menos uma obra-prima: *Ensaio sobre a cegueira*, do mestre José Saramago. Cormac McCarthy, vencedor do Prêmio Pulitzer, escreveu o excelente *A estrada*, que também virou um filme muito bom. E, claro, como não citar o excepcional *Eu sou a lenda*, de Richard Matheson?

O que nos traz a este exemplar, escrito por F. C. Edwin, uma abordagem distinta e original que, se não é a primeira produzida no Brasil, decerto merece chamar atenção por sua bela concepção e também pela competente execução. Ambientando sua história em Curitiba, a autora consegue criar um senso de familiaridade no leitor — mesmo em alguém (como eu) que não conhece a cidade muito bem — e logo o faz se sentir íntimo dos cenários. A descrição do Imperial Shopping Center, onde transcorre a maior parte da ação, é rica e detalhada — o que é vital para criar a sufocante atmosfera de tensão que permeia o livro, em especial a partir do seu segundo terço.

Edwin criou personagens interessantes e cativantes, mesmo sendo eles gente comum — daí talvez venha a sua verdadeira força. Somos apresentados, logo no começo, ao casal Nicole e Lucas, que travam uma conversa tipicamente nerd sobre... zumbis. E a autora aproveita para discorrer um pouco sobre seu próprio conhecimento — e nítida paixão — do tema; enfatizando a produção nacional, já que a discussão gira em torno do filme *A capital dos mortos*, Edwin faz valer de forma escancarada seu ponto e convida discretamente — ou talvez nem tanto — todos os fãs do gênero a abraçar e apoiar o terror nacional e seus autores. Sobra até mesmo para Felipe Guerra, figurinha carimbada que fez a gentileza de escrever o prefácio do meu livro, *Apocalipse zumbi*. Já por causa desse começo, na condição de fã do gênero, ela já me ganhou. Voltando ao casal central, quando os problemas começam — eles não tardam —, é impossível desgrudar das páginas. O leitor ainda não sabe qual será o teor da epidemia — sabe apenas que as pessoas estão trancadas no shopping, ao melhor estilo REC, mas é incapaz de dizer num primeiro momento se teremos zumbis, vampiros, canibais raivosos ou apenas gente morta. Não demora muito para que a resposta chegue, a qual você, leitor, terá de descobrir por si próprio. E esteja preparado para se surpreender, pois logo a primeira grande sequência quebra as pernas de quem está lendo e deixa claro que qualquer coisa poderá acontecer. No mundo de F. C. Edwin, ninguém está a salvo.

A trama se adensa na proporção do aumento da tensão; a cena em que um personagem importante começa a sofrer os efeitos da epidemia — não direi nem quais são, nem quem ele é — é surpreendente e muito bem construída. Cheia de detalhes, ela é daquelas que desperta o interesse do público e o faz querer virar as páginas avidamente. E Edwin não decepciona, criando sequências dignas dos melhores filmes do gênero.

A presença da ambiciosa repórter Rachel Nunes, que se obriga a continuar a transmissão das imagens independentemente do perigo, não porque o público deve saber, mas sim pelo que aquilo pode trazer a ela, é mais uma referência a *REC*. Sim, de fato, a autora bebeu de todas as fontes citadas acima e de muitas outras — mas quem de nós não bebeu? E o vital, o que realmente importa, é que ela absorveu tudo que é essencial, descartou a gordura e o desnecessário e enxertou uma nova roupagem que nos leva a uma leitura interessante e instigadora, misto de ação e horror, como devem ser as grandes obras do gênero.

Se este é seu livro de estreia, resta ficar de olho para ver o que Edwin irá aprontar depois, afinal ela já começou com o pé direito. Boa leitura!

Alexandre Callari,
autor de *Apocalipse zumbi: os primeiros anos*,
Branca de Neve e os contos clássicos
e da coleção *Quadrinhos no cinema*.

MAPA DO IMPERIAL SHOPPING CENTER

	LEGENDAS		
	ITENS GERAIS	BB	Be Beauty
BFA	Banheiro Família	BC	Bellacasa
BFE	Banheiro Feminino	BT	Blackties
BM	Banheiro Masculino	CE	Caixas Eletrônicos
◯	Elevador		Carro da Promoção
	Escada em Ziguezague		
↑	Escada Externa	CB	Casa de Bonecas
		CT	Catracas
	Escadas Rolantes	CB	Chilli Beans
	1º ANDAR	CM	Cia Marítima
AD	Adidas	CG	Cine Galaxy
	Barraca de Quarentena	DPU	Dona Pin-Up
CB	Calce Bem	FC	Ferramentas Construtex
CB	Casas Bahia	F	Fraldário
	Chafariz	GF	Gifts
	Entrada e Saída	HC	Hall do Cinema
FS	Free Style	HP	Happy Party
HTE	High Tech Eletrônicos	ICE	Imperial Casa de Espetáculos
LH	Lan House	KFP	Kid's Fun Place
LBS	Livraria Bookstory	LCH	La Chic
LA	Lojas Americanas	LP	Lady In Pink

Code	Name	Code	Name
LM	Lojas Mais	LAN	Lanchonetes
LU	Lúmina	LP	Le Postiche
MT	Magic Toys	LC	Lisa Calçados
MMA	Mil Mãos Artesanatos	OI	Lojas Oi
OB	O Boticário	MP	Mimos Presentes
P	Piano	ML	Móveis Lar
RB	Real Beauty	NF	Night Fever
2º ANDAR		OF	Offices
BB	Banco do Brasil	PM	Papelmax
LF	Little Feet	PRM	Paranamar
MS	Mundo do Sorvete	PV	Parede de Vidro
RBB	Rolling Ball Boliche	PT	Patotinha
SM	Sonho Meu	PE	Pearls
SM	Super Mercado	PNV	Pintura O Nascimento de Vênus
VP	Visão Panorâmica		Praça de Alimentação
VF	Vitalfarma		
WG	World Games	IMAX	Sala IMAX
3º ANDAR		SD	Seda Divina
ADM	Administração	SI	Sixteen
AM	Além da Magia	SP	Só Pretzels
BAL	Balzacs	SL	Sport InLife

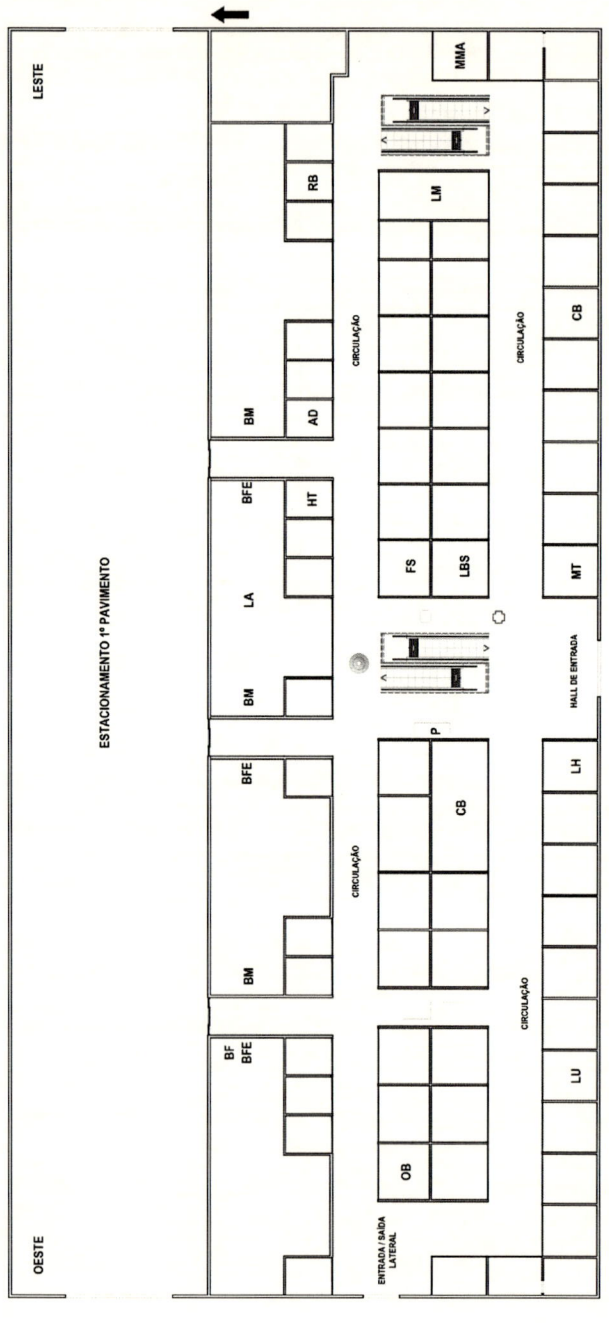

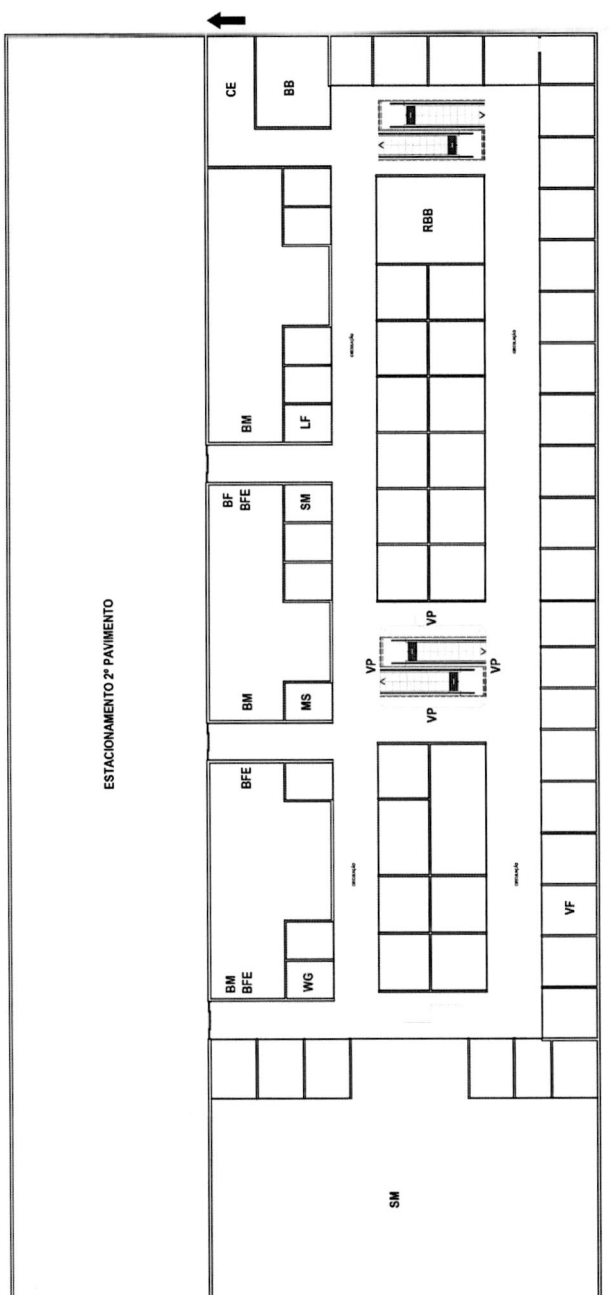

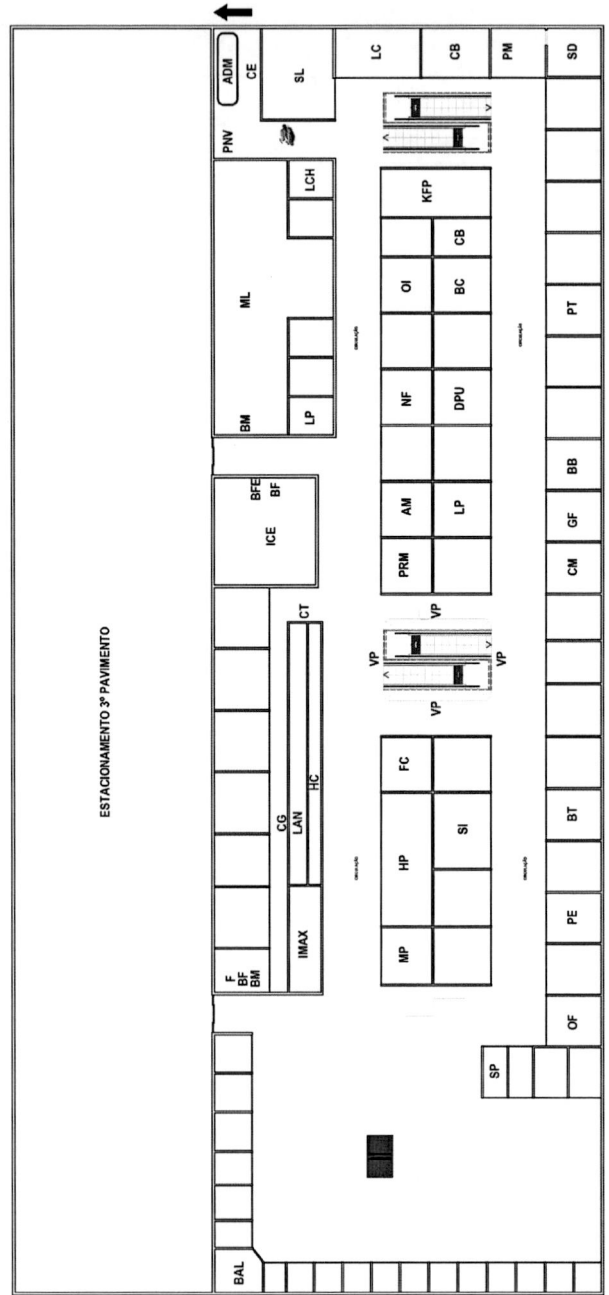

"O fortim foi construído segundo um antigo traçado, com as reproduções do punho da espada colocadas nas paredes de dentro e uma ordem específica para isolar Rasalom do mundo, para conter seu poderio, para mantê-lo prisioneiro."

F. Paul Wilson, *O Fortim*

PRÓLOGO

O médico-cientista estava em pânico, mas ainda era capaz de se controlar. Não correu para não levantar suspeitas, mas sabia que tinha de sair imediatamente daquele ultrassecreto complexo de laboratórios se quisesse manter a dignidade humana que ainda lhe restava sob seu domínio. Os vestígios que havia deixado eram gritantes demais para demorarem a ser notados. Cumprimentando a todos por quem passava com acenos rápidos de cabeça, Hermes Oliveira entrou no carro e deu a partida, cantando pneus ao parar na guarda rigorosa de entrada e saída. Sem falar nada — sem conseguir falar —, entregou o cartão magnético com dedos trêmulos ao segurança e contemplou nervosamente a cancela automática se levantando, apresentando-lhe a liberdade que, certamente, jamais voltaria a ter se continuasse lá dentro. Os pneus tornaram a cantar, e o homem de estatura baixa, cujo desespero era inversamente proporcional ao seu tamanho, deixou para trás as instalações do IBPE e um guarda de meia-idade refletindo sobre o quanto aqueles malditos cientistas eram pretensiosos e arrogantes.

Apesar de ser divorciado e morar sozinho, o médico não tinha intenção de ir para casa, exceto por uma passada rápida para pegar algumas roupas e os remédios que tomava sob prescrição. Permanecer no pequeno apartamento de um quarto estava fora de questão. Seria o primeiro lugar onde o procurariam.

Dirigia a quase cento e vinte por hora pela estreita estradinha aberta naquela floresta de Mata Atlântica e olhava a todo instante pelo retrovisor. Após pegar o que precisava em casa, passaria numa farmácia para comprar todos os medicamentos prováveis e improváveis — tinha credencial para isso — a fim de combater a infecção, e se hospedaria num hotel qualquer em São José dos Pinhais. Oliveira tencionava se drogar até matar as malditas coisas que estavam em seu corpo — ou a ele próprio, caso a intenção inicial não funcionasse da maneira que esperava.

O plano minuciosamente pré-formulado por Oliveira não chegou nem perto de dar certo. Quando passava pela região central de Curitiba, a dez minutos de casa, começou a apresentar breves, porém constantes quadros de tremedeiras fortíssimas. Por alguma sorte, estava a duas quadras do Shopping Imperial e conseguiu dirigir até o segundo piso do estacionamento. Começando a sangrar pelas cavidades da cabeça e também a exsudar gotículas de sangue, Oliveira entrou aos trotes no corredor de banheiros entre a Sonho Meu e a Little Feet.

Mais tarde, ao tentar abrir a porta e sair do banheiro para buscar ajuda — quando finalmente chegaria à conclusão de que se esconder havia sido a pior atitude que poderia ter tomado —, ele veria que era tarde demais. Porque, sem força alguma para sair dali, apenas conseguindo erguer o braço extremamente ensanguentado — assim como o resto do corpo — para abrir a porta, Oliveira cairia e só conseguiria se levantar quando aquela coisa que dominava o seu sangue passasse a dominar também o seu cérebro.

Extraído do jornal Paraná Informa *em 5 de abril de 2008:*

Inauguração do Imperial Shopping Center em Curitiba

A cidade de Curitiba terá um novo shopping center e mais de quatro mil empregos em abril de 2008 com a inauguração do Imperial Shopping Center. Na última quarta-feira, o vice-governador do Paraná, Fernando Luiz Montes, participou da cerimônia de colocação da pedra de mármore em formato da letra "i" no chafariz, que ficará localizado próximo ao hall da entrada principal do shopping. "É um investimento de muitos milhões. Com certeza, o sucesso do estabelecimento compensará cada centavo investido", disse o vice-governador, que participou da cerimônia a convite do proprietário, Miguel Tenório, um bem-sucedido empresário do ramo automobilístico, cuja residência fixa se divide entre São Paulo e Lisboa — Portugal —, onde está localizada grande parte de seus investimentos.

Situado na Avenida Sete de Setembro, com 240 mil metros quadrados, o shopping terá mais de 220 lojas, entre as quais 14 lojas-âncora, incluindo uma extensa praça de alimentação com 23 lojas, sendo uma delas um conceituado restaurante gourmet. O shopping contará ainda com diversas operações de entretenimento: um cinema da rede Cine Galaxy com capacidade para oito salas, sendo quatro em 3D e uma sala I-MAX; parque infantil ultramoderno; boliche e uma minicasa de espetáculos. Além disso, o shopping terá três pavimentos de estacionamento interno e gratuito com lotação de 2500 veículos.

Com a promessa de ser um dos mais modernos shopping centers da região sul do Brasil, e faltando menos de um mês para a inauguração, o Imperial Shopping Center já está com 100% de sua estrutura física concluída. Sua construção passou pelos processos de instalação de vidros blindados não apenas na entrada principal, mas nas próprias lojas, o que aumenta a segurança dos clientes, sistemas de prevenção de roubos, acesso pleno a pessoas com deficiência física, entre outros itens.

A abertura ao público acontecerá no dia seguinte ao da inauguração, sendo esta apenas prestigiada — além do proprietário, Miguel Tenório — pelo prefeito da cidade, Otávio Gérson Trindade, pelo secretário de Comunicação Social, Rodolfo Mascarello, e pelo presidente da Companhia de Desenvolvimento de Curitiba, Felício Olivetti, além de grandes empresários e demais personalidades influentes da cidade. O vice-governador, Fernando Luiz Montes, não estará na cidade na data do evento, pois ele e demais autoridades estarão participando de um encontro com a Presidente da República, em Brasília, mas afirma que "é gratificante fazer parte do governo de um estado que cresce cada vez mais no Brasil".

O proprietário, Miguel Tenório, não quis responder às perguntas dos jornalistas, aumentando ainda mais a sua fama de "sujeito de poucas palavras", característica que todos que o conhecem confirmam. As palavras podem ser poucas — ou até nulas —, mas a contribuição nos setores de compras, entretenimento e, consequentemente, economia do estado com certeza será notável.

Por Nina de Freitas

Imperial Shopping Center
Dois minutos antes do início da quarentena

— Eu prefiro esse com os símbolos, muito mais sugestivo.

— Pois eu prefiro esse com o zumbizão mesmo, todo putrefato, olhos vazios... O meu tipo de cartaz.

— Eu sempre prefiro o poder da sugestão ao explícito demais. Tudo o que é muito óbvio perde a graça. E olha que não tô me referindo só a cartazes de filmes.

Ela piscou para ele, dando-lhe um empurrãozinho no braço. Ele olhou mais uma vez para o cartaz do terror nacional *A capital dos mortos*, que estava ao lado de tantos outros nas paredes do enorme hall do cinema do shopping; não para o seu cartaz eleito, com a face do zumbi ocupando quase toda a extensão do anúncio, mas para o eleito por Nicole, repleto dos tais símbolos sugestivos: cruzes, túmulos, uma meia-lua, o edifício do Congresso de Brasília, uma mão saindo de baixo da terra e, finalmente, um zumbi propriamente dito, mas este sendo apenas uma imagem minúscula no canto direito, não chegando nem aos pés da pretensão do zumbi chamativo do cartaz escolhido por ele. Como o filme independente — que havia sido lançado em 2008, mas que só agora chegava aos cinemas de Curitiba — tinha dois cartazes em circulação, o Cine Galaxy deixara os dois em exposição, um ao lado do outro.

— E sem contar que esse ainda valoriza a pátria — continuou ela, apontando para o prédio célebre da capital. — Olha o *point* dos mandachuvas aí!

— *Valoriza*... só se for a pátria propriamente dita mesmo, porque as entrelinhas do título só depreciam os tais mandachuvas, e de forma muito conveniente, diga-se de passagem — ele redarguiu.

— Pois é, os caras ainda mandaram superbem no nome do filme. Infelizmente, para o Brasil, é a mais pura verdade...

— Não dá pra negar que fizeram um bom trabalho com esse filme.

Subitamente arrependido de ter tocado no assunto das tais entrelinhas, Lucas se antecipou antes que a namorada desse continuidade a uma discussão infindável sobre a atual situação lamentável do país.

— Nem me fale! Eu disse que você ainda daria valor a filmes nacionais, seu preconceituoso cinematográfico bobo — ela respondeu, dando um empurrão delicado, dessa vez nas costas do rapaz, que sorriu, sem jeito. — Mas, olha, dá uma tristeza pensar que veremos outro igual a esse apenas daqui a uns cinco anos. Detesto essa falta de incentivo ao gênero no Brasil. O cara fez o filme sem orçamento algum, emprestou os equipamentos, reuniu os amigos dispostos a ajudar e botou a mão na massa. Se fosse um filme sobre traficantes ou uma comédia imbecil, choveriam patrocinadores.

— É por isso que temos que reconhecer mais ainda o trabalho deles. Você viu só a maquiagem dos caras?

— Mandaram muito bem. Não ficaram devendo nada ao titio Romero. E sem contar que os próprios atores foram aprendendo a fazer as maquiagens no decorrer das filmagens. Isso, sim, que é amor pela sétima arte... Ei! Para tudo, Lucas! E desde quando você tem saco pra avaliar *filmecos nacionais*?

— Hã... desde que resolvi não entrar em conflitos por causa de filmes, ao menos por hoje. Agora me diz: e da ideia de misturar comédia com terror, você gostou mesmo?

— Expandi meus horizontes, baby! E, pelo jeito, não fui só eu. — Deu um selinho inesperado em Lucas. — Sabe que, ultimamente, não tô curtindo só terror levado a sério? Uma dose de humorzinho no meio das tripas até que pega bem. Que o diga o ousado gaúcho Felipe Guerra!

— E isso porque...?

— Porque estou com a mente mais aberta, oras. Como acha que serei uma roteirista visionária gostando apenas de um subgênero e me fechando aos demais? Além disso, você sabe que o meu filme de terror favorito é...

— *A morte do demônio*! — Quis mostrar à namorada que ainda se lembrava.

— Eu ia dizer *Evil dead*, mas tá valendo! — Nicole se referiu ao título original do terror revolucionário, segundo ela vivia dizendo, de Sam Raimi. — E o de 81... nem preciso dizer. Embora o *remake* também tenha tido lá suas qualidades.

Desde que havia começado a namorar a ruivinha terror-maníaca, que ele achava a cara de Emma Stone e que estava em pé ao seu lado com os olhos fixos nos cartazes do filme a que tinham acabado de assistir, Lucas Soares, definitivamente, tivera de correr e alugar praticamente todos os filmes de terror dos últimos trinta anos — foi só o que ele conseguira assistir, alegando que os mais antigos eram monótonos demais para seu gosto contemporâneo. "Você não vai nem ao menos conhecer os italianos?", insistira inutilmente Nicole, mas não, o limite de décadas tragável para Lucas fora somente dos 1980 para cima, e americanos.

Agora, acabavam de sair de uma sessão nacional que Lucas concordara em ver, imaginando que no fundo iria odiar.

Mas tamanha fora sua surpresa ao se dar conta de que havia gostado, que daquela vez nem sequer reclamara em ter de ficar até o último nome dos créditos finais surgir na tela e, como sempre, serem o casal remanescente da sala de cinema, enquanto todos os outros continuavam os amassos iniciados durante o filme em outro lugar bem longe dali. Nem aos amassos ele tinha direito, já que a aspirante a roteirista Nicole ficava hipnotizada do começo ao fim dos filmes. Mas ele, pela primeira vez em seus vinte e dois anos, amava outra coisa que não os estudos. E ela retribuía, o que os tornava o casal mais *do contra*, segundo os poucos amigos, de todos os que conheciam. Ela, descolada, estudante de Cinema, piercing no nariz, tatuagem de rosa gótica na nuca e longos cabelos ruivos; ele, estudante de Fisioterapia, visual básico — jeans e camiseta — e adorador de quadrinhos, o máximo da rebeldia que ele conseguia alcançar, conforme debochava Nicole.

— Nicole, todos já estão indo embora. Será que agora podemos ir também? Já são quase onze e meia; o shopping deve tá fechando.

— Calma! Ainda não vi desse lado.

E então ela correu, com os seios pequenos balançando sutilmente sob a regata preta e a curta saia xadrez quase lhe deixando as coxas à mostra, para ver os cartazes da outra extremidade da parede do hall do cinema.

Por sorte, apenas dois garotinhos passavam por ali e nem prestaram atenção nas belas pernas despreocupadamente expostas da jovem de vinte anos; *ainda não estão na idade*, pensou Lucas, de olho na sacola da livraria que o maior deles carregava. Ambos seguiram para a frente de um cartaz de filme infantil de animação, e lá foi Lucas atrás. Tentava olhar disfarçadamente para o conteúdo da sacola transparente. Havia umas quatro revistas, mas, como estavam todas sobrepostas, ele poderia identificar apenas uma. O fato de a revista em quadrinhos estar com a capa virada, deixando apenas a contracapa exposta, não foi impedimento para que o rapaz desvendasse de prontidão o tão fascinante conteúdo da sacola; o personagem Titi adolescente, tocando bateria, só poderia significar uma coisa: uma revistinha da *Turma da Mônica jovem*. Como queria poder ver as outras! Talvez devesse puxar assunto, perguntar se eles já haviam lido todas as edições publicadas até aquele número, mas não era suficientemente sociável para isso. O tímido Lucas, então, deu meia-volta e se postou ao lado de Nicole, que, tirando os olhos dos cartazes, começou a passar o *gloss* de morango nos lábios enquanto olhava, insinuante, para ele.

— Agora, sim, podemos ir, baby. Quer dar uma passadinha lá em casa? — indagou Nicole.

— A Sônia não tá?

— Acho que tá agora, mas com certeza vai sair com o tal *crush* misterioso dela.

— Essa sua colega de quarto não sossega mesmo, hein?

— Quer mesmo conversar sobre a Sônia agora? — Nicole sussurrou, dando uma mordidinha provocante na orelha esquerda de Lucas.

— Não mesmo. Vamos logo pra casa!

Mal Lucas acabara de falar, Nicole o puxou para a parede, finalmente dando os tão desejados amassos aos quais Lucas não tinha acesso no propício escurinho do cinema. Nicole era assim, imprevisível ao extremo, e Lucas adorava isso na namorada. E assim se beijaram por um bom tempo, até Nicole o soltar.

— Nic, já devem tá fechando o shopping — lembrou ele, pegando o celular do bolso e discando um número. — Deixa só eu ligar pra véia antes.

— *Véia*? Minha nossa, o que eu tô fazendo ao perfeitinho Lucas?

— Talvez me transformando num rebelde sem causa.

— Bobo!

Bastaram dois toques para a mãe de Lucas atender. Ele trocou meia dúzia de palavras e desligou, mas não sem antes um "você também, mãe, dorme com Deus", ao que Nicole riu, divertida.

— Foi por pouco! Mais alguns segundos e você chamaria a pobre da dona Matilde de *véia* sem se tocar.

— Tadinha dela — Lucas retorquiu —, eu jamais faria isso.

— Sei que não, baby, nem deve. A sua *mamix* é um amor de sogra. É uma contradição a todos os mentirosos ditados populares que andam por aí, na boca do povo.

— Ela também adora você, apesar de ser a nora maluquinha que ela nunca sonhou em ter.

— Não acredito! Ela disse isso?

— Pode apostar o seu coturno preto favorito que sim!

Lucas e Nicole, agora, eram os únicos por ali. As faxineiras já tinham ido embora havia tempos, e os garotos com os quadrinhos também haviam sumido. De mãos dadas, desceram a escada rolante do andar do cinema e rumaram para a saída do shopping.

— O que tá havendo lá embaixo? — Apontou a garota para a grande porta de saída enquanto a escada rolante terminava de cumprir o seu enfadonho trabalho mecânico. — O que aquela galera toda tá fazendo?

— Vai ver é promoção de alguma loja, ou sorteio, vai saber...

— Mas na porta de saída?

— Pior que a porta tá fechada. Só falta ter travado tudo e a gente ficar preso aqui!

— Nem brinca, Luc! Isso é coisa que aconteça num shopping grande como esse? Imagina só o mico que seria!

— Seja o que for, o pessoal parece indignado.

Uma pequena multidão se reunia na entrada principal do Imperial Shopping Center, entre uma badalada *LAN house* e uma loja de brinquedos, a Magictoys — as duas lojas que contornavam as laterais das portas duplas. A multidão dividia-se entre clientes e funcionários das lojas que haviam acabado de fechar suas portas. Falavam todos ao mesmo tempo e visivelmente insatisfeitos. Dois seguranças uniformizados do shopping, no meio do alvoroço, eram barrados e questionados por homens e mulheres irritados e alguns já praticamente histéricos, mas ambos só faziam menear a cabeça negativamente, indicando estarem tão alheios à situação quanto qualquer um lá dentro. Lucas pôde ver os garotos dos quadrinhos no meio das pessoas. O menor chorava baixinho, e o maior, enquanto passava a mão carinhosamente sobre sua cabeça, falava-lhe qualquer coisa ao ouvido — provavelmente, na tentativa de acalmá-lo. Somente depois de terminarem de descer as escadas rolantes e se juntarem às pessoas da entrada foi que Lucas e Nicole viram, através das grandes portas duplas de vidro transparente, que do lado de fora uma outra multidão também estava formada — homens, mulheres, adolescentes, umas poucas crianças e algumas pessoas com uniformes de lojas do shopping, que, possivelmente, haviam conseguido sair antes de as portas terem sido lacradas. Olhares curiosos, tanto de fora para dentro como de dentro para fora. As pessoas do outro lado da entrada pareciam saber tanto quanto eles o que estava de fato acontecendo. Algumas empunhavam seus smartphones modernos e filmavam o que nem mesmo elas conseguiam entender. As próprias pessoas lá de dentro estavam filmando o lado de fora com os celulares. E então, olhando mais atentamente para fora, Nicole percebeu:

— Todos esses homens na frente das outras pessoas são policiais, Lucas. E olha lá na rua, um monte de carros da polícia estacionando.

Não era necessário que Nicole avisasse. Seria impossível ignorar as sirenes ensurdecedoras das viaturas que chegavam à Avenida Sete de Setembro e abriam suas portas, de onde saltavam policiais apressados e armados — dirigindo-se também para a frente do shopping.

— Minha nossa senhora! Será que ocorreu algum tipo de crime aqui dentro? — uma senhora de cabelos brancos e xale florido nos ombros falava com outra ao seu lado.

— Se houve algum crime, por que não deixam a gente sair? O assassino deve estar escondido por aqui. E se ele usar a gente como refém? — ponderou a outra.

— Acho que é algum assaltante! — especulou uma senhora mais jovem ao marido, que parecia não a ouvir, preocupado que estava com a chegada de mais policiais do outro lado da porta. — Só vão deixar a gente sair depois de revistarem todo mundo! Eu já vi isso acontecer. É o cúmulo!

— Fala sério, ninguém merece uma coisa dessas!

Uma garota de estilo emo, de saia preta rodada e olhar emoldurado por uma grossa camada de delineador preto, puxou o namorado, também emo, para um canto, onde puderam ficar menos visíveis aos espectadores lá de fora. Ele a acompanhou, alisando a franja com uma das mãos e tirando os fones de ouvido com a outra. Quando chegaram ao canto da Magictoys, ela começou a filmar os acontecimentos com um celular da personagem Emily, the Strange.

— Não se preocupe, mãe, não vou desgrudar do Paolo — falou o garoto dos quadrinhos, o maior deles, ao celular; a mão desocupada segurava a mão do menino menor. — Não fica preocupada assim, mãe, eu cuido dele.

A maioria das pessoas trancadas no shopping já começava a gritar para abrirem as portas. Então, um homem baixo e calvo pôs-se a bater com as mãos nas portas de vidro transparente, porém altamente resistente, do estabelecimento. Em poucos segundos, imitado por mais uma dúzia de pessoas, o homem pareceu finalmente provocar alguma reação vinda de fora. Mais ou menos dez policiais armados se aproximaram da entrada pela primeira vez e sacaram as armas, quase que num movimento coreográfico. No segundo seguinte, todos apontavam as armas para as pessoas trancadas.

— As outras portas! — Nicole pensou alto, arrependendo-se imediatamente de verbalizar a ideia.

Se outras pessoas ouvissem, correriam todas ao mesmo tempo para a porta que ela tinha em mente, do outro lado do shopping, o que faria com que os homens armados, sem demora, montassem guarda também na entrada alternativa. Mas, felizmente, Nicole não foi ouvida por ninguém além de Lucas, e, assim, ocultados pela multidão — que já começava a entrar em um pânico coletivo ante a situação —, ela e o namorado foram se retirando furtivamente e seguindo para o lado oeste do edifício, com o intuito de chegarem à porta lateral.

— Se estiver tudo *okay* por lá — Nicole prosseguiu —, voltamos e damos um jeito de atrair o pessoal também, sem que os policiais notem. Embora eu ache isso difícil de acontecer.

Percebendo o olhar duvidoso de Lucas, não para ela, mas para o que planejava fazer, Nicole se viu na obrigação de acrescentar:

— Não acho justo todas aquelas pessoas pagarem pelo que quer que seja que aconteceu por aqui. Eles que se virem pra achar o culpado sem punir todo mundo.

— O que você acha que tá havendo, Nic?

Conivente com o que acabava de escutar, Lucas, apressando os passos junto a Nicole, estava curioso por ouvir as possíveis teorias conspiratórias que a garota teria, fruto de anos de apreciação da arte cinematográfica fantástica, segundo ele sempre enfatizava. Mas a resposta que recebeu não foi a que esperava, a que normalmente Nicole teria, uma tese doida qualquer que envolveria desde terroristas internacionais em missões homicidas ou suicidas até um possível juízo final — e que ela sugeriria em tom de falsa credulidade, apenas uma ligeira descontração perante uma situação difícil, como lhe era de hábito. Não, a resposta dada pela menina foi a mais simples possível para aquele tipo de situação, e a única que a namorada não usaria se o evento em questão não fosse verdadeiramente grave:

— Sinceramente? Eu não sei, Lucas. Nunca vi nada assim.

Agora corriam. Embora a maioria das lojas já tivesse fechado suas portas, algumas exibiam suas entradas escancaradas, mas sem ninguém dentro, o que fez Nicole supor que os funcionários, sabendo do que acontecia no hall, haviam largado tudo como estava e se dirigido para lá. Já haviam passado das escadas ziguezagueadas que levavam aos andares superiores — as únicas escadas do shopping que não eram rolantes — e estavam quase virando para o pequeno corredor lateral. Passavam por algumas lojas de eletrodomésticos e eletrônicos. Duas estavam abertas, com as enfileiradas TVs de plasma exibindo diferentes filmes em blu-ray para conquistar os mais exigentes clientes — que não estavam mais lá. Só mais algumas dezenas de metros, e fariam a curva para a entrada lateral do lado oeste.

Bastou uma única olhada na direção da saída lateral. Mais um aglomerado de pessoas, embora menor que o anterior, juntava-se àquela outra entrada, e as pessoas estavam tão irritadas e terrivelmente desorientadas quanto as do aglomerado da entrada principal. No lado de fora, outra tropa de policiais — estes ainda com as armas no coldre — e demais curiosos e veículos, alguns, provavelmente, caronas de quem estava no shopping até aquele horário.

Lucas pôde notar, entre os veículos, um furgão que conhecia bem. No semestre anterior, ele havia feito um trabalho de estágio numa favela de uma cidadezinha vizinha; como se tratava de uma população sem condições financeiras para procurar e bancar um atendimento particular, ele e seus colegas de faculdade, orientados pelos professores, prestaram atendimento gratuito de fisioterapia para a comunidade carente. Uma equipe de TV local, a fim de divulgar o trabalho voluntário oferecido pela universidade de Lucas, filmara um dos dias de atendimento à comunidade. Tal divulgação fizera com que outras universidades aderissem à causa, e, em pouco tempo, muitas passaram também a visitar populações carentes, oferecendo serviços de odontologia, pediatria e oftalmologia, entre outros. Agora, lá estava o furgão que transportava a equipe do Canal Iguaçu, composta por uma repórter, Nina — Lucas acabava de se lembrar do nome dela —, e um cameraman.

Antes que Nicole o puxasse novamente para a mesma direção de onde tinham vindo, ele pôde perceber a repórter abordando um policial, que, aparentemente, recusou-se a dar entrevista — a repórter falou qualquer coisa ao microfone e, em seguida, apontou-o para o policial, que só fez segurá-la pelos dois braços e afastá-la para trás.

— Pra onde está indo agora, Nic?

— O jeito é voltar, Lucas. A entrada principal está também na avenida principal dessa parte da cidade. Quando abrirem as portas, aposto que aquela será a primeira.

Voltavam na mesma velocidade com que haviam saído. Nenhum dos dois foi capaz de expor seus pensamentos sobre os acontecimentos singulares daquela ida ao cinema naquela noite. Pessoas trancafiadas num enorme shopping center, sendo impedidas de sair por policiais com armas em punho, acompanhados de equipes de TV locais. O que aquilo poderia significar? Lucas só queria poder sair logo dali e curtir a noite de sábado com a namorada. Torcia para que a cavalaria lá fora encontrasse logo o que estava procurando, ou então a noite poderia ser mais longa do que imaginava.

    Nicole divagava sobre a atitude dos policiais. Se procuravam algum assassino, assaltante ou coisa que o valha, por que não haviam simplesmente entrado no shopping e montado guarda na saída, revistando e questionando todos que passavam? Alguns até poderiam entrar à paisana e tentar pegar de surpresa a quem estivessem procurando. Isso! Com policiais a postos na saída e mais tantos outros lá dentro disfarçados, o trabalho seria bem mais eficiente e sem conflitos com os clientes e funcionários do shopping. Por que então estavam agindo daquela maneira? Manter as pessoas presas junto com a possível ameaça pela qual buscavam era, no mínimo, estranho, e Nicole esperava chegar logo à entrada principal, a fim de ver se algumas coisas já haviam sido pelo menos esclarecidas.

    Quando passavam novamente em frente às escadas em zigue-zague, localizada em um hall de onde se podia ter uma visão geral de todos os andares, assim como no hall de entrada, viram que ainda lá em cima, do terceiro andar, descia um grupo de quatro adultos — três mulheres e um homem — e quatro crianças, sendo duas meninas e dois meninos. A maioria das crianças segurava balões de festa. O homem carregava uma sacola grande com vários pacotes de presentes em seu interior. Duas das mulheres trajavam uniformes vermelhos da Happy Party, a empresa responsável pelas festas infantis realizadas no shopping. As crianças, animadas, balançavam seus balões de gás hélio presos pelos barbantes.

    — Pelo jeito, não sabem de nada ainda — Lucas comentou. — Acha que devemos esperar e já adiantar as coisas pra eles?

— Melhor não, Luc. Quero chegar logo pra ver como estão as coisas por lá. Já estou estressada demais pra ainda ter que esperar esse pessoal terminar de descer todos os lances de escadas.

— É... Eles logo saberão mesmo.

O casal de namorados chegava novamente ao lugar de onde havia saído. Aparentemente, nenhuma novidade no lado de dentro — não a que esperavam. Pessoas olhavam para fora, outras trocavam palavras afobadamente em pequenas rodas que haviam se formado, algumas crianças se mostravam assustadas com a situação inédita e não saíam de perto das mães. A senhora de xale de flores continuava a conversar com a amiga, mas, dessa vez, seu ar era de uma preocupação maior do que a de momentos antes.

Foi somente ao se aproximarem o suficiente para olhar do lado de fora que Lucas e Nicole se depararam com algo ainda mais extraordinário: vários soldados do exército — e daria para contar uns trinta homens trajados com seus típicos uniformes verdes, cabelos bem aparados — se misturavam agora à equipe policial. Uma barreira com uma faixa amarela e preta da polícia havia sido estendida de fora a fora, no ponto que separava a calçada da rua, bem acima do meio-fio, a uns dez metros das portas do shopping; as barreiras laterais eram formadas pelos próprios caminhões do exército, separando os civis curiosos das equipes oficiais. O número de civis que tomava conta da rua aumentava cada vez mais. Lucas puxou Nicole pela mão, aproximou-se dos vidros das portas e olhou para os dois lados lá de fora.

— Foi o que eu imaginei. A rua tá bloqueada. Alguma coisa muito séria tá rolando por aqui, Nic.

Nicole apenas olhava para a multidão lá de fora, em uma das principais avenidas comerciais da cidade, contornando cada centímetro da barreira policial. Na frente delas, em toda a extensão da calçada do shopping, polícia e exército faziam a barreira humana, separando completamente os trancafiados no Imperial Shopping Center do resto do mundo.

Em resposta a toda agitação vinda de fora, lá dentro a situação começava a ficar mais tensa. Protestos adquiriram uma intensidade mais alta e urgente. Várias pessoas, mesmo tendo deixado de socar a porta blindada, falavam ao mesmo tempo e reclamavam da maneira anti-humana com que estavam sendo tratadas. Uma mulher de meia-idade retirou um rosário da bolsa e passou a verbalizar palavras silenciosas, apenas mexendo os lábios, mas Nicole sabia claramente que o que ela falava eram as mesmas rezas que sua severa mãe a fazia repetir nas missas dominicais. Uma jovem mãe abraçava fortemente o filho pequeno contra seu peito, impedindo que ele visse fosse o que fosse que estivesse acontecendo do lado de fora. Um rapaz jovem, de cabelos cacheados e com deficiência física, passava os dedos em movimentos monótonos pelos aros de sua cadeira de rodas, a mão desocupada apoiando a cabeça que pendia desanimadamente para o lado enquanto olhava para fora esperando pela resposta que todos queriam ouvir; em seu colo, a sacola de uma loja de utilidades domésticas portando uma grande caixa quadrada, que ele parecia haver se esquecido de ter deixado ali.

Lucas sentiu uma cotovelada agressiva em seu braço direito e, quando olhou, só teve tempo de ver um grupinho de quatro adolescentes de calças largas correndo para atrás das escadas rolantes cruzadas e passando pelo chafariz que exibia um imponente "i" no seu centro, por onde uma água espumosa vertia incessantemente; os garotos seguiam em direção ao corredor traseiro do andar térreo.

Chegando do lado oeste do shopping, um novo grupo se juntava ao grupo do hall: aquele da festa infantil; pela primeira vez, Lucas refletiu que finalmente encontrou alguém naquela noite maluca que sabia ainda menos do que eles. Então, um homem de estatura média, cabelos escuros, pele clara, barba por fazer, óculos de aros pretos e uma camiseta de mesma cor com o símbolo de uma cadeia de DNA — quem Nicole chamaria de "nerd assumido" se aquilo fosse um momento propício a piadas — se dirigiu calmamente até a frente da entrada, desviando com um pouco de dificuldade das pessoas que se acumulavam em grupos fechados e espaçosos; virou-se para as pessoas, ficando de costas para a rua, e ergueu a mão que não segurava sua pasta do laptop.

— Um momento, pessoal! Um momento da atenção de todos! Um momento! — Aos poucos, as falas foram cessando, até pararem completamente segundos depois. Todos se voltaram para ouvir o que o jovem nerd tinha a dizer. — Se todos ficarem protestando ao mesmo tempo, o máximo que conseguiremos é a indiferença dos uniformizados lá de fora. — E, instintivamente, todos tiraram os olhos de cima dele e olharam para fora: dezenas de policiais e soldados a postos, impassíveis, apenas tentando controlar o pânico coletivo e fazer com que a balbúrdia não aumentasse ainda mais. Apenas cumpriam ordens... Mas ordens de quem? E por qual motivo? Era o que todos se perguntavam. — O melhor agora é tentarmos nos acalmar e falar com eles, mas vou dizer de novo: não ao mesmo tempo.

— Pelo jeito, conseguiu a calmaria que queria, amigo! — gritou o mesmo homem calvo que tomara a dianteira ao socar a porta pouco antes. — Por que não vai em frente e conversa *você* com eles? — sugeriu, por fim, em tom desafiador.

— Tentarei falar com eles, e peço, por favor, que não se manifestem até conseguirmos saber exatamente o que está havendo. Ao menor sinal de alvoroço, eles podem desistir de qualquer possível comunicação.

Lá fora, o barulho também foi se extinguindo. Todos pareciam tentar ouvir o que o rapaz do laptop estava dizendo, o que era inútil, pois, com as portas de vidro espesso e blindado, parecia-se estar diante de uma televisão com o volume no mínimo. Com a mesma calma com que se dirigira à frente dos companheiros trancafiados, ele então se virou para a guarda montada lá fora e começou:

— Oficiais! Como cidadãos brasileiros, pagadores de nossos impostos e clientes desse shopping cent...

— Porra! Para de enrolar e fala logo, cara! — gritou um jovem de corpo sarado encoberto por uma calça de moletom e uma regata de academia.

— Deixa ele falar como achar que deve, meu filho — pediu a senhora do rosário, que estava do outro lado do aglomerado, guardando o objeto sagrado na bolsa. — Com gritaria e falta de educação é que não conseguiremos nada com eles.

Com isso, o jovem sarado se limitou a resmungar resignadamente, enquanto o outro continuava:

— Obrigado, senhora. Como eu ia dizendo — e se voltou novamente para fora —, fomos trancados aqui dentro e não estamos discordando de seu procedimento, apenas queremos saber o motivo que...

— Não discordamos? Claro que discordamos! Ou você tinha planos de ficar trancado aqui num sábado à noite? Eu trabalhei o dia todo e vou continuar trabalhando amanhã. Preciso ir pra casa dormir, porra! — reclamou um sujeito muito grande, um homenzarrão que usava calça jeans rasgada e camisa xadrez, que davam a ele um ar de lenhador, e trazia na mão uma sacola de compras da loja de ferramentas Construtex.

Alguns levantaram novamente a voz em conivência para com ele; outros pediram novo silêncio. Lá fora, dois policiais e um dos homens do exército trajando uniforme diferente dos demais, que acabara de chegar, aproximavam-se das portas blindadas.

— Não discordamos porque não temos como discordar de algo cujo motivo nem ao menos sabemos. E se estivermos sendo mantidos aqui dentro para nossa proteção? — perguntou o jovem nerd ao grandalhão, mas se dirigindo a cada um dos presentes; e, em seguida, voltando-se mais uma vez para fora: — O que sei é que temos o direito de conhecer o motivo desse confinamento forçado e qual a previsão de saída — concluiu rapidamente, antes que alguém mais o interrompesse.

— Sou o coronel Antunes — respondeu o homem do exército de uniforme diferente, cujo quepe da alta patente ocultava a careca lustrosa, praticamente gritando para se fazer ouvir do outro lado. — Não sabemos ainda o motivo dessa situação. Pedimos desculpas pelo constrangimento e pela nossa atitude drástica em apontar armas, mas esperamos ter respostas em breve e que vocês possam ir para os seus lares assim que as coisas forem esclarecidas.

E então a histeria se estabeleceu novamente — não a mera irritação por terem sido barrados na saída das compras de sábado, mas uma histeria incontidamente apavorada. Se a intenção do coronel era tranquilizá-los, ele passou bem longe dela. Se o exército nacional não tinha ainda uma explicação para o fato insólito pelo qual estavam passando, quem mais poderia ter? Com medo da resposta, dessa vez foi Lucas quem puxou Nicole para o lado leste, o mesmo para onde o bando de garotos tinha seguido havia pouco. Mas, antes que a menina se movesse para acompanhá-lo, viram que, do lado de onde vieram, uma pequena multidão chegava para se juntar à multidão inicial. Só poderiam ter tido a mesma ideia que eles, afinal, quando abrissem as portas do shopping, era certo que a principal seria a primeira. Assim, o acúmulo de pessoas ansiando pela saída se tornou maior com a chegada das pessoas que até então aguardavam na entrada do lado oeste. O furgão conhecido de Lucas também estacionava num dos poucos lugares vazios lá fora, um canto sem iluminação dos postes no qual o brilho tímido da lua nova lutava para penetrar.

Deixando uma mistura de exclamações incontroláveis de dúvida e indignação no ar, assim como os garotos skatistas, o casal de namorados seguiu para o corredor traseiro, mais precisamente para a área dos banheiros do andar térreo — mas somente após Nicole dar uma olhada para trás e constatar que o jovem nerd agora se afastava do restante do pessoal e se isolava com seu laptop no colo, sentando-se num dos três degraus que subiam ao palco do piano, no lado esquerdo da escada rolante. Ela constatou também que um furgão preto com letreiros verdes, da equipe da TV local mais conceituada da cidade, estacionava ao lado dos caminhões do exército.

O corredor que os levava aos banheiros térreos era formado por inúmeras lojas de roupas de grife, bebidas finas, perfumarias e estabelecimentos de produtos importados com nomes como Alltheworld. Todas estavam fechadas, apenas com suas competitivas fachadas em néon brilhando alheias aos acontecimentos. Traçando mentalmente o caminho em linha reta, com apenas uma curva que levava ao seu objetivo, Lucas só queria chegar o quanto antes.

— Luc, mais devagar; não aguento mais dar voltas por aí! — reclamou Nicole. — Quero voltar logo pra lá e esperar alguma novidade. Tô exausta por hoje.

Mas Lucas não respondeu. Apenas caminhava a passos largos, sendo acompanhado com alguma dificuldade por Nicole, que não fazia a menor ideia do que o namorado pretendia com tamanha determinação e urgência.

●

A senhora com o rosário se aproximou educadamente do jovem com o laptop sentado nos degraus do palco do piano.

— Com licença, como se chama, meu jovem?

— Hã... Me chamo Eduardo — respondeu, atrapalhado, tirando os olhos do monitor e se recuperando da surpresa diante da abordagem.

— Eduardo, sou a Catarina. — E, mesmo sem haver sido convidada, Catarina se sentou com certa dificuldade ao lado de Eduardo, mas um degrau abaixo dele. — Filho, você tem acesso à internet desse computador de mão?

— Acabei de conseguir uma conexão, senhora. Já que tem equipes de TV por aqui, pretendo descobrir se a imprensa está sabendo de mais coisas do que nós.

— Escuta, eu gostaria de lhe pedir um favor, meu jovem — prosseguiu Catarina após ter meneado afirmativamente com a cabeça para o que Eduardo dizia. — Meu marido é hipertenso, e minha filha, que mora conosco, está grávida de oito meses e meio. Com certeza estão acompanhando pela televisão o que está ocorrendo aqui e devem estar muito preocupados comigo. Se o senhor me deixar enviar um e-mail para casa, posso tranquilizá-los e ficar eu mesma mais tranquila também.

— Deixo, sim, senhora, pode enviar um e-mail. Mas não seria mais fácil ligar para casa? Pode usar meu celular se quiser. Ou mandar recado por alguma rede social...

— Não temos telefone fixo em casa, filho, e o único celular está comigo. E também não temos essas tais redes sociais. Como a minha filha trabalha no computador, e hoje ela ia trabalhar até eu chegar, logo vai ver o e-mail.

— Bom, nesse caso, a senhora pode enviar, sim.

Eduardo fez menção de colocar o laptop no colo da senhora.

— Oh, sou muito lenta pra escrever nessas coisas. Se puder me fazer mais esse favor de escrever e enviar pra mim...

— Posso, sim; é só a senhora ditar a mensagem e dizer pra qual e-mail devo enviar.

Catarina retirou da bolsa um papelzinho dobrado quatro vezes, levou-o aos olhos, mas não pôde ler.

— A essa hora da noite minha visão fica muito fraca...

— Pode deixar que eu vejo.

Eduardo digitou então o e-mail para a filha de Catarina e enviou a mensagem ditada pela senhora:

Queridos esposo e filha, estou presa no shopping, como talvez já devem ter visto na TV. Não sabemos ainda o motivo, mas tudo o que quero, na verdade, é estar com vocês. Não se preocupem, estou bem e espero que estejam também. Creio que logo abrirão as portas, e, assim que isso acontecer, pegarei um táxi para casa. Até mais tarde.

— Ele não dirige mais — Catarina falou para Eduardo, como se segredasse algo. — A única que dirige lá em casa é a Gabriela, mas, como tá com a barriga muito grande, tá sem dirigir.

Em seguida, Catarina abriu a bolsa para guardar o papel e retirou novamente o rosário, segurando-o firme entre os dedos.

— A senhora acha isso mesmo?

— O quê, meu filho?

— Que eles logo abrirão as portas?

— Vou te dizer uma coisa, meu jovem: nos meus setenta e dois anos de vida, nunca vi pessoas sendo presas assim num estabelecimento público, com polícia e toda essa porcariada lá fora. Nem as crianças eles retiraram. — Apertou o rosário entre os dedos, as dobras das articulações se tornando brancas com a pressão. — Não acho, não, meu filho. E não estou bem, como escrevi. Estou apavorada.

— Ah...

Eduardo percebeu que não eram somente os dedos de Catarina que haviam ficado brancos. O rosto enrugado, de traços harmoniosos, que indicavam que a mulher idosa ao seu lado devia ter sido muito bonita um dia, também estava alvo. Ela se levantou lentamente, olhou para Eduardo e falou, forçando um sorriso gentil:

— Muito obrigada, meu jovem. Deus lhe pague o favor.

— De nada, senhora — respondeu Eduardo, mas Catarina não ouviu. Seus lábios já se movimentavam novamente conforme se afastava, verbalizando palavras inaudíveis a qualquer outro que não fosse ela; e a quem, acreditava Catarina, dirigia as palavras.

•

— Se posso ir a esta hora da noite?! — Foi a primeira coisa que ela perguntou em uma exclamação entusiasmada. — Presas no Shopping Imperial?! — Foi a segunda enquanto pulava do sofá, engolindo o bocejo que estava por vir, e procurava as roupas que havia acabado de passar e guardar no armário de seis portas.

Não havia dormido na noite anterior. Um boato sobre uma rede de tráfico de drogas comandada por filhinhos de papai de renome na cidade, o qual ouvira na Dreams — uma famosa boate frequentada apenas pela nata de Curitiba —, fizera com que Rachel passasse toda a noite anterior em busca de um furo jornalístico, que então apresentaria, vitoriosa, no dia seguinte ao seu editor-chefe. Mas não havia conseguido nada, ao menos não daquela primeira vez, e para compensar a noite maldormida — ou não dormida — Rachel havia acabado de tomar três de suas eficientes pílulas para dormir, que já começavam a fazer efeito antes de receber a ligação. Mas aquele detalhe não tinha importância. Tomaria um energético potente e logo estaria cem por cento, porque essa era, definitivamente, a matéria de que Rachel precisava para provar seu valor a todos eles. Para provar a Cássio Monteiro. "Ainda estamos decidindo, Rachel", fora o que lhe dissera o homenzinho franzino de bigode bem aparado e ternos feitos sob medida da Style Men quatro semanas antes. "Você sabe que a Ana também vem se sobressaindo consideravelmente nas últimas matérias. E sabe também o valor do mérito concedido pelos populares a uma repórter local que..."

...é mantida refém num assalto ao maior Banco do Brasil da cidade e consegue persuadir os bandidos a liberar as mulheres e as crianças, pensara ela, exatamente como o homenzinho falara em seguida. E não era para menos, pois aquela estava sendo a terceira vez que ouvia isso em menos de duas semanas. Se ouvisse mais uma vez, seria capaz de... nem ela mesma sabia ao certo. *Mas e o caso da família Lizenbergen? Será que ninguém mais nesta maldita cidade se lembra da matéria da família Lizenbergen?*

É claro que se lembravam. Rachel Nunes, a jovem repórter do *Cidade Nossa*, em viagem com uma amiga da faculdade, juntamente com uma amiga da amiga, havia descoberto um galpão um tanto quanto suspeito no meio do nada após virar em um ponto qualquer da BR-277, próximo ao pequeno município de São João do Oeste. O galpão por si só parecia murmurar, com suas portas enferrujadas, altas e imponentes cobertas de vegetação daninha, que algo dentro dele estava errado. Não, ele não havia sido construído para aquilo. Talvez para a colheita de soja, talvez para o gado da fazenda por onde haviam passado... cinco quilômetros atrás! Não, aquele galpão ocultava alguma coisa que precisava ser descoberta. Talvez Rachel até fosse capaz de deixar passar e seguir logo para a tal festa *rave* da qual Alessandra falava desde a última quaresma. Mas ela havia visto também as pegadas. Deus, como aquelas pegadas contrastavam com tudo o mais que vira por ali. Como *aquela* pegada contrastava com tudo! Pegadas de criança, número 27 — uma criança de cinco anos? Talvez seis. Como poderia seguir despreocupadamente para a *rave* no sítio da tal Susana se vira a pegada número 27 estampada naquele ermo pedaço de terra?

Rachel pedira para voltar, pois, mais uma vez, sua visão nata de repórter observadora havia encontrado algo mesmo sem ter procurado. Inconscientemente, talvez, mas não de propósito, não naquele dia. Então a amiga da amiga, a moça que dirigia, dera ré até parar. E lá estavam elas, nítidas no solo terroso, em total desarmonia com o lugar nada menos que incomum. Eram cinco pares. Ela não era e nunca havia pensado em ser policial, muito menos detetive, mas sabia que eram cinco, embora muitas vezes se misturassem numa confusão que nenhuma das outras conseguiria decifrar. Mas Rachel decifrara. Rachel sabia que eram cinco. Quatro pegadas de adulto e uma de criança. Saindo do acostamento, elas seguiram até onde a vista alcançava naquela estrada de terra estreita no meio do matagal. E lá estava ele, antigo, abandonado, assustador e dono de um segredo que ela teria de descobrir.

O que pegadas de criança faziam por ali? Claro, podiam ser do filho do dono do galpão!

— Você vem ou não com o papai, Paulinho? Vamos dar uma olhada no velho galpão da família e ver se ainda há tempo de reformá-lo e vender aos Moreira?

— Tá bom, papai, mas depois promete que vai jogar futebol comigo com a bola nova? Você promete há um tempão e tá sempre ocupado.

— Prometido, então. A gente vai, dá uma olhada por lá e volta. E, semana que vem, já vou mandar reformar aquele galpão velho que era do seu avô. Vamos chamar a mamãe também, aí, na volta, podemos passar naquela padaria da cidade de que você gosta.

E então o telefonema, ele atenderia e desligaria carrancudo:

— Era só o que me faltava, os Moreira querem ir também. Por que essa gente quer tudo na hora? Podiam pelo menos esperar eu dar uma ajeitada antes. Mas fazer o quê? Negócio é negócio.

E lá teriam ido eles — Paulinho, seu pai, sua mãe e os Moreira — dar uma olhada nas condições do velho galpão. Mas não, não devia ser isso nem algo semelhante. Não era impossível, mas dificilmente provável. O galpão se erguia a aproximadamente cinquenta metros do acostamento, para onde as pegadas haviam seguido. Entrado. E dificilmente saído. Ao menos, não todas elas. Sua intuição de repórter — recém-formada, verdade, mas já uma excelente repórter — lhe dizia que algo de muito furtivo seria revelado de trás daquelas paredes de cores desgastadas.

A amiga da amiga havia ficado no carro; o único calçado que tinha era o salto quinze que usava, e descalça ela não iria jamais. *Por que não aproveita então para dar uma fixada melhor nas unhas de porcelana, sua piranha cosmopolitana?*, fora o único pensamento de Rachel ao olhar para ela enquanto saía do carro. Alessandra, que havia levado um par de chinelos — "pré e pós-rave" —, saltara do carro com a amiga caçadora de notícias. Em menos de um minuto, estavam paradas em frente ao galpão suspeito.

— Olha esses cadeados. O que cadeados tão grossos fazem num lugar assim? Por que eles precisam desses cadeados, Alê? Você não acha estranho demais?

E, então, o grito sufocado vindo de dentro. E mais outro. E outro; o último, mais fino... feminino. Logo, toda a polícia da cidade mais próxima chegava ao local. E o furgão preto com grandes letras verdes formando o nome *Cidade Nossa*, mas somente o cameraman, pois a repórter já estava lá. A própria repórter fora a responsável pelo auê todo. Havia descoberto o paradeiro da família Lizenbergen, sequestrada duas semanas antes em sua propriedade bacana no centro de Curitiba e levada ao velho galpão não tão abandonado assim, pois, além da família sequestrada — pai, mãe e filha de seis anos; era uma menina! —, a dupla de bandidos ainda guardava uma considerável quantidade de drogas empacotadas, que eram compradas na fronteira com o Paraguai e vendidas em grande parte da cidade. O resgate pelo sequestro estava sendo pedido ao pai da senhora Lizenbergen, um velho empresário alemão, dono de grandes lojas de eletrônicos da região. Um dia depois, os dois bandidos foram pegos a sessenta quilômetros do galpão.

Ana Lombardi, a repórter do jornal da noite, vinha acompanhando o caso da família Lizenbergen desde o início. Mas só o que ela conseguira mostrar até aquele momento era que a família de descendência alemã havia sido vista quando saía de casa, às oito horas da noite do sequestro. Rachel e Ana tinham travado uma competição tácita desde o primeiro dia em que a repórter novata havia conseguido a vaga no jornal. Rumores diziam que Ana almejara a vaga para sua prima do interior, que residia havia cinco anos na capital e se formara na USP, o que lhe dava uma qualificação invejável em qualquer lugar em que entregasse seu currículo. Mas Cássio Monteiro escolhera a novata Rachel Nunes. "Essa contratação precisa ser urgente, Ana, e sua prima só poderia estar aqui no próximo mês", havia sido a resposta de Monteiro a Ana assim que a repórter caucasiana chamara o chefe do outro lado da porta, enquanto este terminava a entrevista com Rachel. Conforme ele retornava ao escritório, deixando para trás a subalterna questionadora, Rachel não perdera a oportunidade de dar uma boa olhada naquela que ficara plantada — e indignada — em frente ao escritório do diretor do *Cidade Nossa*. E, mesmo sem querer, Ana Lombardi havia ensinado à jovem repórter que um terninho de saia e blusa sofisticado era essencial para uma repórter bem-sucedida. Fora assim que Rachel aparecera vestida em seu primeiro dia.

E agora a disputa. A disputa pela vaga de apresentadora do *Cidade Nossa*. Todos sabiam que a disputa era exclusivamente entre Rachel e Ana, as duas repórteres mais competentes da emissora. E Rachel haveria de ganhar. Ela tinha de ganhar.

Diabos! Por que justo Ana havia sido mandada para cobrir a matéria do assalto ao Banco do Brasil dois meses antes? Se Ana havia falado qualquer coisa e convencido os quatro assaltantes a liberarem as mulheres e as criancinhas, claro que ela também conseguiria. O caso da família Lizenbergen era antigo demais. Três anos era muito para competir com dois meses. Mas as pessoas haveriam de se lembrar. Se fosse preciso, ela procuraria a família por conta própria e faria uma entrevista com a menina dos Lizenbergen. Isso! Crianças são naturalmente cativantes, e a menina agora devia estar com nove anos. Ela contaria como fora a sensação de ter tido a vida poupada e, assim, voltar à sua rotina de vestidos caros e viagens internacionais; e tudo por causa da repórter Rachel Nunes. Sim, ela iria atrás da família novamente, convenceria os pais a deixarem a filha dar a entrevista e...

O som inesperado do telefone fizera Rachel pular do sofá. Finalmente o descanso do sábado à noite, e o aparelhinho maldito tinha de tocar. Mas ela estava preparada; era uma repórter, tinha de estar. Nesse quesito, sua profissão se assemelhava à dos médicos, bombeiros e entregadores de pizza. E, mesmo se não estivesse, o estranho acontecimento do shopping tinha de ser transmitido por ela. Mais uma vez, sua intuição jornalística falava alto — gritava — aos seus ouvidos, e ela simplesmente sabia que tinha de estar lá. Enquanto tomava a segunda garrafa de energético desde o telefonema, Rachel pegou o conjunto caro de terninho e saia na cor cinza, ajeitou os cabelos louros de corte chanel em frente ao espelho, calçou o salto médio, bocejou duas vezes seguidas e saiu.

Rachel Nunes soube, desde o início, que o evento que se passava no Imperial Shopping Center era grande demais para deixar de ir por causa de um sono costumeiro que poderia ser sanado mais tarde — e grande demais para ser transmitido por Ana Lombardi.

●

Exatamente trinta e cinco segundos após Eduardo ter enviado o e-mail de Catarina, tanto a internet wi-fi, própria do shopping, como as internets individuais foram cortadas por meio do satélite que cobria aquela área. Várias imagens do interior do shopping com suas dezenas de enclausurados, e também da plateia que a eles assistia lá de fora, já haviam sido enviadas ao YouTube, mas tal exposição não seria mais possível a partir de então, deixando ainda mais indignados muitos dos jovens que estavam ansiosos por causarem um pouco de sensacionalismo e ganharem *likes* com sua própria situação. Os próprios vídeos do YouTube já estavam sendo cortados pelo site, que obedecia às ordens recebidas.

Menos de um minuto após o corte da internet, o sistema de telefonia também foi cortado, e qualquer comunicação com o lado externo se tornou, então, fora das possibilidades daquelas pessoas trancafiadas.

Em algum lugar muito distante do Imperial Shopping Center, alguém tinha autoridade para aquilo.

●

Havia algum tempo que as finanças não iam bem, e a dificuldade tão temida, a crise mais pesada desde o primeiro ano de casados, tinha batido à porta e entrado antes mesmo de eles chegarem a abri-la. As coisas iam mal tanto na microempresa de contabilidade de Saulo Borges, que ele mantinha com mais dois sócios da época da faculdade, quanto na revenda de cosméticos de Luiza; mas, ainda assim, eles não abriram mão de comemorar o aniversário de nove anos de Amanda na Happy Party, o buffet infantil do Shopping Imperial. Queriam poder responder, a quem perguntasse, que faziam aquilo por Amanda, o que não seria de todo mentira, mas a verdade era que faziam por Amanda, sim, mas pensando neles mesmos. Porque Amanda, a filha única e mimada, simplesmente faria um escândalo caso seu pedido de aniversário não fosse atendido, e eles preferiam manter a paz familiar à estabilidade financeira — embora esta também abarcasse toda a família.

O equilíbrio emocional, o bom senso e o entendimento mútuo que haviam construído com sucesso entre eles eram fatores em que, por algum motivo, haviam falhado em sua tentativa com Amanda. O pior de tudo — e Saulo se pegava pensando nisso com uma frequência que ele gostaria de poder reduzir a um décimo — era que nem ele, nem Luiza saberiam dizer exatamente em que ponto haviam de fato falhado. Em que lugar da linha do tempo dos acontecimentos eles erraram de forma tão trágica e irreversível na educação da filha? Aquele erro tornara Amanda uma ditadorazinha mirim capaz de lhes arrancar até a unha do dedão do pé caso não fosse atendida ao apontar e com sua vozinha firme e sedutora dizer: "quero isso pra mim!".

Como eles queriam poder dizer que haviam gastado o dinheiro que não possuíam porque Amanda merecia, porque Amanda era uma filha tão compreensiva com a situação financeira da família que fora capaz de chegar a eles e dizer: "tudo bem, eu não preciso de festa, mamãe e papai, só um bolinho já tá bom; eu sei das dificuldades, não se preocupem!". Então, sim, eles juntariam tudo o que tinham, porque, afinal, Amanda *merecia* aquela festa cara demais para sua condição atual, era *merecedora* do sacrifício, era isso o que importava. Mas, em vez disso — durante a conversa de três semanas antes, em que os dois tentaram lhe explicar que agora as coisas estavam difíceis, mas que no próximo ano acreditavam que tudo ficaria melhor e que ela teria uma festa de dez anos do jeito que escolhesse —, Amanda olhara bem para os dois, ficando em pé na frente deles e saindo do lugar do sofá que, até então, durante os dois minutos iniciais de conversa, havia ocupado, e falara da maneira segura e decisiva que seria capaz de convencer um evangélico fanático a desacreditar da existência de Deus na mesma hora: "vou ter a minha festa no shopping, é o que eu quero pra *esse* ano".

Se pudessem visualizar a tal linha do tempo, Saulo e Luiza não veriam apenas o divisor de águas inicial, a primeira atitude errônea que haviam tido como pais, a primeira concordância acerca de algo que deveria ter sido cortado com um simples "não", que era o que faziam não os pais ruins, mas os pais educadores e corretos; se pudessem visualizar essa linha do tempo, eles veriam não apenas a falha inicial, mas uma sucessão de falhas e mais falhas, e, certamente, veriam que *aquela* falha, a resposta ao capricho da vez de Amanda, merecia um lugar de destaque: "está bem, Amanda, terá a sua festa no shopping. Você não tem jeito mesmo, menina!".

Mas eles não podiam visualizar essa linha e acreditavam que jamais poderiam. Estavam cansados. Cansados de não tentar, diria a mãe de Luiza, e não estaria sem razão. Saulo mesmo era capaz de admiti-lo em momentos como aqueles em que Amanda saía de casa para fazer as compras da semana com a mãe no mercado, o dinheiro contado até a última moeda de cinco centavos, e voltava balançando uma sacola com uma sandália que havia custado o dobro do valor gasto para encher a despensa, paga em dez vezes no crédito. De qualquer forma, estavam cansados, mas, ainda assim, cegos demais para admitir que haviam desistido. E, novamente, a mãe de Luiza estaria lá para bradar aos quatro ventos que Saulo e Luiza tinham desistido, mas eles continuariam cegos e também surdos.

De qualquer forma, independentemente do merecimento ou não de Amanda, e da condição financeira deles para bancar a festa, ela estava acontecendo, e então Amanda correu do meio dos amigos — com seus cachinhos de salão de beleza subindo e descendo sobre o vestido rosa-princesa "igual ao da revista" —, pulou no pescoço dos dois e disse que eles eram os melhores pais do mundo. Nesse momento, ela estava merecendo, foi o que pensaram, e, então, quando chegassem em casa, pensariam juntos no que fazer para cobrir toda a despesa que haviam gastado com a festa de nove anos de Amanda.

— Fala, Jurandir! — Saulo atendeu ao telefone cinco segundos após receber o abraço amoroso da filha, e ainda a via se afastando de costas, os mesmos cachinhos louros balançando com o movimento da corrida. — Sim, a gente leva ela; não esquenta, cara. — Silenciou, ouviu, continuou: — Sim, sim, no máximo em uma hora. Falou, cara!

— Ele tá preocupado? — Luiza, tirando os olhos da filha, cujo esvoaçante vestido infantil com suas inúmeras camadas sobrepostas subia e descia no pula-pula, perguntou ao marido, expulsando o pensamento sobre o argumento que daria às clientes naquela semana sobre a eficácia comprovada do novo creme anti-idade; precisava vender no mínimo vinte naquele mês, e isso tirava seu sono havia três semanas. — Se levar mais tempo do que isso, a Juliana pode dormir lá em casa.

— Não, ele tá tranquilo. Só queria mesmo confirmar o horário, porque viu o Vinícius chegando com o pai — falou Saulo, guardando o celular após verificar que a bateria estava no fim; não duraria mais do que poucos minutos.

— Ah, é o Vinícius que mora no mesmo prédio da Ju, né?

— É, mas expliquei pra ele sobre os amigos especiais da Amanda.

— Só espero que esses tais especiais não façam a gente ficar aqui a madrugada todinha.

— Que nada, Luiza, eles têm um horário fixo pra fechar.

Saulo se jogou num pufe em formato de baleia ao lado da máquina de pipoca, e Luiza fez o mesmo no pufe de golfinho ao lado, esticando as pernas cansadas e as espreguiçando no ar. Luiza bocejou demoradamente e encostou a cabeça no ombro do marido.

— Que esse horário chegue logo! Essa festa já tá se prolongando demais. Aliás, o dia tá se prolongando demais.

Só a tarde passada no salão de beleza com Amanda já fora, por si só, estressante; a filha havia escolhido um determinado penteado no dia do teste de penteados e, naquela tarde, só depois que o cabeleireiro havia terminado de fazê-lo fora que ela decidira que queria os cachinhos em vez do coque bagunçado de princesa moderna. E essa fora só a primeira de uma série de vontades de Amanda que ela, a equipe do salão,

Deus e o resto do mundo se prontificaram a atender. E agora, quando quase todos os colegas já tinham saído da festa e Luiza já imaginava a textura da fronha do travesseiro que repousava sobre sua cama — quase podia senti-la na orelha —, Amanda havia inventado que tinha três amigos especiais, "os melhores amigos que alguém poderia ter", e que eles ficariam mais um pouco.

Saulo não deixara de perceber a entreolhada quase discreta que as duas funcionárias da Happy Party trocaram após a filha berrar a informação de dentro da piscina de bolinhas; e não as culpara por isso. Eram apenas os outros dois adultos no recinto, e desejavam que aquela noite acabasse logo. Quem poderia culpá-las? E lá foi ele ligar para os dois pais restantes — porque o pai de Juliana já ligara antes disso; não havia necessidade de falar com ele novamente agora — para avisar que a festinha terminaria um pouco mais tarde do que o horário constado no convite.

E assim passaram todo o resto da festa, ele e Luiza jogados nos pufes, os olhos em alguns momentos ameaçando se fechar e, logo em seguida, voltando a arregalar-se com um sobressalto — somente para voltarem a quase se fechar novamente —, as funcionárias correndo aqui e ali com mais bandejas de docinhos, salgadinhos e refrigerantes. Mas, pelo menos, as crianças estavam se divertindo, e aquilo compensava parte de todo o gasto, de todo o cansaço e de toda a preocupação futura com as despesas familiares.

Os amigos especiais eram uma menina e dois meninos: Juliana, Enzo e Ricardo. Luiza já havia recebido os dois primeiros em casa e sabia que eram crianças educadas, obedientes e contidas; três características, aliás, que gostaria que passassem para a filha por osmose, no contato com elas. Ricardo também parecia ser um bom menino, e ela, mais uma vez, perguntava-se onde haviam errado tanto na educação de Amanda. Pensava justamente nisso, não desconfiando de que o marido pensasse quase o mesmo — ele pensava em escrever para a Supernanny, na verdade —, quando as funcionárias avisaram que estava na hora de fechar. Saulo e Luiza pularam dos seus respectivos pufes no mesmo instante, os três amiguinhos pegaram os balões que haviam separado para levar para casa e Amanda deu forma à sua mais típica careta de birra.

•

Lucas só começou a diminuir os passos após entrar na última ala dos sanitários — em todos os andares do shopping, as portas dos banheiros ficavam localizadas nos corredores de acesso ao estacionamento interno — e avistar o desenho de um homem segurando uma cartola na placa fixada à porta do recinto. Como precisava usar o banheiro! Mas não para urinar, embora fosse o que Nicole provavelmente estaria pensando. O rapaz precisava, com uma urgência maior que a usual, aliviar outra coisa que não a bexiga: tinha de limpar os brônquios imediatamente, antes que a crise atingisse o seu auge; tinha de respirar aquele ar milagroso que passava eliminando qualquer inconveniente que se instalasse por lá, impedindo sua respiração. E precisava fazê-lo agora, pois mais alguns segundos e Nicole perceberia o quanto ele lutava com sua dificuldade em respirar, o quanto ele sufocava a asma, que ansiava por vir à tona. Mas não demonstraria essa fraqueza perante a garota forte e destemida que amava. Entraria no banheiro em poucos segundos, mandaria para dentro o gás mágico de sua bombinha de asma e estaria tão bem como pouco mais de meia hora atrás. Tão bem como antes de toda aquela situação inevitavelmente claustrofóbica começar.

Adentrou o banheiro masculino com um empurrão forte na porta. Vozes vinham de dentro, mais precisamente da área dos espelhos. Risadas. E um barulho de borrifador. Talvez um spray. Quem diabos estaria lá dentro? No meio do desespero pulmonar, uma faísca de dedução se fez pulsar, e então ele soube que só podia se tratar dos garotos que haviam passado por eles antes de terem ouvido o comando de permanecerem no hall. De qualquer forma, estaria se lixando para eles se, para entrar no corredor dos banheiros individuais dentro do banheiro maior — *que nome teriam eles? "Banheiros menores dentro do grande banheiro maior" até que soaria um tanto hilário se não estivesse às margens de uma crise de asma; que se danem as porcarias de conceitos agora!* — não tivesse de passar pelos espelhos e pias. Mas ele precisava passar, afinal era caminho até as drogas dos banheiros individuais. E foi por isso que, desafiando mais uma vez a sua própria capacidade de suportar a falta de ar, Lucas agarrou a lixeira próxima da porta, atirou-a com raiva no chão de porcelanato em resposta à agonia cada vez mais crescente, deu meia-volta e saiu tão rápido quanto havia entrado. Não deixaria ninguém no mundo vê-lo usar a bombinha de asma. Nem ao menos ouvi-la. Ninguém jamais saberia que Lucas Soares era asmático. Nem mesmo Nicole. Especialmente Nicole. A garota que certamente fora uma das mais populares e desejadas da escola — senão a mais — nunca saberia que ele não passava de um nerd desajeitado com problemas respiratórios.

— Lucas, espera! Pra onde você tá indo agora? Por que saiu tão rápido? Conseguiu... Seja lá o que foi que você foi fazer, conseguiu? Isso tá soando meio constrangedor, então me faça parar e diga aonde você vai!

Nicole começava a ofegar, seguindo a uma distância de três passos atrás de Lucas. Ele ia para os banheiros do andar superior, claro. Mas como dizer isso à namorada sem que ela percebesse sua voz sufocada, sua respiração reveladoramente pesada? Depois alegaria uma crise de pânico qualquer — não era o que acontecia com algumas pessoas, mesmo as mais fortes, diante de situações inesperadas? Era, e ela via muitos filmes, devia saber disso. Só o que ele queria fazer agora era chegar até as escadas rolantes do lado leste e subir. Como queria poder pedir para Nicole ficar e esperar por ele lá embaixo... Mas nem isso ele conseguiria dizer sem ter sua doença respiratória revelada. Arrependeu-se de ter puxado a namorada para ir com ele, mas, de qualquer forma, ela certamente teria ido atrás dele. O jeito era seguir em frente a passos largos e torcer para que Nicole entendesse depois.

Lá estava ela. A escada rolante. Correu — era a primeira vez que conseguia correr durante uma crise, era a primeira vez que precisava correr em meio a uma — e continuou correndo, ignorando a peculiaridade tecnológica da escada. Ainda bem que Nicole deixara de questioná-lo; mais um pouco e o rapaz que tinha vergonha de ser asmático — era um asmático, que patético! — enlouqueceria. Ela apenas o seguia, também correndo, apesar de estar sendo levada por uma escada que subia sozinha.

Finalmente os banheiros do segundo andar. Ignorando naturalmente o primeiro banheiro da esquerda por ser feminino, Lucas entrou no banheiro da direita, em frente ao banheiro familiar, que ficava do outro lado do corredor — todos os andares possuíam um banheiro familiar, que não eram exatamente fraldários, mas banheiros em que os pais podiam entrar com crianças pequenas. O rapaz adentrou quase que destruindo a porta atrás de si, deixando Nicole do outro lado dela.

Finalmente conseguiria a inalação, o alívio de uma respiração sem dificuldades. Enquanto se dirigia para dentro de um dos banheiros individuais, soltava a respiração dificultosa com todas as forças que possuía. Se o tivesse feito perto de Nicole, a garota perceberia; mas, agora, podia puxar o fôlego até quase estourar os pulmões, pois logo a bombinha super-heroína entraria em ação e mandaria para os quintos dos infernos a doença maldita. Avistou um dos banheiros com a porta escancarada e, automaticamente, dirigiu-se até ela. Conforme colocava o primeiro pé no interior do pequeno compartimento, já tateando o bolso da jaqueta em busca da bombinha, um som arquejante, que não era o de sua respiração, ecoou em algum lugar do banheiro.

•

Nem polícia, nem exército; ninguém queria dar entrevista ao *Cidade Nossa,* o mais conceituado jornal televisivo da cidade. O máximo que ela obteve foi um apático: "não podemos divulgar informações no momento". Se ela ao menos tivesse conseguido a entrevista com a mãe das duas crianças presas no shopping, que havia ficado no carro enquanto os filhos foram à livraria... Mas a mulher não quisera dar entrevista alguma, e Rachel vira escapar por seus dedos o depoimento que seria de um sensacionalismo relevante à sua matéria; por isso, a empertigada repórter começou a transmissão sabendo tanto quanto a maioria dos ali presentes:

— Estamos ao vivo na entrada do Imperial Shopping Center, o maior shopping da cidade de Curitiba, onde um fato extraordinário está ocorrendo neste exato momento. Não se sabe ainda o motivo, mas muitas pessoas que passeavam ou faziam compras no shopping neste fim de noite de sábado estão sendo mantidas presas no estabelecimento. A porta foi trancada, e podemos perceber a grande quantidade de policiais e soldados do exército mantendo guarda aqui na frente. — Rachel Nunes, após sua introdução proferida em voz grave e com as pausas caracteristicamente jornalísticas, voltou o olhar para dentro do shopping, imitada pela câmera filmadora do parceiro de profissão. — Podemos perceber que lá dentro a situação parece estar tão ou mais tensa que aqui fora. Reparem que várias pessoas aqui de fora estão munidas das câmeras de seus celulares e filmam tudo o que está se passando. É mesmo uma situação extraordinária e digna de ser filmada, porque não é todo dia que acontece algo desse tipo. Mas, se essas pessoas aqui de fora estão apreensivas, imaginem quem está lá dentro... Essas pessoas estão perdidas na situação a que foram submetidas, e parece que ainda não têm resposta para tal procedimento das forças armadas. Vamos entrevistar uma funcionária de uma loja do shopping que presenciou o exato momento em que as portas foram seladas. — Voltou-se para a morena baixinha, com o uniforme das Lojas Americanas. Pedro, o cameraman de calças largas xadrez, fez o mesmo. — Poderia nos dizer há quanto tempo a senhora trabalha no shopping?

— Faz uns oito meses.

— E durante esses oito meses, já presenciou algo desse tipo acontecer por aqui?

— Não, e acho que em lugar nenhum, né? Nunca vi pessoas inocentes sendo presas pela polícia. Só mesmo se tivessem sendo mantidas reféns, como a gente vive vendo pela TV, mas isso é diferente. Tá muito mal explicado isso aqui.

— A senhora poderia narrar como foi o exato momento em que as portas foram trancadas?

— Bom, eu tava saindo, tava indo pra casa pra descansar, porque amanhã é domingo, mas a gente tem que trabalhar do mesmo jeito, né? Tinha outras pessoas saindo também, uns colegas das outras lojas. E os clientes. A maioria ainda tá aqui pra descobrir o que tá acontecendo. E, cinco segundos depois que eu saí, apareceu essa gente toda da polícia e sei lá mais o que e barrou a saída das pessoas. Cada um daqueles grandões ali — a moça apontou para dois dos policiais mais altos que faziam guarda — ficou de um lado da porta, porque ela é dupla, né? Aí eles fecharam tudo.

— Podemos perceber que as portas não possuem cadeado, ou nenhum outro tipo de tranca visível. De que forma as portas foram trancadas?

— Essas portas se trancam sozinhas quando são fechadas. Porque você sabe que elas abrem e fecham o dia todo com o sensor, né? Quando as pessoas chegam perto, elas se afastam pra deixar passar. No final da noite, os seguranças desligam os sensores e só juntam as duas, aí elas se trancam na hora.

— E quem desligou os sensores para os policiais trancarem as portas? A senhora pode explicar como foi?

— Foi o Marlon. Ele tava saindo junto comigo, mas só ia me levar até a calçada, já ia voltar, porque só sai depois da meia-noite. A gente tava até falando sobre amanhã, que no domingo é muito cansativo o trabalho por aqui e tal... Aí apareceram esses fardados aí e barraram ele, porque viram que tava com o terno do uniforme de segurança, só pode. Aí perguntaram se ele tava com o controle das portas. Ele disse que sim, e eles mandaram fechar *imediatamente*; foi bem assim que aquele grandão ali falou! E ainda ficaram com o controle depois. Na hora não tinha ninguém à vista, ninguém saindo. Só depois de uns... sei lá, uns dois minutos, foi que o pessoal começou a aparecer pra sair. Até tinha umas pessoas lá longe, no final do corredor dos importados, mas acho que eles nem se deram conta, porque já tava quase na hora de fechar mesmo.

— E a senhora saberia dizer qual foi o critério para a decisão de quem ficaria e quem sairia do shopping?

— Como é que é, moça?

— Houve algum tipo de escolha sobre quem ficaria lá dentro?

— Que nada, eles só foram trancando tudo, nem olharam pra ver quem tava lá. Logo as pessoas foram aparecendo, querendo sair. Podiam ter deixado os idosos e as crianças saírem, né? Eu vejo muita novela e filmes, sabe, e eles sempre deixam as crianças saírem, as pessoas mais velhas, essas coisas. Tem até um rapaz numa cadeira de rodas, coitado! Nem pra isso eles ligaram.

— Então, no momento do selamento, quem estava fora ficou fora e quem estava lá dentro permaneceu lá dentro, sem nenhum tipo de seleção, certo?

— É isso mesmo. Nunca vi nada assim em toda a minha vida. Essa gente sem coração acha que só porque usa esse uniforme e essas armas aí pode fazer o que quer com as pessoas. Todo mundo querendo ir pra casa descansar com a família, e vêm esses fortões aí e prendem as pessoas inocentes? Onde já se viu isso, meu Deus?

— É, realmente, uma situação fora do comum. Obrigada pela sua cooperação — disse Rachel de forma automática conforme a entrevistada meneava a cabeça negativamente e se juntava novamente ao resto da multidão. — Como podemos ver, nenhuma explicação foi mesmo dada, tanto aos que estão do lado de dentro como a nós, que observamos aqui do lado de fora e aguardamos este pesadelo sem precedentes ter um fim.

Rachel salivava pelas respostas que procurava para aquele evento enquanto dava risinhos apenas nos pensamentos sobre a antítese de seu ponto de vista; aquilo, para ela, estava longe de ser um pesadelo, estava muito próximo de um sonho tomando formas palpáveis. Havia épocas de vacas magras, era verdade, mas aquele momento e aquela busca — que, sabia ela, seria árdua, mas teria uma compensação no final — faziam parte dela. Muitas poderiam estar naquela profissão por não terem encontrado nada melhor, ou apenas por mera necessidade, mas não era o caso dela. A lendária ex-repórter do *Cidade Nossa*, Clarice Siqueira, sim, era um desses dois casos.

Volta e meia os funcionários mais antigos do jornal — e, depois, mesmo os mais recentes, pois em nenhum lugar do mundo as pessoas perderiam a chance de ouvir um burburinho e passá-lo adiante; nada que fugisse dos padrões da natureza humana — comentavam entre um cafezinho e outro o fato de, quando tudo parecia ir bem para a promissora repórter, Clarice simplesmente ter estacionado um belo carro — e novíssimo, por sinal; alguns afirmavam ser importado — em frente à emissora num dia igualmente belo e se demitido sem explicações e sem conseguir ocultar uma ansiedade exagerada. Depois disso, apenas sumira do mapa, e, nas semanas que se seguiram, todos especularam pelos corredores que provavelmente havia ganhado na loteria ou virado garota de programa — com um crédito mais favorável à segunda opção. O fato era que nunca mais a misteriosa repórter fora vista na cidade. Mais de uma década depois, ao entrar para o jornal, Rachel concluíra que havia sido melhor assim; pelo que ouvia falar, havia um grande potencial em Clarice aliado a uma ambição quase semelhante à dela, e Rachel não gostava de nada que pudesse lhe representar qualquer tipo de ameaça profissional. A mais nova repórter se sentia internamente grata pelo fato de, apesar da promessa de um futuro promissor por ali, a carreira jornalística não ser algo que corresse nas veias da tal Clarice. Mas era, definitivamente, o caso de Rachel.

A repórter abaixou o microfone e reparou que um furgão do Canal Iguaçu havia estacionado do outro lado da calçada, e, instintivamente, procurou com seus olhos bem treinados pela equipe de reportagem. Localizou a repórter miúda e seu cameraman no meio da multidão do lado oposto ao que se encontrava. Lançando-lhes um olhar de desdém, foi até o espelho retrovisor do furgão que os conduzia. Fitou-se, deu uma ajeitada nos cabelos louros e retocou o batom. Depois, posicionou-se, juntamente com seu parceiro de trabalho, próximo à multidão, que ansiava por uma resposta.

Penitenciária Federal de Segurança Máxima de Catanduvas,
oeste do Paraná, 475 km de Curitiba
Uma hora e meia após o início da quarentena

Só naquele momento Magrão pôde finalmente definir a sensação incômoda que havia sentido durante todo o dia. Se tivesse de defini-la antes, diria apenas que era uma sensação terrível; não conseguiria se estender mais do que isso na complexidade do que padecia. A sensação se tornara cada vez mais intensa à medida que a noite avançava, e ele divagava com os olhos vivazes, mirando o teto de sua cela. Além do banheiro — um recinto minúsculo dentro da cela —, seu território particular era composto por uma cama com colchão à prova de fogo, uma mesinha, um banco, uma prateleira — todos fixados no chão ou na parede —, ele próprio e a sensação ruim. Naquele momento, porém, enquanto os dois homens grandes e desconhecidos — portando terno e gravata, sisudos, fortemente armados e com aparelhos de comunicação que abrangiam o ouvido e a boca — invadiam a sua cela individual de sete metros quadrados sem alarde nenhum, sem chamar a atenção de mais ninguém, ele foi capaz de entender o que aquela sensação horrível queria lhe dizer: algo muito ruim estava prestes a lhe acontecer.

Aquela sensação estranha havia começado ainda pela manhã, durante a primeira meia hora do banho de sol no pátio. Erguendo os olhos para as cercas de arame sobre os muros altíssimos que circundavam o local, fora abordado por Truta, o primeiro a ir falar com ele naquele dia e a tirá-lo de suas divagações a respeito da tal sensação:

— O que é que tá pegando aí, Magrão? — Truta se aproximara com seu uniforme azul-claro, igual ao de todos ali, mas com seus gestos e andar de rapper, que lhe eram únicos e o denunciavam de um extremo a outro do extenso pátio, e aquela raça tinha de fato um andar próprio, pensava Magrão. — Tá muito quietão hoje, brother! — concluíra, dando um tapa nas costas de Magrão.

— Na boa, Truta, agora não tô a fim de bater papo, cara.

— Ih, qualé, mermão, depois do fight da semana passada tá a fim de ficar na moral com os cara de farda, é?

— Nada, só tô quieto na minha.

De fato, ele só estava mesmo quieto, esperando que alguma resposta à má sensação lhe ocorresse.

— Eu, hein! Você tá falando de um jeito que quem vê pensa que é certinho. Conheço tu, cumpadi! E não é de hoje, morô? Se tiver pensando em algum esquema aí, não esquece de me introduzir na malandragem! Aqui você sabe que é nóis, tá ligado? E sabe que tô precisando de uns canudo aí, tô zerado!

— Porra, Truta, vê se dá um tempinho, cara! Vai alugar outro, brother! Não tem esquema nenhum.

— Ih, malandro... Se liga aí, Magrão. Se tu não tivesse disposição pra bandidagem, até que dava pra...

— Cai fora, Truta — Magrão o interrompera. — Antes que role outro fight. E com você dessa vez. Eu tô avisando, cara!

— Tá bom, tá bom, eu tô é vazando já. O traficantezinho cheio das mordomia aqui acha que é o bonzão, né? — Truta já estava se virando, mas olhara mais uma vez para Magrão. — Eu tô de olho, Magrão. Também manjo de muita arte, tá ligado?

E se afastara com seu inseparável andar de rapper, juntando-se a um grupo de dois detentos que conversavam. Magrão havia visto o assaltante e homicida dar o mesmo tapa forçosamente camarada nas costas de um deles antes de voltar os olhos novamente para a intimidadora cerca de arames emaranhados.

Nascido e criado no Rio de Janeiro, desde que havia sido preso em dezembro de 2010, Magrão era respeitado pelos demais detentos, talvez porque houvesse chefiado uma das maiores redes de tráfico na favela da Rocinha e virado celebridade nacional tanto antes como depois da detenção. Agora, então, com a transferência de Fernandinho Beira-Mar para uma penitenciária do Nordeste, ele havia se tornado, mesmo a contragosto, o mais popular entre os detentos.

Magrão nunca tivera uma carteira de identidade, assim como nunca soubera seu sobrenome, se é que algum dia já tivera algum. Ex-morador de rua, nunca chegou a conhecer os pais, nunca soube de parte alguma da história da origem de sua vida, e a lembrança mais marcante da infância era da vez que fugira da casa do casal candidato à sua adoção, aos nove anos, quando o homem chegara do trabalho bêbado, batera na mulher e, em seguida, olhara para ele. A maneira como o homem havia falado o seu nome, o tom de voz ébrio e distorcido, jamais lhe saiu da cabeça:

— Everton... vem aqui, Everton, você também merece uma surra, moleque. Precisa aprender a ser gente!

Fazia duas semanas que morava na casa do casal. Saindo correndo com uma mão na frente e outra atrás, mesmo com um aperto enorme no coração por ter deixado a dona Dercy — que o tratava tão bem e já havia feito para ele quatro pudins de leite desde a sua chegada — estirada no sofá e chorando enquanto cobria o rosto machucado com as mãos, o pequeno Everton se juntara a um grupo de meninos sem-teto que conhecera na primeira noite na rua, e por lá fora ficando, crescendo e conhecendo companhias cada vez mais barras-pesadas.

O apelido, Magrão, havia sido dado pelo colega Bebeto ao observar certa vez o menino engolir cachorros-quentes inteiros um atrás do outro — cortesia do dinheiro roubado da bolsa de uma senhora desacompanhada na saída do supermercado — e não engordar um grama sequer. Apesar de morar na rua, Magrão comia como um rei, mas nada de engordar. Depois, conforme fora crescendo e esticando, a magreza se tornara ainda mais evidente no corpo de 1,86 m.

Ao conhecer Espantalho, um traficante de renome na Rocinha, Magrão começara a fazer pequenos trabalhos de venda para ele, até que, um dia, quando se dera conta, morava no núcleo da favela e já tinha seu próprio negócio com drogas estabilizado. Usuário mesmo nunca havia sido, exceto por um cigarro ou outro, os quais chamava de canudo, nome que pegara entre os detentos de Catanduvas — e, definitivamente, não se tratava de um cigarro de maconha. Talvez a cena do homem transtornado ameaçando bater nele aos nove anos de idade tivesse anulado naquele momento qualquer impulso futuro de o jovem pensar em infectar o cérebro com alguma substância que causasse algum tipo de alteração. Magrão se tornara, então, um traficante são e lúcido. Fazia o trabalho sujo, mas não obrigava ninguém a usufruir de sua mercadoria. Quem quisesse morrer à míngua que se fodesse, contanto que continuasse lhe enchendo os bolsos de moedas. O que a droga causava não era problema seu. Só o era a grana que entrava, e desse produto ele entendia bem.

Apesar de não ter construído nenhum relacionamento sólido com ninguém — chamava umas garotas de programa de vez em quando, e até tinha uma fixa, Soraia, que adorava ostentar nos bailes funk da favela os colares de ouro adquiridos como pagamento por seus serviços sexuais; adoraria mais do que isso, ser sua "mina séria, namorada mesmo", mas ele não gostava dela a esse ponto —, Magrão construíra uma fortaleza quase que intransponível no morro mais alto da favela, e de lá comandava seu ganha-pão, como ele costumava chamar. Um dia, contudo, na operação da polícia que ficara conhecida no Brasil todo como "a guerra contra as drogas", a fortaleza intransponível fora invadida e Magrão acabara preso antes mesmo de pensar em arquitetar qualquer possível plano de fuga.

Sempre tendo apenas a solidão como companhia, e sozinho por opção, o traficante nunca deixara ninguém ultrapassar de verdade não só a barreira de sua fortaleza residencial — com exceção das garotas esporádicas e dos ajudantes nos negócios —, mas também sua barreira pessoal. O muro de mais de três metros que cercava sua residência na favela era só um simbolismo do muro que havia construído em volta de si. Magrão nunca teve uma identidade na vida. Nunca soube seu nome completo, nunca teve notícia de nenhum possível familiar — e ele tampouco havia procurado por isso —, e apesar de ter adquirido muita grana na vida, era um indigente. Nenhuma visita na prisão, nenhum telefonema, nenhuma carta. Nunca.

Uma vez derrubada a fortaleza de concreto, ninguém mais se lembrava de que ele existira. Melhor assim, os dias de visita eram um saco; era parente falando de um lado e de outro, criança gritando, toda aquela porcaria de inspeção por todos os lados.

De visita íntima ele também não fazia questão alguma. Soraia já devia ter se jogado tanto para ser fixa de Entulho que certamente estaria na cama dele naquele exato momento; e em todos os outros momentos em que, sem querer, Magrão se lembrava de sua existência. Ou talvez o cara também estivesse no xadrez àquela altura, e talvez até a própria Soraia; que se danassem todos eles. De qualquer forma, tinha uma mão grande com cinco dedos precisos, que resolviam qualquer necessidade nesse sentido, e sem a parte sentimental envolvida.

Com o corpo ligeiramente encurvado devido à altura e passando a grande mão nos cabelos raspados na máquina um, sentindo o pinicar deles na palma, o traficante forçosamente aposentado caminhara pelo pátio da penitenciária. Inaugurada em 23 de junho de 2006, aquela era a primeira penitenciária federal não apenas do Paraná, mas do país. Magrão não tinha do que reclamar lá dentro. Tinha direito a muito do que não tinha lá fora, mas não por falta de condição financeira; se o tráfico não fosse um bom negócio, não valeria a pena todos os riscos, era a visão que adotara desde o início. O sistema penitenciário federal garantia a ele o direito à assistência à saúde, material, educacional, jurídica, social e religiosa. A equipe da saúde era formada por médicos, dentistas, psicólogos, psiquiatras e assistentes sociais, e ele julgava que gozava de boas condições em todas essas áreas. Mesmo ansiando pela liberdade, que só se encontrava de fato do outro lado daqueles muros monumentais, ele achava que, já que havia sido pego, não poderia estar num lugar melhor.

Magrão parara no canto mais afastado e olhara em volta. Vários grupos de detentos conversavam entre si, e Truta agora havia mudado de grupo e estava numa roda com Marcão, Ruivo e Cheiroso — não que o apelido do último lhe fizesse justiça, muito pelo contrário. Sentado num canto e abraçando as pernas dobradas, também sozinho, Francisco, o detento grisalho e mais velho de todos eles, olhava para a frente e balançava a cabeça negativamente, como se conversasse com um interlocutor invisível.

Magrão sabia que não era o único indigente naquela nova fortaleza intransponível que era a prisão, e também sabia que não era o único a não se importar. Havia gente de todo tipo ali, desde pais de família que um dia resolveram quebrar as regras do sistema até um bando considerável de zés-ninguém que, por motivos a eles plausíveis, também haviam quebrado as regras do mesmo sistema. Truta e Cheiroso eram dois deles; sem nome certo, sem família. Magrão estava com uma vontade ávida de tragar um canudo, mas não tinha nenhum. Apertara os olhos fortemente e sentira a cabeça começar a latejar. E aquela sensação ruim, a que não era física, continuava.

À tarde, enquanto estava entretido na confecção de bolas para as crianças carentes da região — trabalho que lhe rendia R$ 2,17 por bola produzida e três dias a menos no cárcere a cada dia de produção —, ele chegara a sentir um aperto no peito de tão forte que havia se tornado a sensação. Largara a bola que estava costurando e levara a mão ao coração.

— Você tá aqui pra trampar, rapaz. Coloca logo a mão nessa bola!

Magrão respirara fundo e pegara novamente a bola, mas apenas com uma mão. A outra, a que fazia as vezes de visita íntima quando ele costumava ficar inspirado, continuava no peito. Lacerda, um dos agentes penitenciários, gritara mais alguma coisa, mas ele não ouvira direito. Os trabalhos eram feitos em celas trancadas por uma questão de segurança; parte dos bandidos mais perigosos do país estava naquele presídio. A visão que tinha de Prado, o agente penitenciário do outro lado das grades — um sujeito grandalhão, de uniforme preto dos pés à cabeça e cara de nenhum amigo —, era apenas de uma figura distante, embora a apenas três metros dele, com os lábios se movendo.

— Trabalha, rapaz! Anda logo com essa porra!

O novo grito de Lacerda, aliado ao ruído áspero que ele produzira ao passar o cassetete nas grades, fizera Magrão finalmente tirar a mão do peito e levar então as duas à bola que confeccionava. Nas outras celas, os demais detentos também faziam suas bolas, e, tirando dois ou três das celas da frente que olharam na direção dele quando Lacerda batera nas grades, todos continuaram com as cabeças abaixadas. Um deles, Francisco, além de manter a cabeça abaixada, concentrado em sua bola, também a balançava de um lado a outro, discordando de alguém que definitivamente não estava ali. Ou, então, de algo. Vendo que ele também deixara de trabalhar, embora mantivesse as mãos imóveis na bola, o agente Gonçalves repetira o mesmo procedimento nas grades de sua cela, com os mesmos gritos e o mesmo som ruidoso do cassetete. Francisco voltara a executar as costuras na bola, mas — e Magrão percebera no relance em que erguera os olhos para ele — a cabeça continuava a mover-se contrariadamente.

Agora, levantando-se num sobressalto da cama de cimento que lhe servia de leito, enquanto via os agentes — o que mais poderiam ser? — engravatados e desconhecidos invadirem, silenciosos, sua cela, ele entendeu: aquela sensação ruim do dia todo era um presságio. Sem explicação alguma, Magrão foi tirado da cela; sem uma palavra por parte dos homens de terno preto, duas autoridades misteriosas que surgiram na frente de Magrão como a personificação do pesadelo que vivenciara o dia todo. Duas autoridades de preto e de cara tão fechada quanto a boca. Magrão ia começar a dizer que estava sossegado, que não havia feito nada de errado naquele dia — concentrar-se piamente numa investigação mental sobre o mistério que rondava aquela sensação estranha não contava como algo de errado —, quando sentiu os braços serem levados para trás e a temperatura gélida de um par de algemas lhe envolver os pulsos. Resolveu ficar calado e esperar.

Saindo da cela, viu no corredor os agentes que conhecia bem, entre eles Lacerda e Gonçalves com os olhares sérios e indecifráveis. Os guardas usuais da penitenciária estavam distribuídos em intervalos regulares ao longo do corredor, armas em punho, o que também por si só já era anormal. Aqueles agentes não usavam armas em serviço, apenas os cassetetes; somente os agentes externos eram equipados com armas de fogo. No entanto, montavam guarda armados, à escolta dos presos pelos agentes desconhecidos. E todos os agentes penitenciários, igualmente sérios, paralisados, acompanhando apenas com o olhar a movimentação do corredor. Logo aquele tipo, que costumava ostentar em alto e bom som a sua condição de autoritarismo, que não perdia uma oportunidade de erguer a voz até quando um deles olhava para o lado em momento indevido, e uma infinidade de outras coisas que gostavam de fazer para mostrar quem é que mandava por ali. Magrão, naquele momento, entendeu ao menos um detalhe daquela operação extraordinária: eram aqueles homens de preto, e não os agentes, que comandavam a situação.

Além da presença dos agentes, havia mais cinco ou seis detentos, cada qual sendo escoltado após saírem de suas celas na mesma situação de Magrão. O ex-traficante pôde identificar o andar de rapper de Truta mesmo com as mãos algemadas e com um agente de cada lado. Não viu quem eram os outros, mas então viu Francisco também sendo retirado da cela em condição semelhante. Um dos detentos deixou escapar a indignação em voz alta, mas o agente que o escoltava pelo braço direito sussurrou alguma coisa em seu ouvido. De longe, Magrão não fazia ideia do que o homem havia dito, mas fora o suficiente para o detento se calar.

Aquilo estava verdadeiramente esquisito. E a sensação — que agora tinha um nome, que passara a adquirir um nome quando aqueles desconhecidos adentraram no seu território particular sem darem justificativa alguma — ainda continuava com ele.

●

Era o maior caminhão que havia por lá. E o mais chamativo também. Os do exército eram de pequeno porte, e, embora aquele fosse apenas de porte médio — o dobro do tamanho de um furgão comum —, exalava uma curiosidade e uma imponência quase palpáveis a qualquer um que o visse. Seu design futurista lembrava uma nave espacial dos filmes de ficção científica, com o retrovisor da cabine se limitando a um retângulo escuro de sessenta centímetros de altura e um metro e meio de comprimento. A carroceria não se separava da cabine, como nos caminhões convencionais, mas era uma extensão dela, um enorme veículo comprido sem divisão alguma entre suas partes. A cor era preta, com duas faixas estreitas em cinza-metálico de fora a fora naquela carroceria de curvas arredondadas.

E havia ainda a sigla — não visível para qualquer um, talvez até mesmo invisível para a maioria, mas, para os olhos sagazes da bela repórter loura de cabelo chanel, era definitivamente o que mais chamava a atenção no veículo que acabava de estacionar num dos poucos espaços vazios em frente ao Shopping Imperial. A discreta sigla, formada por quatro letras em azul-escuro, localizava-se na parte da carroceria sobre as rodas dianteiras. Era muito pequena e, no mínimo, instigante. Por isso, a repórter que fazia plantão naquela noite insólita para o jornal *Cidade Nossa*, sufocando um novo bocejo inconveniente, dirigiu-se correndo com o par de saltos barulhentos, acompanhada de seu também apressado cameraman. Antes mesmo que os misteriosos passageiros descessem, ela já estava lá, os dois pares de olhos verdes muito arregalados para as quatro letrinhas.

— O que você acha disso, Pedro? Essas letras...

— IBPE?

— O que será que significa?

— Não faço a menor ideia, Rachel. Por que não pergunta pra eles? — sugeriu Pedro, o alto e desengonçado cameraman do *Cidade Nossa*, dentro da camisa xadrez um número maior que o seu, ligando a câmera e apontando para a parte detrás do caminhão, de onde saltava um grupo de homens trajando macacões cinzas com as mesmas iniciais nas costas.

— Senhores, sou a repórter Rachel Nunes, do telejornal *Cidade Nossa*. Poderiam nos adiantar alguma informação sobre o que está ocorrendo dentro do shop... — começou Rachel, apontando o microfone para um corpulento de meia-idade, o primeiro homem vestido de cinza que havia saído do caminhão.

Sem ao menos olhar para ela, o homem uniformizado a ignorou completamente, indo de encontro à guarda montada na entrada, seguido pelos outros.

— Sou o doutor Moisés Viana, do IBPE. Esses são os meus agentes e cientistas.

— Sou o coronel Antunes, doutor — respondeu o coronel, apertando a mão do homenzarrão de cabelos grisalhos e bem aparados, assim como a barba e o bigode, que comandava o grupo recém-chegado.

Além da apresentação formal dos dois, os cientistas, alguns policiais e soldados que estavam mais próximos se cumprimentaram com um gesto de cabeça.

— Há quanto tempo foi iniciado o Procedimento IQAE, coronel? — A indagação do doutor Viana soou com um tom de extrema urgência.

— Há quase uma hora — respondeu o líder dos soldados.

— Precisamos saber o momento exato, coronel.

— Às 23h27.

— Tem a contagem do número de pessoas, coronel?

— Ainda não, e creio que só será possível após a entrada de seus homens, doutor. Olha o senhor mesmo como está a situação.

O robusto homem com a inscrição IBPE nas costas — que fazia Antunes se lembrar do ator Samuel L. Jackson, e que era tão centrado quanto o próprio na maioria de seus personagens — olhou para as pessoas trancafiadas no shopping e pausou o olhar por alguns segundos, a feição enigmática. Em seguida, olhou para a multidão que cada vez mais se ampliava à medida que novas pessoas, desde transeuntes até motoristas e moradores locais, juntavam-se às primeiras. A multidão que sempre surge não se sabe de onde perante situações extremas. A mesma multidão que se sensibiliza com a vítima de um acidente grave de trânsito e, ao mesmo tempo, aquela que se junta como formiga no açúcar, atrapalhando o trabalho dos paramédicos. A multidão que precisa ser contida. Sempre. Enquanto observava sua multidão de olhos arregalados para cima dele, o homem soube que aquele não seria um trabalho de rotina. Para falar a verdade, nada que exigisse o procedimento IQAE seria um trabalho de rotina, e disso ele não apenas sabia, como passara a sentir calafrios desde que Steve Wilkinson, o supervisor-chefe do IBPE, havia lhe comunicado entre uma tragada e outra de seu cigarro de marca americana.

— Agora, acho que poderia fazer o favor de nos esclarecer uma coisa, senhor — continuou o coronel, aproximando-se mais do homem de cinza, que parecia refletir. — O que diabos está acontecendo nesse shopping?

— Agora não há tempo, coronel. Antes, precisamos dar uma ordem incontestável e imediata a todos que estão lá dentro.

Um dos homens de cinza entregou ao doutor Viana um alto-falante pequeno, do tamanho de um palmo, e outro objeto ainda menor, em forma de cilindro. Ele pegou o objeto menor e se aproximou das portas do shopping. Depois disso, aderiu-o à parede de vidro, na altura de seus olhos, onde o objeto permaneceu fixado; em seguida, encaixou o pequeno alto-falante em uma anteninha que saía do cilindro — um equipamento de escuta. Quando terminou o trabalho, outro homem de cinza lhe entregou um alto-falante maior, que Viana segurou na mão. Àquela altura, as pessoas trancadas, bem como a multidão do outro lado — e, mais avidamente, a jovem repórter do *Cidade Nossa* com seu cameraman, que filmava cada etapa do procedimento —, esperavam pelas palavras do homem que trabalhava em silêncio e compenetradamente.

— Eu sou o doutor Viana e, em primeiro lugar, peço desculpas pelo transtorno a que estão sendo submetidos. Estou ciente de que todos desejam sair daí o mais rápido possível e ir para suas casas. Também desejamos que saiam e faremos tudo o que pudermos para que isso seja possível em breve.

— Você quer fazer o favor de parar de enrolar a gente e dizer logo o que tá acontecendo, *doutor*? — uma mulher de meia-idade gritou em meio às pessoas do outro lado do vidro.

Logo, comentários, interjeições e resmungos indignados invadiam mais uma vez a atmosfera tensa do lugar.

— Um momento, por favor! Preciso que prestem atenção no que vou dizer — continuou o doutor em tom firme, ignorando a pergunta da mulher e as vozes que se seguiram. — Aconteça o que acontecer, ninguém deve sair da área em que estão agora. Fiquem todos nesse mesmo local até que a situação seja resolvida. Entenderam? *Ninguém* deve sair.

— Que palhaçada é essa? Que história é essa de agora não deixar nem a gente sair daqui? E se eu precisar usar o banheiro, também não vou poder, é? — E então foi a vez de uma das mulheres com o uniforme da Happy Party mostrar indignação.

— Infelizmente, não, senhora. Para sua própria segurança, repito, *ninguém* deve deixar esse local, exceto quando a situação estiver sob controle. Essa é uma ordem clara, irredutível e necessária. *Ninguém* sai de onde está.

— Se quer que a gente respeite as suas ordens, *doutor sei-lá-o-quê*, por que não fala logo o que tá havendo aqui? Ninguém sabe de nada! Se coloca no nosso lugar, porra! — disse o rapaz malhado, que deu mais um passo à frente, ficando quase cara a cara com seu interlocutor.

— Não podemos falar agora, e peço a compreensão de todos. Daremos um jeito de recompensar a todos pela situação inusitada e desagradável. Apenas façam o que estamos pedindo, enquanto nós trabalhamos aqui fora para tirá-los com segurança daí de dentro. E estejam cientes da única ordem a que precisam obedecer: fiquem onde estão.

Largando rapidamente o alto-falante e voltando a atenção para seus homens, que o aguardavam reunidos ao redor, Viana deixou de ouvir, ou ao menos de prestar atenção, no alvoroço que se seguiu com mais vigor ainda no interior do Shopping Imperial.

●

Pela primeira vez durante uma crise de asma, Lucas se concentrava em outra coisa que não na sua luta agonizante por oxigênio. Mais alguém respirava bem próximo a ele, e o rapaz, mais uma vez, tinha sua tentativa de curar seus brônquios impedida. Tinha de parar com aquilo; tinha de conseguir usar sua bombinha de asma mesmo com outra pessoa por perto, caso contrário a crise poderia trancar completamente sua passagem de respiração, que agora ele sentia estar do tamanho de um canudinho de refrigerante. Mas ele não conseguia. Não importava se não fosse Nicole; fosse quem fosse, ele não conseguia. Por Deus, por que o inconveniente usuário daquele banheiro não estava lá embaixo com os outros, esperando ansiosamente pelo momento de abertura das portas? Por que tinha de estar justamente no banheiro do segundo andar, quando se tinha o do primeiro bem mais acessível?

 Lucas tirou a mão do bolso da jaqueta, soltando a bombinha que tinha há menos de dois segundos entre os dedos. Dobrou a curva à frente do grande banheiro, seguindo para um corredor da esquerda. Se seu companheiro de toalete estivesse ao menos dentro de um dos banheiros pequenos... À sua direita, estendiam-se inúmeras pias enfileiradas com um espelho comprido de bordas trabalhadas em dourado forrando toda a parede acima das torneiras também douradas. À esquerda, ficavam os banheiros pequenos. Pequenos banheiros dentro do grande banheirão que... *Diabos, você tem de parar com isso, ou vai enlouquecer antes mesmo que essa crise lhe interrompa o último milímetro de passagem de ar!* Todas as portas dos banheiros pequenos estavam abertas. Escancaradas. O que alguém estaria fazendo ali com a porta aberta? Agora o som da respiração ofegante de Lucas deixava de ser ouvido até por ele mesmo. O som que invadia o ambiente era o de outra respiração. Mais alta, mais laboriosa. Mais sofrível. Mais alguém naquele banheiro passava por uma crise de asma, e Lucas já começava a se questionar se, depois de usar a bombinha, seria gentil de sua parte emprestá-la ao dono da outra respiração. Não seria higiênico, mas quem se importaria com a higiene numa situação daquela? Provavelmente, o coitado já estivesse tão mal que não podia nem se postar em pé. Se não tivera forças nem para fechar a porta do banheiro...

 Por um momento, Lucas pareceu se esquecer de sua própria crise. Caminhou devagar, quase roçando na fileira de pias, espionando para dentro de cada uma das portas abertas. O som se tornava mais alto, eclipsando de uma vez por todas a respiração do rapaz. A outra respiração era alta, lenta, pesada. Era um ritmo diferente do ritmo de Lucas. Embora muito alta, era muito vagarosa. Lucas tentou acompanhar o ritmo, mas viu que seria impossível respirar de um modo tão lento como aquele. E era tão alto que poderia facilmente alcançar os decibéis de um grito mais ou menos contido. Que espécie de asma seria aquela? Já passava da metade dos banheiros. Mais alguns passos. Ele também respirava com dificuldade, mas nem conseguia ouvir sua luta respiratória. Não conseguiria ouvir nem mesmo se houvesse outra pessoa falando alto naquele recinto. A única coisa que ouvia era a outra respiração. Cada vez mais alta. Inumana. Então se deu conta do que ela parecia, e até riria se não estivesse ele próprio no meio de uma crise.

Descobriria logo o autor dos sons guturais, usaria sua bombinha; talvez até a emprestasse ao outro asmático infeliz, e esperaria as portas se abrirem para sair de lá com Nicole e se livrar de uma vez por todas daquela noite tão terrivelmente atípica. O canudinho se tornava cada vez mais estreito em sua garganta, e, dificultosamente, ele avançou mais alguns passos. E então Lucas estagnou. Não por descobrir quem era o dono da respiração asmática, mas por descobrir o que mais havia na porta do último banheiro.

●

Na outra entrada, soldados chegavam com um grande pedaço de tecido TNT preto e, após uma troca rápida de palavras com os policiais, indicaram às pessoas que estavam lá que se dirigissem à entrada principal. Antes que as pessoas se mexessem para a retirada, viram a porta ser coberta pelo negrume do improvisado bloqueio visual.

A segunda entrada secundária do shopping, embora não houvesse ninguém por lá naquele momento, também estava bloqueada, tornando impossível a visão do interior. Em ambas as entradas, policiais ficaram montando guarda para que o bloqueio não fosse derrubado por curiosos.

•

— Estamos fazendo o possível, mas ela não está reagindo aos medicamentos, doutor Viana.

Fora o momento em que *ele* a ouvira. A frase clichê, de tantos filmes e novelas, de tantas séries médicas que se viam atualmente em qualquer emissora de TV; a frase citada em inúmeras obras literárias, desde as clássicas às mais recentes. E, na vida real, em todos os hospitais de todos os lugares do mundo. As mesmas palavras cautelosamente nefastas, sendo faladas baixinho, com receio, quase em tom de segredo a quem espera por uma resposta, a quem deseja saber o que seu ente querido tem e como será curado: "não está reagindo aos medicamentos". E *ele* a ouvira. A frase maldita, que em qualquer lugar do mundo só poderia significar uma coisa: que, apesar de todos os avanços da medicina, apesar da existência de robôs que se comunicam como seres humanos, apesar de uma rede de computadores que se conectam com o mundo todo, apesar de o homem ter ido à lua, aquela vida não poderia ser salva. Que o paciente morreria, embora estivessem "fazendo o possível". Ele não era exatamente um homem pessimista, mas sabia o que aquilo queria dizer. Sabia porque sentia. No momento em que o médico surgira, sem seu ar imponente — o ar imponente que deveria ter, o ar imponente que pessoas que salvam vidas deveriam ter —, sufocado por um ar de derrota, ele apenas soubera.

— Mas... Ele não pode ser apenas removido, doutor? Por que não pode apenas ser tirado de dentro dela? — havia insistido, mesmo sabendo que já era a vigésima vez que fazia a mesma pergunta.

— Como eu já lhe disse antes, a maneira como essa doença atingiu Natália se deu de uma forma muito inexplicável, doutor Viana, e a alergia dela ao medicamento correto só fez piorar o quadro. Agora não se trata de remoção. Os órgãos já começaram a falhar; eles já foram muito prejudicados. Mesmo se houvesse a possibilidade de ele ser retirado, ela não resistiria com os órgãos no estado em que estão. Por outro lado, mesmo que os órgãos resistissem, ele não poderia ser retirado. Porque não se trata de apenas um, mas uma colônia deles no corpo de Natália. Eu sinto muito, doutor Viana; se houvesse alguma coisa, qualquer coisa que pudéssemos fazer... Sinto muito mesmo.

Então dera alguns passos para trás, sem saber ao certo onde estava o banco, e, acertando o local, sentara-se, as duas mãos sobre a cabeça abaixada enquanto o tronco fazia um movimento impreciso de vaivém descontrolado. Sabia que o médico o seguira ao assento e continuava falando qualquer coisa, mas havia deixado de ouvir. O que ouvia em sua cabeça era a doce voz de Natália; a filha no aniversário de sete anos, quando havia lhe pedido de presente uma boneca Barbie Princesa, mas que, ao abrir a caixa, tudo que encontrara fora uma daquelas bonecas carecas de plástico e vestido florido. Sua primeira reação fora esboçar uma feição de surpresa desagradável, mas que logo substituíra por uma espécie de *insight*; e ela correra até o quarto, voltando com um maço de cabelos amarelos sintéticos e um tubo de cola. Sem falar nada, Natália começara a passar a cola na cabeça lisa da boneca de plástico, para em seguida grudar os fios de cabelos — que ele não fazia ideia de como ela havia adquirido, se comprado justamente para aquele tipo de finalidade ou se algum dia havia arrancado da cabeça de uma boneca velha — na nova boneca de plástico.

— Prontinho! Não é uma Barbie Princesa, *como eu havia pedido* — e a esperta menina de sete anos emprestara uma ênfase inacreditavelmente adulta à frase —, mas melhorou um bocado!

Tal fora sua alegria verdadeira quando descobrira que o pai a havia enganado, e que a Barbie Princesa estava escondida embaixo de sua cama, que ela pulara no pescoço de Viana, agradecendo o presente tão desejado. E ele, pensando que ela descartaria imediatamente a boneca de plástico de cabelos novos, mais uma vez se surpreendera com a filha ao ver que montara a casinha de bonecas no chão e brincava com uma em cada mão.

Natália, sempre tão madura para a idade, sempre tão precoce em tudo... E sempre com pensamentos tão lúcidos, tão coerentes, tão... evoluídos, ele tinha de admitir. Até quando a mãe havia morrido, dois anos antes do episódio com as bonecas, quando ela era apenas uma garotinha de cinco anos, Natália se aninhara no colo do pai, no sofá espaçoso da sala iluminada apenas pela penumbra da lua, onde ele mergulhava na — até então — maior depressão de sua vida, na noite que sucedia a tarde do velório, e dissera, olhando-o nos olhos:

— Não sei por que esse tal de câncer tem que existir, papai. Já pensei, pensei, mas não entendo. Mas sei que agora a mamãe tá bem, que ela não sofre mais, sabe? Porque os espíritos não sentem dor, é por isso que são espíritos. E tem mais. — Ela se aproximara de seu ouvido, colocara a mão em concha e segredara: — Sabe do que mais eles são capazes? De ficar em qualquer lugar sem serem vistos. E eu sei que mamãe está aqui agora, com a gente... — Dizendo isso, ela desfez as mãos da posição de segredo. — É por isso que não tô tão triste quanto você. Claro que tô triste, mas não *tanto*, entende? Tô triste por saber que ela nunca mais vai brincar de dublar as vozes das pessoas que estão falando longe da gente nem me levar pra ver os animais no zoológico. Bem, isso é o de menos, porque nunca gostei de ir no zoológico mesmo.

Então, saindo subitamente da afasia que havia se instalado nele e o deixado com a boca aberta desde a parte dos espíritos em diante, ele não pudera deixar de perguntar:

— Você *nunca* gostou de ir ao zoológico?

— Não, mas nunca disse pra mamãe, porque dava pra ver a alegria dela em me levar pra passear por lá. Quer dizer, não era de todo ruim, porque eu gostava das árvores.

— Mas, querida — e passara as mãos nos cabelos negros da filha, o primeiro gesto de carinho que conseguia manifestar desde o último suspiro de Elizabeth, dois dias antes —, você sempre amou os animais!

— E é por isso mesmo, papai. Eu não gostava de ver todos aqueles bichinhos presos em jaulas. Você não acha triste demais? — E ele apenas abraçara a filha antes de fitar por breves segundos seus olhinhos infantis indignados com a situação que acabara de descrever tão bem e com palavras tão breves. — De qualquer modo, eu sentirei falta da mamãe, sim. Mas me conformo por saber que ela está aqui agora, mesmo invisível. E você sabe que outro nome têm os espíritos, né, papai? Fantasmas! Mamãe agora é um fantasma. Mas um fantasma do bem. Porque você sabe que existem fantasmas do mal também, né? É igual com quem não é fantasma.

— Onde você fica vendo essas coisas, minha querida?

E aquela fora a vez de Natália não responder. Ela apenas continuara observando os contornos da sala mal iluminada junto ao pai. Somente depois de alguns segundos ela falara:

— E ela está linda. Ou você achou que ela fosse ficar como aqueles fantasmas dos filmes de terror, que ficam por aí, horrorosos e deformados? Que nada, mamãe continua linda, porque era uma pessoa boa... Está com trancinhas iguais às minhas.

E Natália passara as mãozinhas nos cabelos afros e brilhosos, nos quais haviam sido feitas dezenas de trancinhas rastafáris. Ele não ousara perguntar se Natália estaria vendo a mãe naquele momento. Tudo o que a filha de cinco anos lhe dizia pareceria mais verdadeiro se a pergunta deixasse de ser feita.

Quando a filha entrara para o curso de Medicina Veterinária na universidade, dez anos depois daquela singela conversa à luz do luar, ele se sentira mais orgulhoso do que nunca estivera ao ver que havia feito um bom trabalho com Natália. Era pai de uma quase mulher inteligente, forte e de uma capacidade intelectual destacável. Ao mesmo tempo, Natália sabia demonstrar o quanto ele era indispensável a ela, o quanto seu amor e dedicação de pai a faziam se sentir protegida. E ela retribuía, proporcionando-lhe todo o orgulho de que um pai necessitava. A filha, que ainda não havia saído da adolescência, mas que possuía uma mentalidade de adulto, chegara à idade acadêmica sem nunca ter dado trabalho algum em sua criação, mesmo sem a presença da mãe. Claro que o mérito maior era dela própria, mas ele também se sentia um pouco lisonjeado por ver a filha crescendo tão responsável, enquanto a maioria dos jovens que se viam por aí só pensavam em baladas, em beber e dirigir, em drogas, em fazer sexo sem camisinha e outras porcarias mais. Nem ao menos sabia se Natália tinha uma vida sexual ativa; essa, aliás, era uma das poucas conversas que não haviam tido. Sinceramente, ele achava que não, mas preferia não pensar no assunto. Só tinha certeza de que, se ela realmente tivesse, irresponsabilidade era uma palavra que não se aplicaria a mais essa etapa da vida da filha.

Natália não precisara se mudar de cidade nem de casa para cursar a faculdade. Havia passado na USP, o objetivo da menina desde os treze anos de idade. No entanto, juntamente com o nono e penúltimo semestre do curso, ela adoecera. Havia começado com uma fadiga crônica que tanto Viana como Natália acreditavam ser resultado dos estudos em excesso da menina. As provas do fim do semestre estavam começando, e o aluno que tirasse a maior somatória das notas de todas as matérias ganharia um estágio em uma conceituada clínica veterinária da capital de São Paulo. Natália almejava a vaga, que seria a manifestação de sua primeira conquista profissional, e, para isso, passara a estudar madrugadas e madrugadas a fim de tirar a nota máxima nas provas. Por isso a fadiga que surgira repentina parecera ter uma explicação plausível, e ambos viram que era hora de Natália maneirar nos estudos. Mas, logo depois, começaram as alergias a tudo, acompanhadas de uma caída brusca de seu sistema imunológico.

A essa altura, Natália já estava internada havia alguns dias, e ele chegara a flagrá-la duas vezes chorando — pela primeira vez na vida, desde que havia saído da primeira infância — por estar perdendo as provas semestrais. Em pouquíssimo tempo, contudo, Natália deixara de se preocupar com a faculdade. Uma vez detectada a doença — neurocisticercose, que ela havia adquirido provavelmente ao ingerir verdura ou água contaminada, já que era vegetariana; a tênia que parasitava seu organismo tivera seus ovos depositados no cérebro de Natália, originando, assim, a doença que deterioraria seu sistema nervoso central —, iniciou-se o tratamento, mas Natália não estava reagindo aos medicamentos. Isso se dera, principalmente, ao fato de eles não serem os indicados, mas similares mais fracos, pois a garota apresentara uma grave alergia aos componentes da fórmula do medicamento ideal. Então, os ataques epiléticos também tiveram seu início, e, quando ele a vira pela primeira vez presa à cama com amarras em seus braços e pernas, de modo a impedir uma possível queda durante a crise, pensara que fosse desabar ali mesmo.

Os médicos continuavam fazendo tudo o que afirmavam ser possível, mas o organismo de Natália continuava não reagindo; em vez disso, vários órgãos começavam a apresentar insuficiência em suas funções. Quando ele a olhava nos olhos — a única parte dela que parecia não haver perdido o vigor que sempre tivera —, Natália parecia pedir tacitamente que ele a curasse, que ele a tirasse daquela cama com cheiro de doença e a levasse para longe dali. Que a levasse para casa para poderem ficar juntos conversando demoradamente sobre qualquer coisa, onde pudessem ser, mais uma vez, iluminados pela luz da lua. Os grandes olhos negros de Natália pareciam implorar que ele a salvasse. E ele, também tacitamente, dizia-lhe que aquilo era tudo o que mais queria na vida.

Foram seis dias após sucumbir à doença e apenas dois antes de sua total deterioração cognitiva que Natália falara, pausadamente, para ele:

— Agora eu sei que a mamãe não estava com a gente só porque é mania dos espíritos... Ela tá aqui porque espera por algo. E ela vai continuar esperando, até que aconteça... Ela vai continuar me esperando...

Com a morte de Natália e a sequência de lembranças infindáveis de uma das últimas frases coerentes que a filha dissera em vida, iniciara-se dentro de Viana uma luta homérica entre seu ceticismo exacerbado e sua consciência espiritual. Mas apenas por um tempo, que durara o suficiente para ele fazer um flashback mental de tudo o que já havia vivenciado até aquele momento de sua vida. Então, indignado demais com tudo o que a vida havia lhe dado e em seguida tirado, ele não se agarrara cegamente a um ceticismo intransponível, tampouco a uma espiritualidade fanática. Viana apenas não queria se agarrar a nada, porque tudo em que se agarrara — tudo de que precisava — para continuar lhe havia sido tirado. E ele nunca mais voltara a pensar em nada daquilo. Apenas passara a viver os seus dias roboticamente, do trabalho, após a licença de quatro meses, ao apartamento de um quarto — vendera a casa duas semanas após o falecimento de Natália; continuar vivendo naquela casa, sozinho, com todas aquelas recordações de uma família feliz, cujas vozes em uníssono praticamente cantarolavam pelas paredes, era demais para ele —, e nada mais.

O dinheiro que recebia como cientista interno e por vezes de campo de um instituto nacional dedicado a um determinado tipo de pesquisas — um tanto sigilosas demais para se tratar de um instituto de conhecimento público — era gasto apenas com a comida necessária, contas de condomínio e só. Todo o resto do dinheiro era depositado numa conta bancária, cujo destino ele não fazia a menor ideia de qual seria, exceto pelos gastos com seu funeral. Inclusive, talvez até já estivesse na hora de falar com seu advogado sobre isso, afinal "nunca se sabe quando fatos inesperados assim podem acontecer. Esposas e filhas morrem do dia pra noite, não é mesmo? Por Deus!" — e ele nem mesmo fazia ideia se o tal conceito de destino de fato existia.

No trabalho, sempre almejara fazer algo verdadeiramente útil, embora tal anseio por uma realização profissional mais ambiciosa tivesse sido sufocado pelas respectivas mortes da esposa e da filha. E, antes disso, pelo abalo emocional que os acontecimentos de 1996 haviam lhe causado.

Agora, no entanto, à flor da meia-idade e postado na calçada bloqueada daquele suntuoso shopping center, Moisés Viana farejava uma fagulha, mesmo que ínfima, de esperança de que sua vida talvez não terminasse sem ter adquirido sentido algum.

●

O líquido vermelho e viscoso escorria lentamente para fora e conseguia ser ainda mais lento que a respiração que vinha do mesmo compartimento. Lucas não era de formular muitas teorias e tinha certa dificuldade de manter os pensamentos em ordem diante de uma situação extrema, como da vez que levara a irmãzinha, Gisele, ao parque e presenciara o momento exato em que um menino de seis anos escorregava da ponte movediça e caía com o braço dobrado em um ângulo que fez com que o osso se deslocasse de sua posição normal; como estudante de Fisioterapia, ele sabia que o primeiro procedimento a ser feito era a imobilização imediata da parte afetada, mas a criança gritava tanto que Lucas precisara de mais de um minuto para pensar com clareza e providenciar uma tala com um pedaço de madeira que mandara Gisele ir rapidamente buscar — esquecendo-se de que a própria revista que ele lia poderia ser utilizada como uma — enquanto ele corria até o menino. Um minuto para um socorrista agir numa situação de fratura era muito, e ele jamais contara isso a alguém, tampouco que não dera nenhum outro uso à revista que não o original. Dias depois, encontrara o menino no mesmo parque com o braço engessado e fora reconhecido por sua mãe. Mas Lucas mal ouvira os agradecimentos que recebera de mãe e filho. E mal se concentrara na assinatura que fizera no gesso do braço a pedido do menino. Tudo o que ele sentia — e acreditava ser a verdade incontestável daquilo — era que a mulher sabia que, se ele tivesse agido mais rapidamente, o filho teria sofrido menos. Talvez nem precisasse ter engessado o braço. Talvez, se ele estivesse lá embaixo, tivesse até mesmo segurado o menino.

Lucas afastava os pensamentos desordenados da cabeça com a mesma velocidade com que os permitia entrar. Seu complexo de nunca fazer o que era certo o estava deixando doente. Por isso, desde aquele marcante incidente, havia resolvido mudar. E, se a pessoa que respirava ruidosamente no meio de todo aquele sangue ainda estava viva, ele devia ajudar, e imediatamente dessa vez. Respiração dificultosa e sangramento intenso... Só poderia ser um pulmão perfurado. O sangue continuava a escorrer para fora do banheiro com a porta aberta e, apesar da jornada lenta, já varria grande parte do chão do corredor. Lucas correu até o seu interior, onde o que parecia ser o corpo de um homem baixo jazia virado de costas, os braços apoiados no vaso sanitário aberto na típica posição de vômito dos embriagados.

A respiração se tornou ensurdecedora, e Lucas, inconscientemente, perguntava-se como Nicole não a teria ouvido ainda. Mas o que mais chamaria a atenção de qualquer um naquela cena bizarra era a quantidade de sangue que cobria todo o homem. O corpo franzino, nu e debilitado parecia ter sido pintado de vermelho-escarlate sobre cada centímetro de pele. Num canto, um terno preto, uma camisa azul-marinho e um par de sapatos estavam amontoados e, embora com uma quantidade considerável de sangue, não estavam exatamente empapados, de modo que dava para imaginar que ele se livrara das peças antes de a hemorragia se tornar maior. E havia ainda os cabelos. Os cabelos estavam ensopados em sangue e pingavam gotas incessantes que só não eram audíveis devido à altura da respiração.

— Se-senhor, eu... Pode se vi-virar pra... — Lucas se engasgava com as próprias palavras de um timbre de puro horror, engasgava-se na sua dificuldade em respirar.

E, vendo que não conseguiria concluir ou mesmo falar algo que pudesse soar inteligível, jogou a jaqueta sobre a pia mais próxima; até imaginou ter ouvido o estalido da bombinha no bolso batendo no azulejo, mas seria impossível ouvir qualquer outra coisa naquele lugar. Lucas virou o homem de frente. Imediatamente após o ato, jogou-se para trás, impulsionado por um dilúvio de choque e susto, só parando ao atingir a pia.

O rosto do homem, tão inexpressivo como ensanguentado, estava também ressecado, os diversos ossos faciais praticamente saltando da pele, como se o sangue lhe tivesse sido drenado do corpo, deixando apenas uma casca murcha e ossuda. O rapaz nunca vira nada parecido, e só depois percebeu que o mesmo ocorria com os braços, a barriga e as pernas. Sob a camuflagem de sangue, a pele do homem se encontrava enrugada, afundada para dentro, como se tivessem lhe enfiado um canudo — não o da garganta de Lucas, certamente, mas um canudo grosso, e ele podia imaginá-lo com cinco centímetros de diâmetro — e sugado grande parte do seu sangue. A maior parte dele. E a parte que ainda se encontrava dentro dele pingava, incessante, no chão do banheiro. Mas não havia ferimentos no homem; ao menos, não que Lucas fosse capaz de constatar.

A pele da barriga e da laringe era puxada para dentro e para fora, movimento provocado pelo esforço sobre-humano do homem ao respirar, e, por um momento, Lucas se lembrou de balões de ar sendo enchidos e esvaziados continuamente por uma criança qualquer — por ele mesmo aos oito anos. Quando o homem ensanguentado puxava o ar para dentro, todos os ossos do pescoço e da costela ficavam tão evidentes quanto os de uma pessoa tomada pela anorexia. Os olhos estavam impassíveis, as pupilas fixando o nada. Fixando o chão... E então fixando Lucas.

Numa atitude ainda mais humanamente impossível, dada a condição física em que se encontrava, o homem começou a erguer-se, as mãos ossudas apoiadas no vaso sanitário com dedos finos de unhas pontiagudas, animalescamente pontiagudas e compridas, semelhantes a garras de aves de rapina. Os braços vermelhos eram dominados por uma tremedeira mórbida, e ele — aquilo! — parecia que desabaria a qualquer momento. Lucas só conseguiu observar, incapaz de tentar novamente uma proposta de ajuda, incapaz de dizer qualquer coisa, incapaz de correr. E, quando se deu conta de que correr era realmente a atitude mais sensata naquele momento, apenas continuou encarando o estranho homem ensanguentado e de dentes tão pontiagudos como as unhas, que avançava até ele. Com exceção do peito, que subia e descia em meio ao seu esforço para respirar, Lucas estava paralisado.

●

Elena Fabrizio Rossi já se imaginava esticando as pernas cansadas na sua enorme cama de casal — embora não tivesse um homem com quem dividi-la já havia algum tempo — quando o caçula se lembrou, gritando entusiasmado do banco de trás do carro:

— Mamãe, os quadrinhos! Temos que ver se já chegaram os novos da *Turma da Mônica*!

— Ah, não... Hoje não, Paolito; não pode ser na segunda?

— Mas, mamãe, você prometeu!

— O que acontece se não formos hoje?

— Deixa que eu respondo essa, mamãe: ele vai ficar te enchendo o saco o fim de semana inteirinho! — falou o menino mais velho, no banco na frente.

— Então, acho que não tenho opção mesmo. Vamos comprar os tais quadrinhos.

Elena entrou então na Sete de Setembro, onde ficava a maior livraria — leia-se "paraíso dos quadrinhos para meninos", segundo os filhos de oito e onze anos — da cidade. Ela, geralmente, desempenhava esse papel de forma mais prazerosa do que naquela noite. Havia feito hora extra com um paciente que não se lembraria de pagar a mais por isso, mas ela lembraria a sua secretária de cobrá-lo no momento do acerto das sessões no final do mês; ah, se iria... No entanto, só o que queria agora era poder compensar todas as lamúrias de Norberto Doliva a respeito de sua complicada — isso para não dizer inexistente — vida amorosa, jogando-se na cama e só acordando no dia seguinte. Os meninos já haviam se alimentado o suficiente por uma semana na festa do coleguinha da escola, de onde ela acabava de pegá-los, portanto o jantar não seria problema quando chegassem em casa.

Antes de ser lembrada de sua última tarefa da noite pelo filho pequeno, Elena divagava sobre a enfadonha e previsível sessão que tivera com Norberto:

— ...e quando eu ligo, me arrependo na hora, pois sei que elas perdem o interesse. Então é essa a regra para relacionamentos bem-sucedidos? Não ligue no dia seguinte, pois irá parecer desesperado e ela perderá o interesse? Não é exatamente o contrário do que as revistas femininas dizem? Ai, doutora, eu não sei mais o que fazer, cansei de ficar sozinho, sabe? Claro que já correram atrás de mim, mas só atraio dragão! Como desperto o interesse das mulheres interessantes que estão à minha volta? Doutora Elena...?

Mas a psicóloga não estava mais ali. Involuntariamente, como tantas e tantas vezes — algumas até nos momentos mais inconvenientes, como agora —, Elena era transportada para o dia 21 de setembro de 2010, o dia em que quase havia perdido o filho mais novo num acidente de carro. Ela apenas fizera o que fazia todas as vezes que estava atrasada para um compromisso; no caso dela, um compromisso só poderia significar uma consulta com um paciente, já que a mulher divorciada e autossuficiente convicta não tinha nada de mais importante para fazer senão cuidar dos filhos e da carreira — que só fora melhorar após o divórcio, ocorrido três anos depois do nascimento de Thomas.

Deixara Paolo no carro, no banco de trás, com o cinto de segurança devidamente fixado, mesmo com o carro estacionado. O menino ficara lendo um livrinho qualquer enquanto ela descia apressada e atravessava a rua para entrar na loja de cosméticos importados, a única da cidade que vendia o xampu de que mais gostava, um italiano com aroma de baunilha, o que mais se adequava aos seus cabelos escuros e lisos. Depois daquele dia, jamais usara o xampu novamente; só o cheiro lhe causava náuseas incontroláveis.

Ela já saía da loja com sua sacolinha de compras na mão quando a vira. Uma caminhonete enorme, que, para ela, parecera ainda maior do que qualquer outro veículo do mundo, avançando em alta velocidade diretamente na reta em que Elena havia estacionado, avançando para o seu carro, avançando para Paolo. E ela só havia tido tempo de gritar.

A caminhonete batera com a frente na parte de trás de seu carro, justo onde Paolo lia inocentemente seu livrinho infantil. E, depois disso, a multidão. As sirenes. A ambulância. O hospital. Os aparelhos. Paolo fora colocado numa cama rodeada de equipamentos de sobrevivência, com seus bipes intermináveis e suas linhas, que dançavam ritmicamente no monitor de vídeo formando seus triângulos grotescos e irregulares. Depois disso, ela também passara a detestar essas lamentáveis figuras geométricas. Observava o corpinho franzino do filho envolto numa camisola de hospital verde e aberta nas costas. O mesmo corpinho que, na semana anterior, vestia a fantasia de um dos três porquinhos na teatralização anual dos clássicos na escola. E, agora, ele estava lá, com aquela assustadora máscara de oxigênio cobrindo quase todo o seu rostinho no lugar da máscara do porquinho Prático. Tubos saíam de seus bracinhos e cabeça, ligando-se a um tipo de bolsa cujo nome ela desconhecia, afinal era o tipo de coisa que ninguém fazia questão de conhecer, a não ser, logicamente, os médicos e enfermeiras. Na testa de Paolo, um corte havia sido suturado pelas mesmas mãos hábeis que provavelmente introduziram também os pinos no bracinho direito, que havia sido quebrado. Em volta da boca e do nariz, um líquido amarelado cobria os ferimentos provocados pelos estilhaços de vidro. E lá estava ela, a maior e mais preocupante de todas: a perfuração sofrida na cabeça, uma lesão que só não havia sido mais grave porque o vidro pontiagudo, pedaço das janelas quebradas do carro, soube quando parar. "Ainda não descartamos a hipótese de um traumatismo crânioencefálico grave; somente após a cirurgia teremos o resultado". Quantas vezes essas palavras proferidas de forma rotineira e automática pelo neurocirurgião martelaram — e ainda martelavam — sua cabeça, ela seria incapaz de dizer.

Preparavam a sala de cirurgia para Paolo quando Thomas fora levado até o hospital pelo pai de uma coleguinha da escola, para quem Elena ligara; o único pai com quem havia trocado meia dúzia de palavras nas reuniões bimestrais. O homem prestara suas condolências a Elena e ficara instantes sem nada dizer — quem é que sabe exatamente o que dizer em horas como aquela? —, talvez esperando que ela desabafasse a dor. Mas ela não o fez, e ele segurara em suas mãos, apertando-as fortemente e partindo em seguida. Sentindo-se grata pela tentativa de conforto, ela se sentara com Thomas no sofazinho do quarto e abraçara o filho mais velho, finalmente colocando todas as lágrimas que vinha segurando desde a saída da loja de cosméticos.

— Ele vai ficar bem, mamãe. Paolo pode parecer frágil às vezes, mas tinha que ver como ele defendeu a Marina quando aquele Kauê do terceiro ano quis se meter à besta com ela. Sei que você não vai gostar de ouvir, porque não gosta de brigas e vive dizendo isso pra gente, mas ele fechou a mão assim — e cerrou a mão em punho, apertando bem — e o encarou até ele desistir e sair do parquinho. Aquele garoto é encrenqueiro, mãe; não sei o que os pais ensinam pra ele — Elena sorriria, orgulhosa com as palavras do filho mais velho, se não estivesse num poço de preocupação com o menor —, e só o Paolo foi capaz de fazer ele desistir do que ia fazer, de mexer com a Marina. Ele pediu pra não contar nada pra você, porque teve a parte em que ia brigar e tudo, mas agora tive que contar. Pra você ver como ele é corajoso, mãe. Ele vai se dar bem com essa também, sei que vai.

Elena abraçara Thomas ainda com mais força e orara a Deus para que o filho mais velho estivesse certo. No início, sentiu-se envergonhada, pois havia muito não orava. As vezes que citava mentalmente antes de dormir as orações decoradas quando criança não contavam. Havia muito tempo que não orava com o coração, com sinceridade; havia muito tempo que não conversava com Deus de verdade. A última vez que estivera na igreja fora no dia de seu casamento — os filhos não haviam sido batizados por achar o ritual desnecessário —, mas com isso ela não estava preocupada. Elena sempre soube que, apesar de ter nascido e vivido a maior parte de sua vida no país do Papa, não era um templo qualquer construído por mãos humanas que a levaria para perto de seu Deus. O que a uniria a Ele era a sua fé, nada mais que isso; mas nem a fé ela cultivava ultimamente, e isso mesmo antes de chegar ao Brasil. Não por a ter perdido, não tivera motivos para isso, mas apenas por deixá-la de lado e se preocupar cada vez mais com coisas palpáveis, que faziam parte apenas de seu mundo visível. Nunca havia deixado de crer em Deus. Entretanto, Deus para ela se tornara distante. Não via Deus nas coisas boas do mundo, como diziam por aí. Sabia que Ele estava em algum lugar. E era só.

Ali, abraçada ao filho de oito anos, que já falava como um rapazinho, e vendo o outro entre a vida e a morte, ela voltara a conversar com Deus. Elena pedira perdão pelo afastamento e implorara para que Ele não se vingasse dela tirando a vida de seu filho amado. Enquanto abraçava Thomas, ela orava para Deus da maneira que jamais havia feito antes. Da maneira de que jamais havia precisado antes. E ela chorara mais, como se lavasse a alma da culpa de ter se distanciado de Deus, como se ofertasse as lágrimas sinceras em troca da vida do filho que respirava, naquele instante, com a ajuda de aparelhos.

— Temos que levá-lo agora, senhora. — A voz delicada de uma das duas enfermeiras que entravam no quarto a tirara de seu momento de tentativa de redenção. — Já está tudo preparado. A cirurgia vai começar em poucos minutos.

Elena se levantara amparada por Thomas, e ambos se aproximaram do leito de Paolo. As pálpebras frágeis repousavam, serenas, e Elena suspeitara de que, se anjos precisassem dormir, eles teriam a mesma feição do filho naquele momento. Colocara suas mãos sobre as de Paolo, enquanto Thomas tocava o irmão na perninha esquerda. Ela vira que, embora bastante corajoso — tão corajoso quanto ele mesmo dissera que Paolo o era —, Thomas parecia assustado ao ver o irmão naquele estado. *Também, pudera, ele só tem oito anos! Um menino de oito anos vendo seu irmão de cinco todo quebrado, jogado numa cama de hospital. Deus, por que isso teve de acontecer?* Mais lágrimas dançaram em sua face, e, com mais intensidade que nunca, ela implorara a Deus que o curasse.

As enfermeiras, que esperavam compreensivamente num canto do quarto, por fim o levaram. "Ainda não descartamos a hipótese de um traumatismo crânioencefálico grave". Não, não seria capaz de contar as vezes que aquelas palavras açoitaram seus pensamentos, seus sonhos, seus dias e suas noites. Mas saberia narrar com impecável clareza o momento em que o médico saíra da sala de neurocirurgia com um sorriso inconfundível na face.

— Esse garotão teve sorte! Por questão de milímetros não sofreu uma lesão profunda, que deixaria suas funções cerebrais seriamente debilitadas.

— Fala logo, doutor, como foi a cirurgia e como ele está.

— Ele está se recuperando muito bem e sofreu apenas uma semifratura craniana sutil. Nada com que se preocupar.

E somente então o alívio. Claro, ele ainda ficara algum tempo em observação rígida, mas, logo no dia seguinte ao da cirurgia, já dizia o seu nome, o nome da mãe e do irmão, sua data de aniversário, o nome de sua professora, de sua escola e até mesmo de grande parte do roteiro de *Os três porquinhos,* que Thomas o fizera falar. A única cicatriz que lhe restara era a do braço direito, um risco fino e quase invisível, e nenhuma sequela. Deus não havia sido vingativo. Paolo estava curado. E Elena prometera jamais voltar a esquecer-se de sua fé.

— Doutora Elena?!

— Ah, Norberto, me desculpe. Olha, já considerou a hipótese de deixar de procurar tanto? De relaxar mais, dar um passeio sem estar esperando encontrar alguém, entende? E se a sua ansiedade estiver sendo um empecilho, e você nem se dá conta disso? Já pensou em sair despreocupadamente, dar um rolê, como dizem os jovens por aí? Sem esperar que algo extraordinário aconteça?

— Mas isso eu já fiz! Você me sugeriu há uns dois meses, não se lembra? Eu saí, me arrumei de forma mais relaxada, quase nem olhei pros lados, e o que ganhei com isso? Apenas uma tarde solitária no torneio de tênis do clube.

— Norberto, você não acha que o local, o ambiente, o meio... Deixa eu reformular... E se você agiu da maneira correta, só que escolheu o lugar errado? Da próxima vez, o que acha de considerar escolher um outro tipo de...

E ela dava início a uma longa lista de opções de passeios para homens solteiros à procura de um relacionamento sério. Norberto tomava algumas notas, e ela, por um momento, o imaginara deitado num daqueles divãs antigos usados por Freud e rira mentalmente ao se dar conta de que seu paciente mais ansioso ficaria ainda melhor caracterizado estirado num daqueles. Percebera o quanto precisava descansar. Sufocara a manifestação mental da cena pensada e dera por encerrada a sessão daquela tarde. Depois disso, era pegar os filhos na festa de aniversário do coleguinha e seguir para casa.

Se Paolo não tivesse se lembrado dos malditos quadrinhos... Por um momento, ela pensou em recusar. *Não se pode satisfazer todas as vontades dos filhos, você bem sabe, doutora Elena;* não é esse o conselho que dava a todos os pais que a procuravam com problemas de comportamento infantil? Mas Paolo era diferente. Havia se tornado diferente para ela depois do acidente. Era como se estivesse sendo uma mãe má ao recusar o pedido inocente do filho que quase havia perdido a vida três anos antes. E, embora soubesse que não era uma mãe ruim, muito longe disso, ela se sentiria culpada se não o atendesse. Claro, seu diploma de psicóloga, juntamente com seu doutorado também feito na Itália, seu país natal, fazia com que ela soubesse equilibrar a dosagem entre as permissões para Paolo e as negações para Thomas. Jamais deixaria um filho seu se sentir desprivilegiado em relação ao outro. Equilibrava suas doses permissivas para ambos e, embora soubesse que um dia teria de — podar-lhes as asinhas com tesouras mais afiadas — prepará-los melhor para a vida dura lá fora, relaxava um pouco enquanto ainda eram pequenos.

Thomas e Paolo saltaram do carro e seguiram correndo até o paraíso de quadrinhos para meninos. Em poucos minutos o shopping fecharia suas portas, e sabiam o quanto demoravam para escolher — não o quadrinho específico que procuravam, mas sempre havia uma novidade ou outra nas seções ao lado. E seria ainda pior se eles se lembrassem de subir para dar uma olhada nos filmes que haviam entrado em cartaz.

Com o carro estacionado na área de calçadas em frente ao shopping, Elena pôs no colo o porta-CD. Tateou-os, sem saber ao certo o que queria ouvir. Não era exatamente uma apreciadora de música brasileira, mas gostava de Elis Regina e Zélia Duncan, embora não fosse o que queria ouvir no momento. Passou pelo CD de Loredana Bertè — nada como uma boa música italiana para não perder as origens, mas também não era o que queria. Pouco tempo antes havia descoberto uma banda americana de rock alternativo; era o que queria ouvir. Todos os pais deveriam conhecer um pouco de rock and roll para falar a linguagem dos filhos, era o que vivia dizendo aos pais de adolescentes, e ela bem sabia que logo precisaria disso também, mas não era por esse motivo que Elena gostava de rock. Gostava porque gostava, não precisava de nenhuma desculpa para isso. The Smiths, The Cure, Angels and Airwaves... Anberlin! Era isso, ouviria *The haunting* no *repeat* até os filhos chegarem, e mergulharia um pouco no universo romanticamente mal-assombrado da música.

"*Your spirit I can't see, but I still believe. I can feel your breath on me*". Será que algum dia alguém voltaria a amá-la dessa maneira? Não que sentisse falta de uma companhia masculina, aliás, nunca se sentira mais forte e inteligente como se sentia agora. Mas era apenas uma daquelas perguntas das quais as pessoas casualmente gostariam de saber a resposta — assim como se vai chover ou não na semana que vem. No momento, seus filhos, sua carreira e sua fé lhe bastavam. Talvez a mesma fé que tinha o eu-lírico da canção ao saber que a amada morta estava por perto mesmo sem poder vê-la. Era tudo uma questão de fé. A fé movia o mundo. Ou, ao menos, o seu mundo.

Elena consultou o horário no visor do toca-CD do carro: 11h22. Os filhos já deviam estar voltando, o que não a impediu de fechar os olhos e escutar com a alma a triste e doce música de amor. Apoiou os braços no volante e descansou a cabeça neles. Sentia-se exausta. A música foi se tornando cada vez mais baixa nos recônditos de sua mente cansada, até sumir completamente.

O próximo som ouvido por Elena foram as sirenes. Por um momento, no estado confuso entre o sono e a lucidez, viu-se mais uma vez no cenário trágico do acidente de Paolo. Os sons ensurdecedores das sirenes da ambulância invadindo a rua, anunciando que o filho estava gravemente ferido e que precisava ser socorrido antes que fosse tarde. Ela foi recuperando os sentidos e sacudiu a cabeça violentamente em resposta ao sonho indesejável e, infelizmente, familiar. Então percebeu que os sons não haviam cessado. *Pelo amor de Deus, doutora Elena, não estará precisando a senhora própria de umas horinhas — dezenas delas — em um bom psicólogo?* Mas não, nada daquilo eram os frutos podres e traumatizados de sua imaginação. Os sons realmente continuavam, e bem próximo a ela. Carros da polícia surgiam de todos os lados com suas sirenes ligadas e seus homens da lei saltando como loucos de dentro deles. E rumando em direção à entrada do shopping. Só o que Elena conseguiu fazer foi pensar nos filhos lá dentro. Saltou do carro com a mesma velocidade com que saltavam os policiais e correu até lá. As portas do shopping haviam sido trancadas.

●

Antes que Lucas conseguisse finalmente recobrar os sentidos, o ensanguentado avançava cada vez mais, a ponto de tocá-lo se estendesse as unhas de garras. Ambos respiravam com extrema dificuldade, mas apenas a respiração do homem — daquilo — era ouvida. Lutando contra a paralisia e motivado por um instinto impossível de ser ignorado, o rapaz tateou atrás de si, pegando a jaqueta jogada na pia, e se afastou para virar para o corredor. No entanto, antes que o corpo ainda anestesiado terminasse o giro de cento e oitenta graus, o homem de corpo sangrento e olhar vidrado tentou segurá-lo pelo antebraço direito, mas o máximo que conseguiu foi causar um arranhão dolorido — com unhas que não podiam ser humanas — no antebraço de Lucas.

O rapaz vestiu a jaqueta sobre o ferimento e, por fim, pegou rapidamente a bombinha de asma, dando uma tragada automática no ar milagroso enquanto corria. E depois outra. Quando acabava de dar a segunda e se preparava para virar no outro corredor, ouviu um baque aquoso e, imediatamente, olhou para trás. A coisa sangrenta caíra sobre si mesma, e já nem se conseguia distinguir o que era sangue e o que eram pele e ossos. Lucas viu apenas uma poça rubra tomar proporções cada vez maiores no chão do banheiro do Shopping Imperial antes de ir, finalmente, ao encontro de Nicole.

— Luc, por que demorou tanto? Eu já tava preocupada. Por acaso passou mal ou algo assim?

Em princípio, ele não conseguiu falar. Então, levando a mão à boca antes que Nicole começasse com a nova sucessão de perguntas, Lucas tossiu, depois escarrou, para finalmente emitir ruídos de um vômito que lutava para não ser contido.

Segundos depois, assistido pelos olhos muito abertos de Nicole e vencendo a batalha contra o vômito indesejável, Lucas falou:

— Morto... Ele tá morto, Nic...

— Quem tá morto, Lucas? Do que você tá falando?

— Ele... no banheiro. Eu vi, Nic, acho que ele tentou pedir ajuda... mas corri. Tive que correr, entende?

— Pelo amor de Deus, Lucas, me explica isso direito. Ou você tá tirando onda? E por que essa correria toda até chegar aqui? Por que não usou o banheiro lá de baixo? Você tá de zoação comigo, Lucas? — A garota viu que o rapaz não a escutava. Em vez disso, ele passava as duas mãos na cabeça nervosamente numa tentativa mecânica e desnecessária de alinhar os cabelos. — Lucas, vou ver o que tá havendo lá dentro. E se for mesmo brincadeira... saiba que não tem graça nenhuma. Ainda mais numa noite estressante como essa!

Antes que Lucas pudesse dizer qualquer coisa, Nicole entrou no banheiro. Uma parte dela tinha certeza de que era mais uma das brincadeiras-pós-filme-de-terror de Lucas. Logo ele apareceria por trás e lhe pregaria um susto daqueles. E, se estivesse num dia comum, e não presa num shopping center pelo exército nacional, ela até seria capaz de rir e lhe daria um tapa que, logicamente, não faria nem cócegas. Mas naquele dia havia se tornado intolerante, especialmente depois da correria atrás de Lucas à procura de outro banheiro quando já haviam passado por um lá embaixo. Por isso seguiu em frente, apenas esperando pelo momento em que ele a assustaria — ou ao menos tentaria — e ela lhe daria uma bronca desmedida pela inconveniência do momento. Mas Lucas estava demorando, o que já não condizia com sua costumeira maneira de pregar peças.

Nicole dobrou o corredor que seguia para a esquerda a passos lentos, pois, mesmo prevendo um susto a qualquer segundo, nunca deixava de pular de medo. E foi com um urro diferente de todos os que já havia emitido numa situação de susto que a moça respondeu ao que enxergou em sua frente. Quase metade do chão do recinto estava banhado do mais puro sangue ainda cheirando a fresco. E, no meio de todo aquele líquido vital, um pequeno amontoado de pele e ossos sobrepostos. Nicole cobriu a boca e correu.

— Lucas, o que aconteceu lá dentro? O que você viu? Quem fez aquilo? — indagou enquanto o puxava pela mão e saracoteava em direção às escadas.

— Eu só vi o homem, Nic! Não vi mais nada! Eu juro que não vi mais nada!

— Calma, Lucas. Você precisa se acalmar. Olha, esses caras prenderam a gente porque acham que o assassino ainda tá aqui.

— Assassino? Mas ele ainda tava vivo quando eu entrei, Nic!

— Lucas, olha, você tava em estado de choque quando saiu de lá. O cara não tava vivo coisa nenhuma. Você não viu todo aquele sangue? Não tinha como ele ter morrido só alguns segundos antes de eu entrar. Todo aquele sangue... A posição do corpo... se é que dá pra chamar de corpo o que restou dele. Aquele cara deve tá morto há um tempão e alguém deve ter feito uma denúncia, por isso tá todo mundo preso aqui. Logo vão começar os interrogatórios e...

— Nic, agora é você que precisa se acalmar. Escuta, o cara tava vivo. Ele veio pra cima de mim e logo depois caiu morto! Ele tava vivo!

Faltava um detalhe extremamente significativo no relato, mas Lucas não o diria a Nicole. Se ela já não acreditava que o homem pudesse estar vivo, o que diria se contasse as peculiaridades inumanas apresentadas pelo homem? Nicole olhou para o namorado quando a descida de escada rolante já chegava ao fim. Dessa vez, foi ela que passou as mãos pensativamente nos cabelos.

— Se ele ainda tava vivo, Lucas, o que acho que é coisa da sua cabeça, mas vamos supor que de fato estivesse mesmo vivo... Então, o motivo não é o assassinato... Por que, então, prenderam a gente aqui, Lucas? E quem fez aquilo com ele?

Lucas apenas meneou a cabeça negativamente.

Percorreram todo o corredor dianteiro sem que ninguém os tivesse notado e, quando por fim chegaram à aglomeração formada na entrada, perceberam que o clima tenso de momentos antes havia tomado ares ainda mais densos. Todos ali já pareciam saber o motivo que os levara a ficarem enclausurados naquele moderno estabelecimento comercial. E, por isso, exibiam feições ainda mais preocupadas, mais urgentes.

Conforme se juntavam aos outros, Nicole pronta para anunciar a todos o que haviam descoberto no banheiro do segundo andar, um homem de macacão cinza, que não estava lá quando ambos haviam deixado o local, agora ocupava a frente envidraçada do shopping, e Nicole percebeu a imponência que ele transmitia. Se alguém tivesse alguma resposta para aquilo, só podia ser aquele homem. Bem atrás dele, bastante afastado da entrada, mas numa distância favorável para que pudesse observar, Nicole viu um caminhão esquisito e, na parte detrás dele, um homem de uniforme guardar em uma enorme mochila o que parecia ser um macacão branco — tinha algo de perturbadoramente familiar naquela roupa; pensou em onde já havia visto algo como aquilo. O homem à frente do vidro exclamou numa altura que não seria possível ser ouvida por quem estava do lado de dentro se não estivesse falando através de um alto-falante:

— Vocês dois que estão chegando agora! Fiquem parados onde estão!

— O quê? Ficar parados? Isso é alguma piada?

Nicole continuou andando um pouco mais devagar e com Lucas ao seu lado.

— Fiquem parados, isso é uma ordem! E os demais, afastem-se deles imediatamente!

— O que tá havendo aqui? A gente não fez nada; pelo contrário, viemos contar o que vimos no banheiro lá de cima.

Antes que Nicole pudesse terminar, todos em volta deles haviam se afastado, uma massa de seres humanos ao redor de um pequeno palco onde a atração principal eram ela e o namorado emudecido. Sem saber o que fazer, Nicole estava pelo menos ciente de que resistir e desobedecer à tal ordem só poderia tornar as coisas piores do que já estavam. Seria melhor, portanto, ficar parada e esclarecer o que sabiam antes que, inexplicavelmente, fossem acusados da barbárie presenciada no andar de cima.

— Olha, nós não fizemos nem sabemos de nada. Acabamos de encontrar o corpo lá em cima e viemos avisar, isso é tudo.

— Corpo? Minha nossa senhora, então tem um corpo aqui dentro? E o que nós temos a ver com isso, pelo amor de Deus? — gritou uma voz feminina do meio da aglomeração.

— Será que vocês não sabem distinguir pessoas inocentes de um provável assassino? Como podem deixar trancadas aqui famílias com crianças, pessoas idosas e até um cadeirante, suspeitando que qualquer um de nós possa ser o assassino? Faça-me o favor! — gritou então uma senhora que estava acompanhada do marido.

Embora muitos concordassem com ela, fizeram-no apenas silenciosamente. O foco dos olhares continuava sendo Nicole e Lucas, dois pontos iluminados pelos holofotes gritantes do grande palco do sábado dos horrores. Então, o doutor Viana emprestou um tom ainda mais firme à voz e determinou:

— Como o responsável pela sua segurança nesta circunstância, ordeno que ninguém, *absolutamente ninguém*, se aproxime dos jovens que acabaram de chegar.

Nicole queria gritar, retrucar veementemente as suspeitas do homem do alto-falante lá de fora, explicar detalhadamente tudo o que haviam feito desde que saíram do cinema, mas, de repente, estagnou-se; a garota pareceu visualizar uma nuvem esclarecedora na linha do horizonte de seu raciocínio súbito. As peças foram se juntando e ela foi as montando mentalmente, uma a uma. Primeiro, a situação anormal pela qual estavam passando: pessoas comuns e inocentes mantidas presas dentro de um shopping center — mesmo se realmente houvesse a possibilidade de um suposto assassino se encontrar entre elas, não era esse, definitivamente, o procedimento adequado. Um corpo encontrado sob um estado brutal e inexplicável no andar de cima. E, lá fora, polícia, exército e... uma equipe de quarentena! Era isso, aquele uniforme que vira sendo guardado era o usado por uma equipe de quarentena. Nicole já havia visto filmes demais para saber o que significavam aquelas roupas. Não adiantaria qualquer tentativa de diálogo. Poderiam argumentar o que quisessem; jamais sairiam de lá — não enquanto a situação não fosse resolvida. Ou enquanto, ao menos, toda a sujeira não fosse varrida para debaixo do tapete do governo, juntamente com todos os podres que ele provavelmente vinha havia tempos escondendo.

Mesmo com a ideia soando um tanto cinematográfica demais, ela sabia que o Brasil também tinha lá as suas sujeiras; não era, definitivamente, um mérito apenas dos países mais desenvolvidos. E ela poderia estar pirando com aquela coisa toda, mas passou a crer, naquele momento, que a sujeira da vez eram eles. Bastava saber qual era a causa. Era essa, portanto, a peça que faltava no quebra-cabeça que se embaralhava em sua mente.

— O que tá havendo aqui? O que vocês sabem? — indagou Nicole com toda a tensão diluída e a voz quase desaparecendo pelas cordas vocais.

Sabia que sua pergunta não seria respondida, porque, fosse qual fosse a resposta, o pânico poderia se tornar tão incontrolável a ponto de atrapalhar todo e qualquer procedimento que provavelmente se encontrava a poucos passos de ser tomado.

— Afastem-se mais rápido! Pra trás, todos vocês! — passou a gritar subitamente o homem com o alto-falante, os olhos muito arregalados. — Afastem-se *imediatamente*!

Antes que Nicole pudesse assimilar a ordem mais enfática do sujeito uniformizado, viu que as pessoas, que já estavam antes um tanto distantes dela e de Lucas, agora se encontravam numa distância maior — mais segura? —, de provavelmente uns cinco metros. Viu também que um dos sujeitos, o que parecia ser o líder dos soldados, aproximava-se do homem que estava com o alto-falante e falava algo que parecia pertinente, dado o interesse que suas palavras pareciam despertar no outro. E viu, ainda, que Lucas começava a sangrar através dos olhos e do nariz.

●

— Existe um meio de entrada oculta, doutor Viana.

— E onde fica, coronel?

Viana observava o coronel Antunes com um olho e o casal de jovens com o outro.

— É através da cobertura. Foi feita como uma saída de emergência, mas parece estar desativada. O oficial Wilson acaba de fazer o reconhecimento de toda a área ao redor. Ele descobriu uma escada que dá acesso a ela. Fica na parte traseira da construção. Há um muro de mais ou menos quatro metros isolando a área, e nele um portão de ferro, mas ele já verificou que se pode atirar nas trancas.

— Obrigado, coronel. — E, voltando-se para os doze cientistas de sua equipe, ou agentes, como ele costumava chamar, que visivelmente esperavam por uma instrução, prosseguiu: — Agentes um a oito, iniciem a invasão imediatamente. Uma vez lá dentro, já sabem o... procedimento a ser executado — finalizou, terminando a frase com o que um observador mais atento chamaria de engolir em seco.

Viana não percebeu, mas realmente havia uma dupla de observadores muito atenta à conversa que acabara de ter com o coronel.

•

Após se apropriarem de suas enormes mochilas brancas com as iniciais IBPE localizadas abaixo do zíper cinza — uma delas consideravelmente maior que as demais —, os oito cientistas mais dois policiais — sendo um deles o policial Wilson, um sujeito de rosto rechonchudo e andar desengonçado — seguiram para a parte traseira do edifício. O lugar que procuravam estava localizado numa espécie de beco muito extenso, na região central da construção, no qual não havia circulação de pessoas. Tratava-se de uma área escura e deserta, onde se chegava após quase dez minutos de caminhada a partir da entrada, conforme deduziram após o percurso, ou três de corrida, como haviam feito.

Enquanto um dos cientistas iluminava com uma lanterna o local que permitiria o acesso, Wilson retirou a arma do coldre e atirou na tranca do portão de telas soldadas, que se abriu com um estalo obediente. Quem se deparasse com a parte detrás da construção, revestida por um cimento virgem e enfeitada com inúmeras caixas de papelão empilhadas — provavelmente um depósito —, não poderia fazer ideia do quão grandiosa era a estrutura em sua totalidade se vista pela frente e por dentro. Wilson e o outro policial, após um aceno de cabeça aos cientistas, viraram as costas e percorreram o mesmo caminho de volta.

A equipe de agentes-cientistas, sem hesitar ou se preocupar com a extensão da escada vertical rente ao paredão de concreto que levava à cobertura, cujos olhos matemáticos calculariam trinta metros de altura, ou uns cento e cinquenta degraus, iniciou a subida até o topo do prédio. O primeiro e o último cientista carregavam lanternas entre os dentes, assim o caminho estava suficientemente iluminado para todos os demais. O cientista da frente, Ítalo Schneider, parecia ter assumido tacitamente a liderança do grupo e subia os degraus de ferro rapidamente, o olhar firme para o topo do prédio que escalavam. O último cientista a subir as escadas era o que carregava a mochila maior.

Em cinco minutos terminaram a subida, que teria sido mais rápida se não fosse pela baixa luz que possuíam e pelas mochilas pesadas. Ítalo saltou da escada para a cobertura plana e observou o ambiente — o máximo que o alcance da lanterna permitia, mas, mesmo com ela não iluminando todo o espaço, dava para saber que se tratava de uma área muito extensa, maior que um estádio de futebol. O primeiro pensamento do cientista foi que, mesmo se estivessem todos ali em cima, onde não havia barreira alguma, seria difícil executar a missão sem que mais alguém fosse exposto. Então, imaginou a situação abaixo daquela imensa área, onde mais de duzentas e vinte lojas distribuídas em três andares serviriam de refúgio para quem estivessem caçando. De repente, deu-se conta do verbo no gerúndio e estremeceu.

Um a um, todos haviam chegado à cobertura do shopping e procuravam por uma passagem que os levasse ao interior. Caminhavam cautelosamente a fim de não tropeçarem nas inúmeras claraboias distribuídas uniformemente ao longo da cobertura nem deixarem escapar algum vestígio da entrada. Agora, cada qual portava a sua própria lanterna, retirada de um dos muitos compartimentos das mochilas estufadas.

— Aqui! — gritou um dos cientistas enquanto apontava o feixe de luz para o chão, a mais ou menos dez metros da borda por onde haviam subido.

Tratava-se exatamente do que estavam procurando: uma caixa retangular saliente e feita de concreto, que era a entrada de uma possível escada para o interior. O primeiro cientista que a viu tentou abrir a portinhola, mas estava trancada. Apenas dois chutes bastaram para ela ceder, permitindo-lhes a passagem.

Mecanicamente, retiraram as mochilas das costas e as colocaram no chão. Em seguida, abriram os zíperes dos macacões cinza e se despiram, ficando apenas de cuecas e regatas brancas coladas ao corpo. Depois, abriram os zíperes com movimentos precisos — tempo era algo do qual eles não dispunham no momento — e retiraram delas grandes macacões brancos e pesados. Com a mesma agilidade com que abriram as mochilas, vestiram os macacões complicados com a destreza de quem enche um copo com água; exceto para dois deles, Samuel e Edgar, pois era a primeira vez que vestiam um biotraje. Os demais, embora já os tivessem utilizado outras vezes, não o faziam já havia algum tempo.

O biotraje, a roupa a ser usada em situações em que há risco de contaminação por agentes de inúmeras classificações, consistia em: primeiro, imediatamente acima da roupa íntima, um macacão feito de Nomex, material utilizado na indústria química, petroquímica e centrais elétricas que possibilita uma resistência ao calor e às chamas. Selado com um resistente zíper que começava no umbigo e se fechava no pescoço, ele deixava expostas apenas as mãos e a cabeça; os pés também eram envolvidos pelo material do macacão. Acima do material que envolvia os pés, eles ainda vestiam pesadas botas pretas impermeáveis com resistência química.

Sobre o primeiro macacão, vestiram um segundo uniforme — Samuel e Edgar ainda subiam o zíper do primeiro traje —, feito de um material que facilmente não seria levado a sério por alguém que não soubesse do que se tratava: era um macacão branco em Tyvek, outro tipo de roupa para proteção química, uma excelente barreira contra a penetração de partículas secas e úmidas em suspensão e de microorganismos. Esse macacão era feito de uma espécie de papel fino, não evidenciando nem de perto a sua perfeita capacidade de fornecer proteção a qualquer atividade que implicasse contato direto ou potencial com agentes químicos ou patogênicos.

As mãos e as cabeças continuavam expostas, e eles vestiram luvas internas e, sobre elas, luvas externas com proteção química. Como se tratava de duas camadas de luvas especiais, eram de um material delgado, pois não poderiam interferir nos movimentos das mãos — embora estar com elas fosse algo longe de parecer estar com as mãos nuas. Em seguida, colocaram os capacetes revestidos por uma camada de Nomex com visor à prova de choque, que era acoplado ao restante do biotraje por meio de um sistema de fechamento em zíper e velcro. Como a roupa impossibilitava a circulação ilimitada do ar, era ainda necessário um pequeno tanque de oxigênio, localizado na parte das costas, logo abaixo da nuca, que consistia na parte final do processo de proteção. Dessa vez, apenas Samuel teve alguma dificuldade em ajustar devidamente o tanque, e precisou ser ajudado por Ítalo. Fora os itens de proteção, carregavam ainda alguns utensílios em cinturões repletos de bolsos.

Para finalizar, o agente que subira por último recolocou nas costas a mochila que, diferentemente das demais, não ficara vazia com a saída dos macacões. Ela era preenchida por algo muito grande que parecia hibernar lá dentro, apenas esperando o momento de ser despertado.

Apesar da alta tecnologia de proteção dos trajes especiais, havia duas desvantagens: o calor intenso dentro das roupas e a limitação de movimentos, já que se tratava de uma vestimenta com uma densidade mais espessa que o normal. Deram os primeiros passos. Os oito cientistas só não seriam categoricamente confundidos com um grupo de astronautas devido à ausência dos passos flutuantes. Fora isso, a roupa avolumada, os movimentos robóticos e a locomoção organizada lhes proporcionavam uma visão digna de homens na Lua.

Em questão de minutos, acomodados da melhor maneira possível, aqueles oito homens estavam totalmente refugiados no interior de suas estufadas cápsulas de isolamento e não poderiam ser atingidos por nada ameaçador vindo de fora.

Um de cada vez, eles passaram laboriosamente pela portinhola, ficando o primeiro com a missão de desencaixar a escada, semelhante a escadas de sótão, e jogá-la para baixo. O processo levou alguns minutos devido à dificuldade proporcionada pelos biotrajes. Uma vez lá dentro, optaram por não jogar a escada para cima novamente, deixando-a posicionada no chão. Precaução era um lema tácito e absoluto entre aqueles homens.

A abertura para o terceiro andar do shopping dava para dentro de uma grande sala cheia de computadores, papeladas empilhadas em mesas e armários de arquivos; uma sala de administração. Sem perder tempo, atravessaram o resto que faltava da sala e abriram a porta, que não estava trancada. O lado externo da porta ficava em frente a um corredor curto e repleto de caixas eletrônicos, e eles passaram rapidamente por lá, saindo para um corredor de mesmo tamanho.

A parede traseira desse corredor exibia uma imagem que cobria toda a sua extensão, uma pintura enorme, de doze metros por sete, da clássica deusa Vênus na forma de uma mulher nua emergindo do mar em uma concha, sendo empurrada à margem pelo Vento Oeste e recebendo um manto bordado de flores de uma das deusas das estações; uma retratação fiel do quadro O nascimento de Vênus. Na parede lateral havia uma das portas de acesso da Móveis Lar e, alguns passos à frente, bem no centro do pequeno corredor, um carro novo, reluzente e envolto por uma fita de presente estava estacionado.

Deixando todos esses detalhes secundários para trás, os agentes pegaram a escada rolante e desceram para o hall de entrada. O cenário estava ligeiramente mudado quando o grupo de cientistas, usando roupas tão incomuns como o próprio acontecimento que se desenrolava, finalmente chegou à área de entrada. As pessoas agora estavam quietas, assombrosamente quietas, e as poucas que falavam o faziam baixinho, sem a tagarelice do início. O clima havia se tornado sério e funesto, como a atmosfera de um velório. O rapaz do laptop, sem acesso à internet, estava com o aparelho fechado e o segurava na frente do corpo da forma zelosa com que se segura um recém-nascido. A poucos passos dele, sentada no chão e encostada na parede de vidro da loja de brinquedos Magictoys, uma senhora de olhar distante segurava um rosário, e os dedos ágeis — ao passar as bolinhas sagradas —, assim como a boca, que se mexia freneticamente — verbalizando palavras que só mesmo ela era capaz de ouvir —, eram as únicas partes de seu corpo que pareciam ainda esboçar qualquer tipo de reação. Em um grupo também encostado na parede da loja de brinquedos, estava um rapaz numa cadeira de rodas, o jovem musculoso que no início demonstrara sérios problemas de educação e uma mulher com quatro crianças. Havia mais pessoas, muito mais, dezenas mais, mas fazer uma lista precisa delas não era a prioridade do momento.

No entanto, apesar de não deverem se ater às pessoas que estavam no hall naquele momento, às pessoas que não mereciam atenção — ao menos não agora —, algo mais foi notado pelos agentes; um grupo de três pessoas em uma das laterais das portas de vidro, dois meninos pequenos que estavam dentro do shopping e uma mulher que estava do lado de fora, haviam se agrupado e pareciam estabelecer uma comunicação sem palavras através da barreira transparente que os separava; ela estendia as duas mãos contra o vidro e cada menino colocava ambas as mãos contra a mão da mulher num toque terno e necessário, mas apenas uma simbologia do que desejavam fazer naquele momento. A mulher olhava para os meninos, e eles olhavam para ela numa confirmação muda de que a única coisa que lhes restava — fosse o que fosse que estivesse acontecendo — era esperar. No chão, ao lado do menino maior, repousava uma sacola com revistas em quadrinhos, que agora parecia não ter mais qualquer importância.

Mas esse detalhe não era a única coisa que, de fato, mais havia lhes chamado a atenção: o rapaz que havia começado a apresentar as primeiras manifestações, bem como a garota que o acompanhava, não estavam mais lá.

●

— Lucas, o que tá havendo com você? O que você tá sentindo? — Nicole, juntamente com os demais que se espalhavam para ficar longe dela e do namorado, tinha um olho em Lucas e outro a observar que, lá fora, o homem do alto-falante reunia vários de seus homens em torno de si e parecia dar algum tipo de instrução. A instrução foi assimilada em meia dúzia de palavras, pois em apenas poucos segundos todos se dispersaram, deixando-o sozinho. — Luc, vo-você teve contato com o corpo? Responde, Lucas, você teve contato com o corpo?

— Vocês devem permanecer onde estão! Um único movimento e estarão desrespeitando ordens de segurança nacional! — bradou Viana lá de fora.

— O que acontece agora? A gente tá ferrado aqui dentro, não tá?

"O que acontece agora?". As palavras ainda soaram por alguns segundos na cabeça de Viana após ser encarado pela garota de cabelos vermelhos; "a gente tá ferrado aqui dentro, não tá?", foi o que mais o atingiu. Não por ela parecer suspeitar de algo, o que, evidentemente, era um fato; ninguém ali fizera uma pergunta tão angustiantemente retórica e pertinente quanto a menina de postura vivaz, quase intimidadora. A menina que queria demonstrar uma força e uma esperteza natas — que realmente possuía —, mas que também necessitava de proteção. A menina que lhe lembrou alguém que ele havia perdido havia muito tempo. A menina que, naquele momento, fez a imagem de Natália surgir nítida e dolorosa em sua mente, e, junto com toda a dor, deu-lhe também uma força significativa. A força de que ele precisava.

— Nicole... — Lucas não conseguiu dizer mais nada. O líquido viscoso que já emprestava uma tonalidade carmesim aos dentes se avolumava em sua boca, e ele começou a engasgar logo na primeira palavra. Então, escarrou no chão toda aquela quantidade de sangue e tentou falar novamente. — Nic... — Mas o sangue tornou a avolumar-se em sua boca, saindo não sabia ele de onde, e, mais uma vez, Lucas foi impedido de falar.

O rapaz escarrou uma vez mais no chão e sentiu o olhar de espanto de todos que o rodeavam. Viu os garotos dos quadrinhos num canto distante de onde estava e, por meio do olhar que o mais novo deles lhe lançou, soube que sua aparência não devia estar nada boa. Lá fora, o homem do alto-falante ainda proferia qualquer coisa que ele não conseguia ouvir. Sentiu o olhar de Nicole sobre si e notou que a namorada também havia se afastado dele, embora a expressão com que ela o observava fosse de extrema preocupação e receio. Ela começou a movimentar a boca, mas dos lábios os sons saíam contorcidos para ele, que nada pôde entender. Por fim, Lucas levou as mãos aos ouvidos e, quando as pressionou sobre ambas as cavidades auditivas, o sangue empoçado lá dentro escorreu numa enxurrada rubra e generosa pelas suas mãos e braços, embebendo o tecido da jaqueta jeans. E a fraqueza veio, com a mesma velocidade com que o sangue em erupção lhe escorria pelo corpo. Sentia-se extremamente fraco; por um momento pensou que fosse desabar ali mesmo. Sentia o sangue saindo de dentro de si, do lugar onde deveria estar, e somente aquilo bastava para enfraquecer qualquer um — embora o que estivesse acontecendo com ele, definitivamente, não acontecesse com qualquer um, exceto com o homem do banheiro.

Lucas sentiu a cabeça girar e, com isso, o anúncio de um vômito iminente; sem contar a fraqueza extrema que se instalava sobre ele com um vigor crescente. Mas, lutando contra tudo isso, sentiu uma fagulha de energia inexplicável que parecia despertar de algum lugar do recôndito de seu corpo débil. Era uma fagulha de força que acordava de algum lugar inexplicável dentro de si. Era a força de que ele precisava para sair correndo das vistas de todos que o encaravam como se ele fosse uma criatura de outro mundo. Precisava descobrir o que estava havendo com ele, precisava ser tratado, precisava de cuidados médicos imediatamente — e ele tinha plena consciência disso. Mas, antes de tudo, precisava sair do meio daquela gente que o encarava com expressão de asco. E medo.

Assim que o socorro chegasse, narraria tudo o que havia se passado com ele, desde a corrida pela privacidade para a utilização da bombinha de asma — não se importaria em falar dela para os médicos —, enfatizando o arranhão que havia levado do homem do banheiro, até aquele momento, em que descobria uma nova vertente de sangue — dez novas vertentes — em seu corpo. O líquido vermelho começava a brotar por baixo das unhas das mãos e, em menos de cinco segundos, já pingava continuamente, como se tivessem surgido furos em cada uma das pontas de seus dedos. Ele realmente precisava de socorro médico, ou se dissolveria sobre si mesmo, como na cena que havia presenciado ele próprio minutos antes. O socorro devia chegar a qualquer momento, uma vez que havia dezenas de testemunhas para o que estava acontecendo com ele, e logo seria atendido; não tinha dúvidas disso. Mas, antes, precisava sair de lá. Precisava sumir!

Não, não saia daí; o homem lá de fora sabe o que está acontecendo e, se ele diz que deve ficar aqui, você deve simplesmente ficar e esperar!

Esperar o quê? Derreter-se sobre seus próprios restos de carne e ossos, enquanto todos assistem com repugnância a toda sua humilhação e derrota?

Não importa o que os outros vão pensar, seu fracassado de merda! Não importa o que Nicole irá pensar. No fundo, ela sempre soube que você é um perdedor de primeira categoria. No fundo, ela sabia que acabaria te largando mais cedo ou mais tarde. No fundo, o que ela mais quer é que você suma do lado dela agora mesmo para não a envergonhar mais do que já o fez! Olhe pra ela, seu asmático imbecil, é demais pra você! Sabia que ela logo iria se cansar e mesmo assim resolveu investir. Agora, só o que consegue causar nela é pena. Pena!

Que nada! Ela não está com pena. Ela está é preocupada com você, seu otário. Por que tem sempre de ficar pensando que todos estão com pena de você? Por que se acha tão fracassado assim o tempo todo?

O fato de ter se deixado arranhar por um sujeito com uma doença filha da puta que vai te fazer acabar como ele parece ser motivo suficiente! Em que categoria se encaixa você, senão na dos fracassados, ao se deixar ser arranhado por um moribundo que mal conseguia andar? O que acha que Nicole pensará a respeito disso?

Em meio à zonzeira que chegava junto a uma nova onda de fraqueza, Lucas se agarrou à fagulha de força — que agora gritava em algum lugar lá dentro — e se lembrou do banheiro com tranca, perto da praça de alimentação, no terceiro andar. Tratava-se de um fraldário com banheiro para pais e crianças e espaço para amamentação. Ele nunca havia entrado nele, obviamente, mas era o que dizia a placa do lado de fora, que finalizava com os dizeres: "Para maior privacidade, tranque a porta". Era do que precisava. Correria para lá e se trancaria no banheiro até que o eventual socorro chegasse. E depois, ele e Nicole... Bem, não queria pensar no depois. Só queria sair de lá, afastar-se de toda aquela degradante exposição.

Por um insano momento, antes que algum resquício de razão desprovida de orgulho e raiva lhe desse um sinal qualquer de que o certo era ficar ali — onde o homem do alto-falante, por algum motivo, ordenara que ficassem —, Lucas pôde se ver refletido em cada uma das pupilas dos ali presentes, e novamente a sensação de estar sendo objeto de absoluto asco coletivo falou mais alto do que qualquer outra coisa; e ele saiu.

Lucas começou repentinamente a mover-se, primeiro cambaleante, depois numa corrida desenfreada, uma vez que a força começava a ressurgir a despeito de todo o derramamento de sangue que estava sofrendo. Seu objetivo era a escada em zigue-zague, que o levaria ao terceiro andar. Não subiria pela escada rolante, pois ela permitiria que todos o observassem durante a subida, e era exatamente disso que fugia. Precisava chegar logo à escada mais afastada da multidão. Ele ouviu a voz de Nicole gritar alguma coisa, murmúrios indecifráveis das pessoas ao redor e o som do alto-falante proferir palavras que também não conseguiu assimilar; compreendeu que estava ficando tonto. A força que lhe permitia correr continuava lá, caso contrário não estaria se distanciando cada vez mais de todos eles, mas uma tonteira adjacente à força o fazia correr numa linha irregular, como se fosse sofrer uma queda a qualquer segundo. Contrariando a ameaça de uma queda iminente, ele continuava em pé, com a coordenação apenas suficiente para se afastar cada vez mais. E era só do que ele precisava.

Confusamente, percebeu que alguma coisa lá fora acontecia, como uma agitação inesperada, e não parecia ser por sua causa. Por míseros segundos, o foco dos olhares não pareceu estar sobre si, e ele então sentiu o primeiro — e ínfimo — alívio que sentira desde que aquilo tudo começara. Mas a agitação parou tão repentinamente quanto começara, e logo se sentia o centro das atenções de novo. Eram seus indesejáveis quinze minutos de fama mais uma vez.

Com um grito, Lucas levou as mãos aos olhos e sentiu que naqueles orifícios o sangue passou a avolumar-se mais. Logo, a visão se tornou turva e ele não poderia enxergar, mesmo se olhasse para trás, o rastro de sangue que denunciava sua passagem. Tampouco o pequeno grupo de pessoas que corria atrás dele.

•

Uma série de eventos foi desencadeada com a súbita corrida do jovem desnorteado que pingava sangue: lá fora, a mãe dos dois meninos enclausurados observava tudo com o coração na mão. Assim que o rapaz, cujo estranho quadro de hemorragia piorava a olhos vistos, começou a correr, desobedecendo às ordens de Viana, ela correu até a parede de vidro, ultrapassando a faixa de isolamento e se juntando aos filhos num gesto de puro instinto materno misturado ao desespero.

De dentro do shopping, Thomas e Paolo, que a todo instante observavam a mãe à frente da multidão aglomerada, sabiam o quanto ela devia estar atordoada — e Thomas sabia disso mais do que Paolo. Isso se dava ao fato de ser o filho mais velho e se sentir mais responsável pela mãe do que o irmão menor. Ou, talvez, porque já tivesse passado por uma situação extrema ao lado da mãe, na época do acidente de Paolo, e soubesse o quanto ela ficaria abalada se ele e o irmão estivessem novamente numa situação de risco. De qualquer forma, ambos tinham consciência de que ela devia estar apavorada, e por isso procuraram ficar onde ela pudesse vê-los, embora do outro lado da parede de vidro, e, assim, talvez a mãe se sentisse ainda um pouco no controle da segurança deles. Mas, assim que o rapaz ensaguentado começou a correr, fazendo algo que não deveria ter feito — pois o homem lá fora, que parecia saber das coisas, ordenara que não se movesse —, viram que a mãe ultrapassava impulsivamente o local determinado. Viram também que, após um ligeiro contratempo com os homens que tentaram impedi-la, ela se jogou nas paredes de vidro. A mãe, então, tornou-se uma espécie de ímã, atraindo os dois para junto dela.

Enquanto Lucas levava as mãos aos olhos e se certificava de que deles também o sangue fluía incontrolavelmente, Thomas e Paolo correram para a mãe, e, separados pelo potente bloqueio de vidro blindado, Elena estendeu as duas mãos abertas para os meninos, que as tocaram com suas mãos pequeninas. Daquele momento em diante, em cada mão aberta de Elena repousaram, através do vidro, as duas mãozinhas de cada filho, e assim Elena permaneceu, observando — apenas podendo observar — as coisas saírem de controle no lugar onde os filhos eram mantidos presos.

•

Assim que o rapaz começou a correr no lado de dentro, a mãe dos meninos, no lado de fora e saindo do meio da multidão, também iniciou uma corrida que violava as ordens de distância estabelecidas por Viana. Enquanto repetia para que o rapaz parasse de correr, Viana, coronel Antunes e os soldados se depararam com a mulher executando uma desobediência da mesma categoria, e o coronel imediatamente ordenou que os soldados a cercassem:

— Esse lugar está restrito apenas à nossa equipe, senhora. Não podemos permitir que ultrapasse — disse o coronel enquanto seus soldados faziam menção de segurá-la, caso a mulher não se contivesse.

Sem saber ao certo qual situação acompanhar, Viana se dividia entre observar o rapaz e a mulher. As duas cenas tão curiosas como imprevistas chamaram a atenção de todos, e então os olhares, sem exceção, acompanhavam ambas as situações ao mesmo tempo. Lá dentro, o rapaz sangrava e corria, e parecia que iria tropeçar nos próprios pés e desabar a qualquer momento. Lá fora, a mãe dos meninos era barrada por uma dezena de homens fortes e uniformizados.

— Me deixem dizer uma coisa, soldados: meus filhos de oito e onze anos estão lá dentro, presos por um motivo que vocês não são capazes de revelar. Vocês tiveram a capacidade de trancar todas essas pessoas lá dentro sem dar nenhuma satisfação a ninguém, e agora querem ter o controle daqui de fora também? — Então, subitamente perdendo toda a imponência com a qual havia iniciado o discurso, Elena começou a chorar e a falar entre soluços desesperados: — Vou até lá para ficar o mais próximo dos meus filhos que essas paredes me permitirem, porque vocês não têm o direito de fazer isso com eles nem com todas aquelas crianças! Tem um monte de crianças lá dentro, e idosos, e pais, e mães! Vou ficar perto dos meus filhos, porque vocês não têm o direito de impedir uma mãe de ficar perto de seus filhos... O Thomas tem onze anos... O Paolo tem só oito... Só oito! Eles são só duas crianças! Duas crianças que não têm culpa de nada do que tá acontecendo lá dentro... São só duas crianças, meu Deus, só duas crianças...

Elena desabou em um choro torrencial. Em uníssono, a multidão concordou com o que ela dizia, e Viana se sentiu desarmado. De que adiantaria impedir a pobre mulher de ficar perto dos filhos se nem ao menos tinha o controle sobre o que ocorria lá dentro? Com um aceno positivo, Viana permitiu que o coronel a deixasse passar.

●

Quando viu que o rapaz cambaleante estava com lágrimas sangrentas escorrendo dos olhos, Saulo olhou para a esposa, e os doze anos de bom relacionamento e conhecimento mútuo — exceto, claro, por *aquele* problema, a falha, conforme chamavam eles nos momentos em que se permitiam falar sobre isso — substituíram qualquer palavra que poderia ser dita. E ela apenas lhe pediu para ter cuidado antes de vê-lo se afastar, indo atrás do rapaz.

Assim que o marido se foi, Luiza puxou a filha e as outras crianças para uma das paredes laterais, buscando uma proteção que, acreditava ela, não teria se continuasse no meio daquele ambiente espaçoso.

●

Enquanto Saulo e Luiza estabeleciam um entendimento tácito de dois segundos, Nicole, mesmo sabendo — sentindo — que não devia, correu na direção de Lucas.

●

César Miorando Pereira esfregou as duas mãos fortemente uma na outra e, acomodando devidamente a sacola que carregava em seu colo, levou cada qual ao mesmo tempo para as rodas da cadeira que utilizava desde que tinha dezesseis anos. Havia acompanhado a locomoção do rapaz ensanguentado, do grupo de quatro pessoas para cima — apesar das ordens rígidas do homem de cinza — e de todas as pessoas remanescentes no hall para a frente das lojas, bem como da mulher com as crianças. Ao se ver quase sozinho no lugar onde minutos antes havia dezenas de pessoas, decidiu que não permaneceria mais chamando tanta atenção. Para isso, já lhe bastava a maldita cadeira de rodas, pensava ele enquanto se dirigia também àquela mesma parede lateral.

●

Os pensamentos já desordenados de Lucas começavam a tomar um ritmo mais rápido, e o mundo ao seu redor, o pequeno mundinho de corredores e vitrines envolto por aquela redoma de concreto, parecia cada vez se distanciar mais. Assim como o acelerado ritmo mental, alguma coisa se fortalecia no seu interior, e era isso que não lhe permitia desabar; pelo contrário, ele corria e nada o faria parar antes de chegar aonde desejava. O rapaz corria, e junto com essa ação dava aos olhos passadas rápidas de mão a fim de tirar o excesso de sangue que embaçava quase que totalmente sua visão. Quando já estava na metade da escada em zigue-zague, no segundo andar — já consolidando a fuga de todos que o repudiavam —, percebeu que passar as mãos nos olhos não adiantava mais, pois, das palmas de ambas as mãos, o sangue começava a vazar incontidamente, como se estivesse sendo expulso por cada poro, e então ele usou as mangas da jaqueta para limpar, na medida do possível, a visão cada vez mais insuficiente.

Via Nicole em sua mente, e pensar na namorada — durante os efêmeros segundos esporádicos em que conseguia se manter lúcido — havia se tornado algo incômodo, nauseante e, por fim, absolutamente detestável. Ela, com certeza, era mais uma dos que o repeliriam se o visse agora, e a ideia de ter se tornado um ser asqueroso para Nicole o deixava furioso. Então, novamente a onda de pensamentos desordenados; era como numa sucessão de cenas em que se avança um filme na velocidade máxima permitida pelo aparelho de DVD. Ele corria, passava as mangas nos olhos, pensava com ódio em Nicole e novamente a onda de pensamentos que ele não podia mais controlar. Talvez o formato da escada o estivesse deixando mais tonto ainda, mas ele não seria capaz de raciocinar a respeito disso. O que sabia era que já corria cambaleante e que não suportaria muito tempo mais.

Durante tais pensamentos, ele se sentia delirar, sair do ar por alguns segundos e retornar em seguida, como quando se acorda assustado de um sonho em que se está caindo. Durante esses delírios, em que nada podia identificar com clareza, via vermelho, cheirava vermelho, sentia vermelho, como se o mundo tivesse adquirido uma tonalidade vermelha. Mas esse vermelho não era apenas uma cor. Era um vermelho pulsante, vivo. O mesmo sangue que insistia em sair de seu corpo dominava grande parte de sua mente.

Embora em várias vezes pensasse que fosse desabar, Lucas se manteve em pé por tempo suficiente para chegar ao banheiro privado do terceiro andar e se trancar imediatamente antes de se jogar exaustivamente no chão próximo à pia.

•

Nicole, Saulo, o homem calvo — que se chamava Jonas — e um sujeito alto com luzes douradas no cabelo e camisa polo branca corriam atrás do rapaz que transpirava sangue. Enquanto seguiam o caminho vermelho deixado por ele, desviando para não escorregarem, olhavam para a escada helicoidal que passava por todos os andares e podiam enxergar um Lucas desvairado avançando cada degrau num ritmo que parecia não ser o que o corpo dele era capaz de suportar naquelas circunstâncias. Ao também já se encontrarem subindo os degraus e olharem para cima, receavam que o rapaz já estivesse completamente cego devido ao excesso de sangue que escorria de seus olhos.

Quando finalmente chegaram ao terceiro e último andar, Lucas já havia desaparecido, apenas tendo deixado no chão o rastro de sangue que denunciava seu paradeiro. O rastro os guiava na direção dos banheiros da praça de alimentação. Seguiram por esse caminho até onde o rastro se extinguia em frente à porta do último banheiro, que se tratava de um fraldário. No puxador da porta — que não era exatamente uma maçaneta, mas um objeto saliente retangular, de vidro fosco e um tanto sofisticado —, uma camada de sangue coagulado. Abaixo do puxador, o sangue, que havia escorrido pela porta poucos segundos antes, também já coagulara e formara cinco filetes vermelhos em alto relevo. No meio da porta, a marca de uma mão esquerda com os dedos bem definidos e um novo filete de sangue abaixo dela. Lucas apoiara a mão enquanto abria a porta; devia estar exausto.

 Jonas foi o primeiro que tentou, inutilmente, abrir a porta. Ao lado dela, leram o aviso da placa e souberam de imediato que Lucas sabia exatamente para onde ir, ansiando pela privacidade que o banheiro oferecia. Jonas retirou a mão, vendo que fizera um mau negócio ao colocá-la nua naquele puxador. Juntou os dedos e sentiu a liga do sangue, que agora formava uma película repugnante em grande parte de sua mão. Esfregou fortemente a mão na calça e sentiu o ferimento do polegar arder. Saulo retirou do bolso da camisa um lenço azul quadriculado e, envolvendo-o em torno da mão — enquanto Jonas olhava para baixo e praguejava mentalmente por não ter tido a mesma ideia —, também fez sua tentativa. A porta de vidro fosco não cedeu um milímetro.

 Nicole fechou os punhos e esmurrou a porta — dez centímetros acima da marca da mão de Lucas — quatro vezes seguidas. Depois gritou:

 — Lucas, abre a porta! Alguma coisa estranha tá acontecendo com você e eles sabem o que é! Não pode ficar escondido aqui, você precisa de ajuda! — Esmurrou a porta mais algumas vezes com uma força que Saulo receou que fosse capaz de parti-la e continuou, contendo um choro que queria visivelmente sair: — Você vai morrer se não sair daí, Lucas! Vai morrer aí dentro!

— Rapaz, abre a porta para que eu possa dar uma olhada em você! — o homem louro gritou, erguendo as mangas como se esperasse que Lucas fosse abrir a porta naquele exato momento. — Sou médico e receio que sua amiga esteja certa. Você está com uma hemorragia muito grave e... — Olhando para os demais, falou baixinho: — Não sei como ele continua vivo ainda. Perdeu muito sangue, já deveria ter morrido ou, no mínimo, desmaiado. — E então prosseguiu, falando dessa vez para Lucas: — Você precisa de ajuda imediatamente!

— Talvez ele esteja mesmo desmaiado — Saulo falou, colocando o ouvido na porta.

— Lucas — insistiu Nicole —, se você tá me ouvindo, abre a porta, ou fala qualquer coisa, dá um sinal de vida, Luc!

— Esperem um pouco, eu já volto — Jonas falou, decidido, seguindo pelo corredor.

— Aonde ele vai? — perguntou Nicole, enxugando uma lágrima que escorria, enquanto ela, Saulo e o médico louro viam Jonas desaparecendo na curva.

Nos dois minutos que se sucederam após Jonas haver sumido de vista, Nicole, Saulo e o médico chamaram por Lucas, sem obterem resposta alguma do rapaz; até que o homenzinho voltou com uma machadinha na mão.

— Fui até a loja de ferramentas — explicou, retirando com um rasgão bruto a machadinha da embalagem. — Vamos arrombar!

Instintivamente, Nicole e os outros dois homens se afastaram da porta, ao passo que Jonas ergueu o instrumento, mirando no puxador. Quando o abaixou, foi com um misto de determinação e força, acertando em cheio o alvo de vidro fosco. O barulho foi estridente, e Nicole sentiu uma gastura que a fez apertar os olhos. Mas Jonas só conseguiu provocar uma rachadura inofensiva na porta acima do puxador. Ele praguejou qualquer coisa em voz baixa e respirou fundo, parecendo cansado.

— Me deixa tentar.

Saulo pegou a machadinha de Jonas e examinou o puxador. Estudou a maneira como fora fixado na porta e mirou naquele lugar. Pediu para todos se afastarem mais, fechou os olhos e deu um golpe preciso. O puxador caiu, tilintando algumas vezes no chão. Uma parte interna dele, a parte do metal da chave, também cedeu e só não fez um barulho agudo porque caiu em cima do rastro de sangue, afundando até a metade de sua estrutura metálica.

— Rapaz, nós vamos entrar agora. Fica onde está e tentaremos te ajudar. Você está muito fraco, portanto é melhor não se mexer, ou só poderá ficar pior — foi falando o médico com cautela enquanto entrava lentamente.

Atrás dele, iam Saulo, Nicole e Jonas.

•

A perda descontrolada de sangue o arrastava para a inconsciência pouco a pouco, e ele ouvia e enxergava como se estivesse num sonho de cenário nebuloso. E, embora todos os sentidos estivessem se esvaindo de seu corpo, um novo sentimento se fortalecia cada vez mais dentro dele. Em pouco tempo, mesmo quando já havia deixado de sentir o próprio corpo numa anestesia inebriante, o ódio, que começara tímido e subia e descia numa escala confusa e irregular, passou a dominar a mente de Lucas de forma absoluta.

Quando ouviu — através de densas nuvens cinzentas que pareciam penetrar em seus ouvidos — as vozes do outro lado da porta, sua respiração se tornou ainda mais ofegante, e dessa vez não era por causa da asma. Suas pupilas se dilataram por trás da cortina de sangue, e uma espécie de explosão de adrenalina ocorreu em sua mente. Quando ouviu quatro batidas violentas vindas da porta, a voz de Nicole e mais uma infinidade de batidas, suas narinas também se dilataram, e ele começou a erguer-se do meio da densa poça de sangue que estava ao seu redor. Pingando sangue agora também através de cada centímetro do tecido de roupa, sua mão — já enrugada devido à escassez de sangue no corpo — buscou apoio na pia, e ele passou a encarar a porta.

A cada palavra pronunciada vinda de fora, uma nova explosão de adrenalina dentro dele o avisava que era hora de se defender, de atacar, de ferir de alguma maneira quem quer que fosse que aparecesse em sua frente. Logo, as nuvens densas que cobriam seus ouvidos lhe permitiram ouvir uma pancada forte na porta e, em seguida, uma outra ainda mais avassaladora. Ao ouvir uma voz distorcida — era tudo o que seus debilitados tímpanos permitiam —, suas pupilas e narinas se dilataram mais, sua respiração se tornou angustiante e ele passou apenas a esperar, olhando na direção da porta feito um furioso touro a encarar o perturbador tecido vermelho.

•

O médico do cabelo de luzes douradas se virou para Nicole e os outros e falou baixinho após avisar Lucas de que estavam entrando:

— Respiração acelerada, ele precisa de ajuda agora. Estou sem minha maleta, então posso apenas avaliar o estado dele. Mas, assim, eles poderão enviar algum socorro.

Em frente à porta, dividindo esta do restante do recinto, havia uma comprida parede pintada com desenhos infantis: um parquinho com crianças de diferentes idades brincando em diferentes brinquedos. No centro, várias crianças brincando de roda, e em um dos banquinhos do parque uma mãe amamentava seu bebê pequenino. Em outro banquinho, um menino de boné deixava um cachorrinho lamber seu sorvete; e, finalmente, o detalhe mais curioso e bizarro daquela até então encantadora paisagem infantil: atrás do parque corria um lago com vários peixinhos coloridos que saltavam à superfície; sobre os peixinhos, onde deveria estar um azul fabuloso de céu ensolarado, uma grossa faixa vermelha corria de fora a fora da paisagem, até onde ela terminava. Os filetes que haviam escorrido formavam finas linhas em alto relevo, que chegavam até o lago e tornavam vermelhos alguns peixinhos. Imaginando o momento em que aquela terrível marca fora parar na paisagem, Nicole agarrou a bolsa que carregava a tiracolo como se o objeto feminino pudesse lhe transmitir um pouco da força de que precisava, e, no encalço dos demais, seguiu até o final da parede de pintura multicor.

A figura moribunda que se apoiava na pia de mármore em nada lembrava a imagem de Lucas Soares. Os tênis All Star se afundavam numa grande poça vermelha que não parava de adquirir proporções cada vez maiores. O jeans e a jaqueta haviam absorvido quase que por completo o líquido vermelho, e nenhum resquício de que algum dia foram azuis era visível agora. Uma mão cheia de sulcos horrendos — e que só não era branca por causa do excesso de sangue que a envolvia como uma máscara — parecia ser a única coisa a suportar o peso do corpo quase desfalecido. O cabelo de Lucas também estava embebido em seu líquido vital, e este escorria de cada fio, lembrando o aspecto da água pingando de um cabelo molhado após o banho.

E o rosto! A degradação que estava o rosto de Lucas era digna de uma repulsa misturada à mais pura pena — e incredulidade. A pele do rosto parecia ter sido sugada para dentro, tamanha era a quantidade de sangue perdido. A testa, as têmporas, as bochechas e o queixo pendiam flácidos para baixo, como que pendurados apenas pelos ossos da face. De dentro de cada orifício, o sangue escorria ininterrupto: boca, nariz, orelhas, poros. O rapaz estava vermelho dos pés à cabeça, como se tivesse mergulhado numa piscina de tinta. Como se não bastasse, havia ainda os olhos, grandes bolas sangrentas e dilatadas no meio da pele daquele rosto murcho. E, em algum lugar no interior daquelas pupilas, uma fagulha de raiva ganhava vida onde apenas a morte parecia existir. Mas isso eles não notaram.

Nicole soltou um gemido e comprimiu o estômago com ambos os braços antes de desviar os olhos para a poça de sangue e não conseguir mais voltá-los para a imagem de Lucas. Saulo sacudiu a cabeça bruscamente e recuou um passo. E, enquanto o médico avançava lentamente e com o braço já estendido para o rapaz, Jonas saiu correndo do banheiro sem olhar para trás.

— Meu Deus! — Nicole murmurou, levando dessa vez a mão à boca, comprimindo-a fortemente.

Conforme o médico se aproximava, Saulo notou que a perna direita do rapaz começava a deslizar quase que imperceptivelmente na poça de sangue. Olhou para Nicole e viu que a garota estava chocada demais para perceber qualquer coisa, embora estivesse olhando exatamente para lá.

— Amigo, tem alguma coisa errada — falou ele baixinho para o médico ao mesmo tempo em que envolvia os ombros de Nicole com as duas mãos abertas e a fazia dar mais um passo para trás, junto com ele. — Acho que não deveria chegar tão perto.

— É claro que tem alguma coisa errada. Olha só o estado dele — foi dizendo ele ao se aproximar mais rápido e olhar analiticamente para o rosto de Lucas. — Essa é a coisa mais inexplicável que eu já vi. Todo o sangue dele está sendo drenado... Já deveria mesmo estar morto, mas...

Ele não pôde terminar a frase; Lucas esticou os braços de pele extremamente flácida para a frente e, antes que o médico pudesse se desvencilhar, agarrou seus braços com cada mão e em cada um deles cravou as unhas avidamente, provocando vários arranhões profundos dos cotovelos até os pulsos.

Foi com o mais puro horror que Saulo e Nicole — esta recobrando os sentidos no mesmo instante em que o instinto de sobrevivência falou mais alto que o choque inicial — observaram o que acontecia. A menina viu o namorado emitindo uma reação absolutamente violenta e singular; não que qualquer outra reação fosse usual, considerando o estado em que o rapaz se encontrava. Qualquer reação que não fosse a reação involuntária do desfalecimento seria considerada extraordinária, dadas as circunstâncias. Mas, contrariando ainda mais qualquer fato habitual, ele se tornou extremamente agressivo, exalando uma raiva sem precedentes. As pupilas dilatadas miravam fixamente o médico conforme lhe feria os braços num bote súbito. Vendo que o homem se desvencilhava e, mesmo ferido, afastava-se de Lucas, Saulo e Nicole, que estavam à frente dele, trataram de correr desvairadamente para a saída do local.

Lá fora, Jonas, que havia fugido e agora tentava observar o que acontecia lá dentro, encarava os fugitivos com os olhos muito arregalados e interrogativos. Mas, quando viu as expressões dos três que saíam do banheiro — Saulo e Nicole na frente, o médico com os braços ensanguentados um passo atrás —, o homem baixinho ficou também subitamente dominado pelo pânico e recuou, abrindo passagem para eles.

— A gente tem que sair daqui agora! — Saulo conseguiu gritar ao passar por ele.

Sem questionar, Jonas passou a segui-los, mas esticando o pescoço para descobrir o que se passara lá dentro. Não demorou para Lucas, ou melhor, a coisa que Lucas havia se tornado, surgir na porta, os mesmos olhos irados mirando fosse o que fosse que se movimentasse à sua frente. Depois disso, todos se puseram a correr na direção das escadas — dessa vez as rolantes. Foi com um quase estado de pânico que percorreram o corredor de lojas na direção da região central do corredor, onde estavam localizadas as escadas rolantes que os levariam diretamente para o hall de entrada. Saulo puxava Nicole pelo braço, mas, vendo que a menina já era capaz de correr por si só, soltou-a e continuou a corrida com as duas mãos livres. No encalço deles ia o médico, a camisa polo branca já com feias manchas vermelhas. Logo atrás dele corria Jonas aos tropeços, distanciando-se apavoradamente da coisa do banheiro. Mesmo com a escada em funcionamento, desceram de dois em dois degraus, sem sequer olhar para trás.

Chegaram à entrada — o lugar de onde não deveriam ter saído, observaria Viana lá de fora se não estivesse naquele momento tateando um dos bolsos do macacão à procura de seu celular, que passara a tocar incessantemente —, e Saulo e Nicole praticamente esbarraram nos cientistas que estavam prestes a subir.

— Como você foi ferido? — perguntou friamente o agente Ítalo por baixo do capacete especial, que deixava sua voz abafada, apontando para os braços arranhados do médico.

— Ele me arranhou. Aquele garoto parece estar sob um estado psicótico grave, e eu acredito que... — Antes que pudesse terminar de falar, dois dos agentes seguraram o médico enquanto um deles retirou do cinturão do macacão uma pistola cinza-metálica e, com um clique muito rápido, aplicou algo em seu braço, na região da dobra interna do cotovelo direito.

Depois disso, ele foi segurado por trás por um dos cientistas ao mesmo tempo em que outros dois lhe enfiavam pela cabeça uma espécie de saco transparente de tamanho suficiente para caber um corpo humano — uma cápsula de isolamento, cujo interior acoplava de forma misteriosa um pequeno tanque inflável de oxigênio. Enquanto se debatia, ele foi colocado na posição horizontal, com um agente o segurando pela região dos braços, os outros puxando o saco na direção de suas pernas e pés, fechando-o por fim com um tipo de zíper que se fixava num velcro após ser lacrado.

— O que estão fazendo? Sou o doutor Mauro Arruda e quero que me soltem agora! — A voz do doutor Mauro através do saco transparente soava ainda mais abafada que a voz do agente, e as próximas frases começaram a sair arrastadas e cada vez mais enfraquecidas. — Vocês nos trancaram aqui como animais e agora mais isso. Quero falar... com meu advogado. Exijo.... falar com meu... advogado... imediat... — Ele não pôde terminar.

Mauro perdeu os sentidos repentinamente e pareceu desmaiar. Os cientistas se olharam entre eles, e quatro carregaram Mauro, afastando-se para perto de uma das paredes da entrada. Ficaram quatro cientistas — incluindo Ítalo, Laertes e Enrico — com Saulo, Nicole e Jonas.

— Vocês tocaram nele? — perguntou Ítalo aos três da mesma forma automática e fria.

— Não. Ninguém aqui tocou nele — Saulo respondeu, ainda não acreditando na cena que acabara de presenciar e na roupa com que se apresentava o estranho homem à sua frente.

— E no outro?

— No rapaz que está se esvaindo em sangue lá no banheiro? Não, não tocamos nele — respondeu também Saulo.

Foi então que Ítalo olhou para ela: a garota que estivera com o rapaz que sangrava desde o início. Mais uma vez, tudo se passou muito rápido na cabeça de Nicole. Profundamente abalada, sem saber ao certo o que fazer e imaginando estar pensando direito — mas, na realidade, agindo por impulsos irracionais e quase insanos —, a garota começou a correr sem rumo para a direção leste, o mesmo caminho que ela e Lucas haviam percorrido quando voltavam do banheiro antes de aquela situação, que já estava surreal desde muito tempo antes, tomar proporções de filmes de ficção científica.

Saulo olhou de Nicole, que se afastava, para o grupo de quatro cientistas que havia restado. Observou que eles pareciam combinar alguma coisa e então os viu se dividindo em dois grupos de dois: a primeira dupla foi atrás de Nicole e a outra passou a subir as escadas rolantes.

●

— Estou ouvindo, Wilkinson — Viana atendeu ao celular, que possuía um sistema provedor próprio do instituto.

— Como está o progresso aí, Viana? — Do outro lado da linha, a voz, tão ou mais urgente que a de Viana, tinha um sotaque americano bastante perceptível.

— Agora são dois a mais de que temos notícias. Soubemos que o paciente um está morto. Me diga o que você já sabe, Wilkinson.

— Mais dois? Como isso foi acontecer, *man*? Não deram ordens irrefutáveis?

— Demos, mas não conseguimos conter o caos. Muitas pessoas se dispersaram, e agora oito de meus homens estão lá dentro montando o isolamento.

— O que pretende fazer agora, Viana? Já são *dois*, homem! *Dois*! Como vamos conter isso?

— Pra conseguir conter, eu preciso saber *exatamente* com o que estamos lidando, Wilkinson. Me diga logo o que descobriram.

— Não quero fornecer informações errôneas, Viana, só peço que tenha paciência. Ainda não terminamos. Sabemos que não se pode ter nenhum tipo de contato com eles, e isso é tudo o que você precisa saber *agora*. Por enquanto, o que vai fazer para impedir isso, já que não conseguiu com os outros dois?

— O objetivo agora é isolarmos os dois na quarentena e reunir os demais num local seguro até...

— Disso eu sei, Viana, a merda do IQAE 2, mas, a essa altura, acha mesmo que existe algum local seguro lá dentro? Por Deus, como vamos conter isso, *man*?

— Primeiro, agindo por partes, Wilkinson. Vamos manter as coisas sob controle; é o principal agora.

— E como vamos explicar isso, *man*? Tô acompanhando pela TV aqui. Tem uma repórter aí que não vai sossegar até descobrir, Viana; conheço o tipo. E, quando isso acontecer, vamos nos preparar pro pior. Vai chover curiosos aí. E pior ainda: a imprensa vai cair em cima mais do que já tá agora. — O sotaque de Wilkinson se tornava ainda mais carregado quando o homem estava nervoso, o que, pela experiência de Viana, não era um bom sinal.

— O que mais quero agora, Wilkinson, é impedir que isso se alastre mais. Não me importo com o que estejam especulando.

— Isso não pode tomar proporções ainda maiores, Viana. Você tem noção do que pode acontecer ao instituto?

— Eu vou desligar agora, Wilkinson. Tenho que acompanhar aqui. Me liga assim que tiver um relatório completo do paciente zero.

— Daqui a pouco vou te colocar na linha com o Fontes, Viana. Você não vai gostar nada do que vai ouvir. Só peço que espere mais alguns minutos.

— Estarei esperando, Wilkinson.

— Te ligo em questão de minutos mesmo. Estou acompanhando de perto, e o Fontes está fazendo anotações nesse exato momento. Só te digo mais uma coisa, Viana: não permita que mais ninguém seja infectado.

— É esse meu objetivo aqui, Wilkinson. Vou desligar.

Enquanto desligava, Viana viu Nicole se desvencilhar dos cientistas, sendo perseguida por um grupo de dois deles. Não, ele definitivamente não tinha as mesmas preocupações do chefe do departamento de pesquisas internas do IBPE. Olhou para as pessoas que se juntavam em um número cada vez maior do outro lado da faixa de isolamento e depois para a mãe com os dois filhos unidos pelas mãos no vidro duplo. Não, não eram as especulações que importavam a ele.

Do outro lado, Wilkinson desligava e sabia que tinha de lidar com suas próprias preocupações; era hora de ligar mais uma vez para Bennett.

●

Misturando-se aos curiosos, os familiares das pessoas presas no shopping começaram a chegar em peso, então Viana soube que chegara o momento de tomar outro tipo de providência. Sendo avisadas tanto pelo noticiário quanto pelas ligações que os confinados haviam feito antes de as linhas serem cortadas, pessoas chegavam e tornavam ainda mais volumoso o tumulto da entrada principal. Diferentemente da aglomeração inicial, composta apenas por curiosos que por lá passavam, agora os telespectadores daquele singular evento eram pessoas que tinham a sua gente presa lá dentro e queriam, mais merecidamente do que os demais, uma explicação para aquilo tudo.

Viana, dispersando sua atenção exclusiva atribuída até aquele momento aos acontecimentos do interior do shopping, viu-se encurralado por todos os lados e se deu conta de que precisava fazer — mais — alguma coisa.

— Precisamos reunir essas pessoas e deixá-las a par de algumas coisas, coronel.

— Acho que elas já estão reunidas, doutor. E sobre a segunda parte, eu também gostaria de saber o que *exatamente* está acontecendo.

— Precisamos reuni-las num local privado — explicou Viana, os olhos perdidos na direção da multidão, como que pensando alto e ignorando a observação do coronel sobre ele ainda não saber de nada —, separar os familiares dos demais curiosos, ou isso vai virar um inferno maior do que já está, coronel. — E, por fim, após uma pausa na qual constatou o turbilhão de coisas que tinha na cabeça, pediu: — Poderia ver isso pra mim?

Como que procurando por uma resposta no espaço físico ao redor, e a encontrando tão rápido quanto a velocidade de um piscar de olhos, coronel Antunes respondeu, encarando o outro lado da avenida:

— Aquele salão de festas... Precisamos ligar pra eles. — E apontou para a fachada do comprido estabelecimento, cujos dizeres nas palavras em néon que se estendiam na fachada eram "Celebration Recepções — O melhor local para sua comemoração". Abaixo do atraente slogan, um número fixo e outro de celular. Antunes olhou para Viana, estendendo a mão na direção de seu celular. — O seu é o único que faz ligações por aqui, doutor.

Viana, após titubear, desviando a atenção do caos cada vez maior que se formava em volta, desbloqueou o celular, colocou na tela de discagem e o entregou nas mãos do coronel.

— Por favor, seja breve, coronel.

Após discar, o coronel o devolveu a Viana. Enquanto o fazia, coronel Antunes olhou para Viana de um jeito que, se o cientista estivesse atento a ele, diria que se tratava de um olhar de pura cobrança. Simples assim.

— Acho melhor o senhor mesmo falar, já que eu e meus homens não sabemos nem um terço do que está se passando aqui, doutor.

— Claro — concordou Viana, um tanto atordoado por ter de dividir as atenções com o interior do shopping, as pessoas reunidas exigindo explicações e, agora, o sujeito do outro lado da linha. — Alô, boa noite. — Fez uma pausa, ouvindo a resposta. — Eu sou o doutor Viana, do... — Então se conteve, decidindo subitamente não continuar a frase, pois sabia que a pergunta que ela provocaria seria o significado da sigla. — Escuta, senhor, preciso falar com o proprietário da Celebration Recepções... É o senhor? Ótimo. Como se chama? Muito bem, senhor Juvenal Camargo, a situação é a seguinte...

Viana falava, esperava pela resposta, olhava para o hall do shopping, falava de novo, olhava para as pessoas, voltava a falar. Durante alguns segundos, fez sucessivas caretas de desagrado, mas que logo foram substituídas por outras mais de alívio. Em pouco mais de dois minutos, Viana encerrava aquela conversa, notavelmente satisfeito.

— O proprietário resistiu em princípio, mas acabou por concordar em nos ajudar. Ele mora a quatro quadras daqui, numa das ruas de trás do shopping, e está vindo agora mesmo abrir o estabelecimento pra uma coletiva com essas pessoas. — Viana guardou o celular no bolso, voltando a atenção para as pessoas que soltavam resmungos de indignação por trás da faixa de isolamento. — Quando ele chegar, coronel, o senhor, por favor, encaminhe as pessoas até aquele salão. Eu chamarei meus homens agora pra que lhes deem alguns esclarecimentos. Mas só os familiares. — O coronel Antunes assentiu, e Viana completou baixinho: — É o mínimo que devemos a essas pessoas.

Com a primeira parte do problema sob controle — ou, ao menos, o mais próximo do controle que ele pôde conseguir —, Viana retirou novamente o telefone do bolso e ligou para um celular, que tocou no laboratório de pesquisas do IBPE. Um sotaque inconfundível atendeu:

— *What the hell*, Viana?

— Preciso que me envie mais alguns homens.

— Por que precisa de mais homens?

— Estou reunindo umas pessoas num local privado aqui em frente pra uma coletiva. Somente familiares. O protocolo, Wilkinson.

— Ah, *of course*, Viana.

Achando cabível e necessário o procedimento de Viana, o outro homem no comando se deu conta de que nem mesmo ele havia pensado nisso. Mas, enquanto Viana se preocupava em manter as pessoas informadas — o máximo que elas podiam ser —, a maior preocupação de Wilkinson era estar bem com a imprensa e, sobretudo, com os americanos.

●

Exatamente três minutos após Viana encerrar a última ligação com Wilkinson, o celular do cientista tocava novamente.

— Que sejam notícias razoáveis, Fontes — falou Viana após olhar o visor e apertar a tecla para atender.

— Infelizmente, não é o que tenho, Viana — respondeu do outro lado da linha o homem de jaleco branco que finalmente pôde sair um pouco do laboratório para respirar o ar puro lá de fora.

●

21 horas antes do início da quarentena

Não era todo dia que Carlos Fernando Fontes era tirado da cama devido a algum tipo de emergência no IBPE; ele nunca havia sido tirado da cama, para dizer a verdade. Claro, houvera um caso realmente urgente dezoito anos antes, ocorrido no interior do estado de Minas Gerais, mas ele, definitivamente, não havia sido tirado da cama; apenas se preparava para dormir. Agora, porém, já dormia havia mais de três horas ao lado da esposa quando o celular ao lado da cama tocou. Claro que eles não ligariam para o fixo. Afinal, a esposa poderia atender, e perder tempo era algo para o qual os homens do instituto não tinham condições. Mesmo sonolento, Fontes sabia que a chamada registrada no visor de seu celular realmente não poderia esperar.

— Fala, Wilkinson.

— Houve um acidente, Fontes. Precisamos de você imediatamente, *man*.

— Que tipo de acidente?

— Não posso adiantar nada agora. Esteja aqui o mais rápido que puder.

— Certo, saio de casa em dez minutos — conseguiu dizer antes de desligar e soltar o bocejo que estava reprimido desde que ouvira o primeiro toque.

— Trabalho? — perguntou Samanta, recém-despertada pela voz do marido, ainda mais desnorteada que ele. — A essa hora? Não dá pra chamarem outro?

— Parece ser urgente — foi respondendo ele, já vestindo as calças e procurando pelos sapatos embaixo da cama. — É a desvantagem de ser um dos que moram mais perto — emendou, dando um beijo rápido na bochecha rosada de Samanta. Em quase vinte anos de casado, era a primeira vez que tinha de sair da cama para atender a um chamado dos superiores e, embora muito estupefato, e de uma maneira negativa, não quis que a esposa soubesse disso. — Durma bem por mim, Sam.

— Espera, eu vou preparar um café. — Samanta agora esfregava os olhos. — O americano que espere um pouco mais!

— Não dá tempo, Sam. Quando Wilkinson usa aquele tom de voz, nada pode ser deixado pra depois. Eu ligo assim que puder — disse ele, abotoando o cinto e já descendo as escadas para o andar inferior da casa de dois andares.

Sabendo que não havia nada mais a ser feito, Samanta endireitou a cabeça no travesseiro e voltou a fechar os olhos. O que poderia fazer? Coisas como aquela eram de se esperar na profissão do marido. Talvez ele até já soubesse do que se tratava e não podia lhe dizer ainda, o que também era de se esperar. Carlos tinha uma profissão sigilosa, ela bem o sabia, e aceitava o fato sem nenhum desconforto, atitude da qual ela própria se orgulhava. Portanto, sempre deveria estar preparada para uma chamada de emergência como aquela. Mas por que, então, levara tanto tempo para que ele a recebesse? Alguma coisa começava a acontecer no trabalho de Carlos, e era das grandes. Sua intuição não a enganava. E ela parecia esperar por aquele momento desde que o marido entrara para o IBPE. Virou a cabeça para o outro lado. O sono a havia abandonado, dando lugar à preocupação.

•

Após dirigir a toda velocidade pelo caminho que se iniciava na cidade, passava por uma estradinha de terra batida e terminava quase cinquenta quilômetros dentro da área florestal da Serra do Mar, ao leste de Curitiba, e chegar àquela isolada área de quatrocentos mil metros quadrados, rodeada por muros altíssimos, Fontes cumprimentou o guarda e observou, ansioso, a cancela automática se levantar e permitir sua passagem. O médico atravessou o largo estacionamento localizado na parte traseira — que comportava naquele momento mais carros do que de costume —, onde do outro lado se localizavam os prédios e o complexo de hangares do IBPE.

    Fontes atravessou o hall, caminhou rapidamente pela sala dos computadores ultramodernos do centro de pesquisas e seguiu pelo corredor de paredes metalizadas e iluminação fluorescente. Refletia sobre como sua presença mal fora notada pelos agentes que operavam roboticamente os computadores de última geração ao chegar ao fim do corredor e cumprimentar o segurança com um gesto breve. Ignorando a porta discreta e sem inscrição alguma localizada no lado direito, caminhou reto para a passagem à sua frente e passou o crachá magnético no leitor fixado na parede. As duas portas duplas e herméticas que se abriram para ele traziam, em cada uma delas, um triângulo contornado de preto com três círculos incompletos dentro, que se cruzavam ao centro circular sobre um fundo amarelo — o símbolo internacional de risco biológico. Abaixo de cada símbolo, os dizeres: "Unidade de isolamento - Ala de quarentena - Somente pessoal autorizado".

Apesar do alerta lá fora, aquela não era ainda a ala de quarentena propriamente dita, mas um recinto anterior a ela, um vestíbulo resfriado onde os agentes se apropriavam da vestimenta necessária à possível ameaça biológica que os aguardava. Um traje muito mais bem elaborado do que o de costume fora colocado em posição vertical, no armário metálico de Fontes. Ao contrário do traje que usava costumeiramente para pesquisas e experiências com microorganismos simples, aquele consistia em vários outros apetrechos ou "dificultadores de movimentos", conforme Fontes passara a chamar desde a primeira — e única — vez que tivera de usar um daqueles. Em menos de vinte e quatro horas depois, oito agentes do IBPE vestiriam trajes iguais àquele antes de adentrarem em um famoso shopping center no centro da cidade de Curitiba.

Fontes não estava gostando nada daquilo. Sabia com que tipos de coisas iria se envolver quando aceitara o cargo no IBPE. Sabia que as descobertas e informações às quais ele teria acesso constituíam fatores extremamente sigilosos e não poderiam, de forma alguma, vazar para o restante da população. Nem mesmo Samanta poderia ter acesso à maioria das coisas que eles faziam lá dentro e, por sorte dele, ela parecia não se importar. Mas, apesar de estar acostumado a manter tal tipo de sigilo absoluto sobre as pesquisas, aquilo parecia ser algo ainda maior. E denso. O mistério que envolvia sua ida repentina em plena madrugada ao local de trabalho já se tornava palpável, e ele parecia temer algo.

Sem saber o porquê, Fontes se pegou pensando no falecido colega de trabalho, Luís Alberto Santos, morto durante um assalto em sua residência. Não se esquecera do dia da despedida de solteiro de um dos agentes da informática, em que, afetado pelo estado etílico, Santos comentara, entre um gole e outro lá pela oitava garrafa, que aquele trabalho estava sendo demais para ele. Só mesmo a embriaguez seria capaz de fazer aqueles homens abrirem a boca, mesmo uns com os outros, porque, ao sair das portas do instituto, não era permitido discutir o que tratavam lá dentro. Luís Alberto dissera ainda que iria se demitir, e ele duvidou muito daquilo. De qualquer maneira, o médico tivera uma morte trágica uma semana depois, e Fontes jamais saberia se ele, de fato, tencionara o afastamento do IBPE.

Enquanto refletia sobre que tipo de segredo Wilkinson estaria guardando na unidade de quarentena, e se perguntando por quanto tempo mais ele próprio aguentaria certas coisas que se passavam lá dentro, vestia concentradamente seu biotraje.

Quando saiu do vestíbulo, já sentindo os movimentos sendo limitados pela roupa, Fontes olhou para os dois lados. O lado direito do corredor branco o levaria para a sala de pesquisas e experimentos. O lado esquerdo, o lugar de onde Wilkinson acenava, também portando seu biotraje, levava aos quartos de possíveis pacientes contaminados por agentes perigosos. Ou por algo ainda maior, como em janeiro de 1996. Para Fontes, aqueles quartos eram meros recintos caríssimos — repletos de equipamentos altamente modernos e sofisticados — e sem uso. Ele mesmo só havia entrado em um deles uma única vez, e já haviam se passado quase duas décadas. No entanto, não saberia dizer o que acontecia quando não estava trabalhando.

O corredor era de uma iluminação azul fluorescente. Fontes ia ao encontro de Wilkinson ao mesmo tempo em que o americano baixinho avançava para ele.

— O que você tem aí, Wilkinson?

— Tenho algo de que você não vai gostar, *man*. Algo de que ninguém está gostando. — Assim como a de Fontes, a voz de Wilkinson saía abafada pela máscara da roupa. — Se eu apenas falar, fica difícil de acreditar. Vem comigo.

E Wilkinson se virou para a direção de onde viera, seguido por Fontes. O que quer que estivesse acontecendo, estava em um dos quartos.

Entraram no quarto um. O recinto espaçoso — de seis metros quadrados — estava absolutamente claro, tanto em razão de as luzes possuírem a capacidade de verdadeiros holofotes como pela cor do piso, branco. Uma das paredes não apresentava a mesma brancura impecável que as outras três, sendo formada por um espelho absolutamente polido, de fora a fora. Se não estivesse tão intrigado com o que estava vendo, Fontes se perguntaria se naquele momento estariam sendo observados por alguma equipe de monitoramento do outro lado da parede espelhada; mas seus olhos estavam fixos em outra coisa. No centro do recinto, uma cama hospitalar *high tech* parecia saída de um filme futurista; era uma espécie de placa de metal reluzente com grades nos quatro lados, sustentada por duas bases redondas nas extremidades; o colchão era fino e de um material inflável e transparente, o que dava para se notar apenas em uma pequena área que não estava manchada de vermelho.

Fontes sentiu um calafrio descer da nuca até os pés conforme Wilkinson gesticulava para se aproximarem mais. Sobre a cama, estava o corpo nu e desfalecido de um homem. Seus olhos estavam abertos e arregalados, mas nada focalizavam. De sua cabeça e braços saíam tubos brancos que se ligavam a um complexo aparelho atrás da cabeceira da cama. Um outro médico, aparentando se sentir totalmente à vontade com seu biotraje, operava concentradamente o aparelho de monitoramento de atividade cerebral. No chão e embaixo da cama, ou mais necessariamente em volta dela, uma piscina infantil redonda de dois metros de diâmetro com desenhos de peixes e estrelas do mar; as bases que sustentavam a cama estavam dentro da piscina. Aquilo por si só era tão inusitado como estava sendo toda aquela madrugada, mas Fontes também não estava olhando para a piscina propriamente dita. Era para o líquido que se acumulava gradativamente no interior dela que o médico olhava, estremecido. O sangue pingava ininterruptamente, escorrendo do corpo do homem para o colchão inflável para cair por fim na barreira providenciada no chão.

— Faz mais de duas semanas que comprei essa piscina pro meu filho e ainda não pude estar com ele pra dar de presente. Minha ex-mulher o levou pra passar uns dias na casa da avó. Estava no meu porta-malas — explicou Wilkinson com seu sotaque carregado, acompanhando os olhos de Fontes. — Foi o melhor que pude improvisar.

— O que... houve com ele, Wilkinson?

— Antes de explicar o que sabemos até agora, preciso que veja outra coisa, Fontes.

Saíram do quarto, deixando o paciente em estado vegetativo e o médico operando o aparelho cerebral.

Fontes sabia o quanto Wilkinson agia de modo minuncioso, portanto não perguntaria novamente o que acontecera com Walter Souza — um dos cientistas mais competentes do IBPE — que o tornara quase irreconhecível, banhado por um derramamento de sangue sem precedentes, que vincara seu rosto e todo o resto do corpo, como se o homem estivesse absurdamente subnutrido, acometido por uma hemorragia incontrolável.

Após seguirem pelo corredor e passarem em frente à porta do vestíbulo resfriado, os dois se encaminharam para a última sala no fim do corredor, fechada com uma larga porta de aço. Wilkinson digitou uma senha apertando botões de letras e números num pequeno painel retangular, abrindo a porta através de um sistema vertical. Ela deslizou com um ruído suave para cima e voltou a fechar-se após a passagem dos homens. Cinco cientistas trabalhavam em silêncio. Embora a calmaria fosse inquestionável dentro do laboratório de pesquisas, Fontes percebeu uma tensão tão dominante que não aguentou mais ficar calado.

— Por Deus, Wilkinson, o que vocês têm aqui? O que fez aquilo com aquele homem?

Ainda sem nada falar, Wilkinson caminhou para o fim do corredor do laboratório; Fontes foi atrás. O espaço central do laboratório de pesquisas era amplo e resfriado, composto por quatro longas bancadas de aço inoxidável, uma ao lado da outra, formando largos corredores entre elas. Sobre duas das quatro bancadas, aparelhos de diversas funções se situavam a pequenos intervalos. Na terceira bancada, uma infinidade de substâncias químicas, pipetas, tubos de ensaio, balões de ventilação e outra infinidade de pequenos apetrechos laboratoriais.

Na quarta, mais de dez cobaias eram manipuladas pelos cientistas — devidamente protegidos —, que se concentravam apenas nessa bancada. Enquanto passava vagarosamente devido à dificuldade de locomoção de seu uniforme especial, Fontes ia observando as cobaias. Três delas, mantidas em recipientes retangulares de vidro de alta resistência, esvaíam-se em sangue, deitadas de barriga para cima; três ratos, apresentando uma hemorragia mais reduzida e deitados de lado, estavam naquele momento sendo examinados pelos cientistas por meio de coleta de sangue e monitoramento cerebral — haviam acabado de sofrer a inoculação. Os ratos restantes eram manipulados pelos cientistas, que inoculavam neles uma substância líquida através de seringas. Mais tarde, Fontes descobriria que a atividade cerebral dos ratinhos era monitorada por meio de um eletrodo que fora implantado sob a pele de cada um deles, anteriormente à inoculação. Não era preciso raciocinar muito para saber do que se tratava aquela substância. Era sangue. E também o raciocínio não era um elemento muito exigido para se deduzir de onde vinha aquele sangue: do agente contaminado.

— Aqui está ela, Fontes — disse Wilkinson ao chegarem à parte de trás do laboratório, apontando para um cilindro de vidro de um metro e meio de altura, sustentado por bases de aço, que armazenava nitrogênio líquido. Dentro dele, mergulhada na substância gélida, uma forma marrom e irregular, semelhante a um pedaço de rocha —, a causa da doença de Souza.

●

Assim que se deu conta de que aqueles homens estranhos tencionavam pegá-la e, provavelmente, fazer o mesmo que haviam feito com o médico, Nicole decidiu que, caso realmente a pegassem, não seria por ela haver se rendido pacificamente. Então correu, e continuaria correndo o quanto fosse preciso para que não a colocassem dentro daquela bolha de contenção.

Nicole já havia subido a escada rolante e corria rapidamente, sabendo que os dois homens logo estariam no seu encalço. Por sorte, a roupa especial fazia com que a corrida da dupla não fosse tão rápida quanto a dela, caso contrário já a teriam agarrado. Ainda assim, corriam com uma agilidade considerável dentro da vestimenta estofada, pois, quando ela fazia o contorno da escada rolante para seguir na direção do outro lado do corredor, enxergou os dois agentes já na metade dela através do parapeito de vidro que a cercava, dando uma visão panorâmica do local.

Ambos estavam com os olhos fixos no percurso que ela havia tomado enquanto subiam a escada rolante e iam pelo mesmo caminho. Assim, conforme Nicole ouvia suas vozes abafadas pelo capacete especial dizendo qualquer coisa, aparentemente já na metade do parapeito de vidro de visão panorâmica, ela decidiu que tinha de se esconder imediatamente no primeiro local viável que encontrasse antes de entrar novamente no campo de visão de seus perseguidores. No entanto, não poderia ser tão imediato assim. Precisava fazer algo antes.

Ninguém nunca dissera — nem sequer insinuara — a Nicole que algo surpreendente demais iria acontecer em sua vida um dia, mas houvera uma época em que ela chegara a essa conclusão sem nenhum aviso prévio; apenas sabia. Nos primeiros anos do colégio, era uma menina tímida e — considerada por muitos, inclusive por ela mesma — diferente das outras crianças; portanto, de acordo com a convenção social que pairava sobre todos os colégios de que se ouvem falar, tal qual um manual tácito a ser compartilhado por todos os alunos de todas as escolas do mundo, Nicole era a excluída. Antes de entrar para a faculdade, no período em que ocupava sua mente com os estudos para os quatro vestibulares que prestara, a garota resolvera que seria diferente, sim, mas com alguma rebeldia anexada. Então, trocara o comportado rabo de cavalo por uma chamativa cabeleira vermelha, o escapulário que sua mãe lhe fazia usar por três piercings prateados — espalhados em lugares estratégicos do corpo, sendo visível apenas a argola no nariz — e as blusas de gola alta por roupas justas que deixavam à mostra sua — também recém-adquirida — tatuagem de rosa gótica na nuca. Mas, em contrapartida a essa fase de transformação física, sua mente continuava a mesma, e então ela se tornara uma casca moderninha e aparentemente digna de pertencer a qualquer turma descolada com uma mentalidade que ainda era aquela do colégio: não conseguia se encaixar.

Agora, até tinha o espaço compatível ao formato da peça de seu quebra-cabeça no mundo. Bastaria entrar no jogo e lá ficar, mais uma peça que completava a imagem da juventude da qual fazia parte — ainda que apenas fisicamente. Mas, quando tentava repousar sobre a imagem e introduzir nela sua peça, via que ela não cabia. Era apenas uma ilusão passageira de que poderia se encaixar. Não adiantava; os colegas de faculdade, mesmo gostando de cinema e tendo diferentes e interessantes inclinações sobre o que fazer no término do curso, no geral eram um bando de pós-adolescentes mimados que só pensavam em pegar os carros dos pais e sair pelas ruas na velocidade máxima, e, em outras situações, embriagarem-se pelos barzinhos que rodeavam a faculdade. Havia ainda momentos mais inconsequentes do que esses dois separadamente, e era quando os faziam juntos: primeiro os bares, depois as ruas, sendo que, misteriosamente, ainda nenhum deles — dos que conhecia — havia finalizado o programa com a última parada, o cemitério municipal, conforme observava Nicole. Assim, por diversas vezes, a garota dava graças aos céus por sua peça definitivamente não se encaixar no grande e previsível quebra-cabeça coletivo.

Nicole tinha outras preocupações. Divagava sobre o sentido da vida, descartando, logicamente, qualquer ideia insana provinda de sua mãe fanática religiosa sobre suas teorias ilusórias a respeito do céu e do inferno; sobre o maior, ao menos para ela, problema do mundo, o fato de algumas pessoas passarem fome enquanto outras são capazes de pagar milhões em coisas fúteis e inúteis, como uma maldita pedra preciosa qualquer; sobre como a história da humanidade poderia ter sido diferente caso certos acontecimentos não tivessem nunca existido, como o nazismo, por exemplo; entre outras coisas que faziam seu cérebro parecer girar dentro da cabeça. Tais divagações faziam parte de seu cotidiano desde criança, e talvez por isso — enquanto as outras meninas discutiam sobre qual menino do orfanato sua Chiquitita favorita beijaria no capítulo daquela noite, Nicole pensava sobre que rumos teria tomado a literatura de horror caso Edgar Allan Poe nunca tivesse nascido — ela sempre havia sido excluída. Com o tempo, Nicole deixara de lado seu autoestigma de esquisita e passara a se aceitar como era. Para ela, a partir dessa decisão, os outros é que eram os esquisitos.

E ela sempre soubera. Algum dia se depararia com algo muito maior do que o papo que rolava no bar da esquina ou do que o debate sobre como as meninas da novela estariam vestidas. Ela sentia — talvez fosse o termo mais apropriado — que algum dia estaria à mercê de algo muito maior do que tudo o que conhecia.

Quando conhecera Lucas, no segundo período do curso, era como se tivesse encontrado um lugarzinho onde se encaixar, mesmo que num quebra-cabeça bem menor que aquele do qual a maioria fazia parte. E, como ela não estava mais interessada na maioria, foi lá que ela entrara. Mesmo sendo bastante diferente do que ela aparentava ser, Lucas ainda tinha ânimo para acompanhá-la nas suas jornadas incansáveis de filmes de terror — o mais verdadeiro de sua personalidade que ela o permitira conhecer. O namorado todo certinho a fazia se sentir bem, confortável e segura, embora, ainda assim, não dividisse com ele suas divagações mais ímpares. Já estava cansada de ser tratada como uma lunática e, se recebesse tal tratamento da pessoa de quem se sentia mais próxima, então qualquer tentativa de proximidade social para ela já estaria acabada. Por isso, a imagem de garota forte que construíra para Lucas se tornara apenas uma máscara de si mesma. Queria ser vista como forte, inabalável; como uma líder. E assim estava sendo até aquela noite. A noite em que parecia que finalmente estava acontecendo o que ela sempre soubera que aconteceria. Em algum nível de sua consciência, Nicole sempre soubera disso. Mas não que seria daquele jeito. Um juízo final para poucos selecionados, numa redoma de concreto intransponível e cruel. O grande acontecimento da vida de Nicole Anne Ventura.

Agora, espremida no interior de um grande sofá vermelho no formato de um sapato escarpim num canto da loja Dona Pin-Up — uma lojinha que vendia produtos inspirados nas *pin-up girls* de um século que não era o atual —, Nicole fechou os olhos e esperou.

Não precisou de muitos minutos para a garota começar a ficar sem ar dentro daquele oco e inusitado sofá em formato de sapato. O sofá era aberto na parte detrás, por onde ela havia entrado, mas o puxara para perto da parede, de modo que ele ficasse encostado. Com isso, sem se dar conta, ela bloqueara toda a passagem do ar que deveria circular lá dentro. Precisava sair logo dali ou teria uma crise de claustrofobia naquele lugar tão apertado. Nem ela sabia como havia conseguido se enfiar ali. Certamente, em circunstâncias normais, jamais teria conseguido; mas a adrenalina do momento, combinada a um eficiente instinto de sobrevivência, fizera com que ela conseguisse entrar em um segundo e ainda posicionar o esconderijo de modo a lhe dar uma proteção mais eficaz. Agora, precisava ter certeza de que não seria vista quando saísse dali. E precisava, mais do que da certeza, de se ver livre daquele espaço mínimo antes que não conseguisse mais respirar.

●

Alguma coisa havia acabado de ser acionada e apitava insistentemente no ar. Conforme eles avançavam, o som inquietante se tornava mais alto. Era de ensurdecer qualquer um, mesmo com metade da intensidade do som sendo filtrada pelos capacetes, e eles estavam indo justamente na direção do som.

Haviam ido lutar contra uma ameaça desconhecida que conseguira adentrar no Shopping Imperial, mas, no momento, sua missão era aquela: resgatar a garota fujona e levá-la, sedada e isolada, para a área onde seria armada a barraca de quarentena. Estavam lutando contra a ameaça, de certa forma, mas o narcisista Samuel, o mais jovem de todos os agentes, preferiria estar lá embaixo, no meio do alvoroço e dos holofotes, lutando contra algo mais ameaçador do que uma menina assustada — e, possivelmente, infectada; ao menos um pouco de risco naquela parte patética da missão. Já era alguma coisa, mas o que o novato do IBPE queria realmente, pelo menos para uma estreia razoável, era uma tarefa digna de mais emoção.

Saíram do contorno da visão panorâmica das escadas rolantes e viravam no corredor para onde a menina havia fugido segundos antes. O som ensurdecedor tomava conta de todo o corredor. O parque infantil Kid's Fun Place possuía duas portas duplas do outro lado do corredor, e a parede lateral por onde haviam passado exibia uma colorida pintura de um parque de diversões ao ar livre. A parede em que se encontravam as portas de entrada, exatamente à frente da qual estavam agora, também tinha o desenho de um parque de diversões aberto com direito a roda-gigante e trem-fantasma. O som estridente vinha da loja ao lado, uma loja de óculos. Alguma coisa havia acionado o alarme antifurto, e o maldito não permitia que se ouvisse mais nada naquele perímetro do terceiro andar.

A garota não estava à vista. Só poderia ter entrado em alguma loja. O agente Enrico sacou a artimanha do alarme antifurto e encarava a porta da loja quando o agente Samuel gritou para ele — a única maneira de ser ouvido em meio àquele barulho:

— Se eu não estivesse com esse uniforme, essa putinha já estaria dormindo agora.

— Seria mais fácil pra todos nós sem o biotraje, Samuel.

— É por isso que eu vou tirar essa porra — falou Samuel, a voz tão abafada pelo objeto que lhe envolvia a cabeça quanto pelo som do alarme, com uma mão no capacete e outra no zíper, iniciando o movimento para retirá-lo.

— Você não pode tirar isso, garoto! — O agente Enrico se viu afastando de imediato as mãos do jovem agente, num gesto tão impulsivo como o de agarrar um copo de vidro prestes a cair no chão. — Perdeu a cabeça, Samuel? Você nem sabe o que tem aqui!

— Nem você, Enrico. Mal explicaram as coisas pra gente. E isso aqui atrapalha demais a visão, cara. Com essa barulhada então, vou enlouquecer! Eu prefiro ter o som aumentado do que a visão limitada!

— *Isso aqui* serve pra proteger a gente, rapaz. — Enquanto o jovem agente em sua primeira missão sacudia a cabeça, contrariado, o agente Enrico foi falando em uma espécie de pânico, espantado pela atitude do novato: — Eu já vi coisas terríveis nesse trabalho, rapaz. Indizíveis, até. Acredite, você não pode tirar isso sem saber o que temos aqui.

Enrico esperou para ver o efeito que suas breves — afinal, não tinham tempo nem cordas vocais para se fazer ouvir direito em meio ao barulho — mas firmes palavras causariam em Samuel. Era o discurso de um veterano na área e deveria ser o suficiente para causar imposição a um jovem aparentemente inconsequente como aquele. Ele voltou a caminhar, convicto de que não teria mais problemas com o parceiro desmiolado, mesmo sabendo que Samuel não era o tipo de agente certo para aquele tipo de missão, e ele acabava de fazer tal descoberta. Não conhecia muito o garoto, pois trabalhavam em divisões diferentes nos laboratórios, exceto pelo fato de saber que ele, certamente, tinha um QI elevado; era um dos requisitos mínimos para ser um dos agentes do IBPE. Mas, pelo jeito, o que sobrava em matéria de QI faltava em termos de responsabilidade e bom senso para o rapaz. Era só mais um daqueles arrogantezinhos superdotados, e por um segundo Enrico divagou que o teste psicológico de ingresso no IBPE deveria passar a ser mais rigoroso. O agente mais velho atravessou o corredor e seguiu na direção da loja de roupa infantil Patotinha — a loja ao lado dela estivera no campo de visão dos agentes, e, portanto, não havia possibilidade de Nicole estar ali —, indicando a Samuel que entrasse na loja de óculos Chilli Beans, a loja onde o alarme parecia querer estourar os tímpanos de quem passasse por ali.

Ambas as lojas eram pequenas, e nenhum dos dois teve dificuldade em vasculhar minuciosamente. Nada em nenhuma das duas. O agente Enrico saiu da Patotinha e, vendo o parceiro também saindo de sua loja meneando negativamente a cabeça, entrou na loja ao lado, inferindo a rota que cada um faria na busca pela jovem. Sem delongas, o agente Samuel saiu da Chilli Beans, deixando o estridente alarme berrando atrás de si, e entrou na Bela Casa, onde vasculhou por todos os cantos da loja de utilidades do lar. O capacete o incomodava seriamente. Sem ele, teria uma agilidade bem maior na busca. Deu uma longa fungada, irritado, e entrou na próxima loja.

Do mesmo modo como estava fazendo nas outras, deu uma olhada geral ainda da porta da loja Dona Pin-Up. Tudo pareceu em ordem, embora duvidasse de que a menina provocaria alguma desordem na loja que tinha escolhido para se esconder. Era esperta e com certeza não deixaria resquício de haver entrado.

Sempre com o capacete a tirá-lo do sério, Samuel começou a vasculhar no meio dos cabides de roupas, que pareciam ter saído de novelas antigas. Olhou nos dois provadores, passando depois por um sofazinho escandalosamente vermelho em formato de sapato. Nada também atrás do balcão de atendimento. Um outro balcão preto com bolinhas brancas, repleto de uma infinidade de colares, pulseiras e óculos de aros extravagantes. Nada atrás dele. Foi para a loja da direita.

Viu o agente Enrico saindo de sua loja ao mesmo tempo em que ele entrava na próxima. Notou no outro agente um tique nervoso nas mãos. Ele também parecia não estar satisfeito com a parte da missão que lhe havia sido designada. Vasculhou por inteiro a Gifts, e nada. Entrou na Le Postiche, sentindo algum alívio por estar se afastando cada vez mais do alarme gritante. No entanto, aquele capacete estava lhe dando nos nervos de verdade. Precisava fazer uso de sua visão periférica sem ter de mover o corpo todo para isso. Tirar o capacete era, sim, uma opção, principalmente quando já tinha de estar fazendo algo que não queria. Lá embaixo, o agente Viana, o grande líder daquela missão e chefe de vários setores laboratoriais do IBPE, muitos aos quais ele nunca tivera acesso nos seus oito meses de trabalho, poderia observá-lo trabalhar e avaliá-lo da maneira que merecia. Queria poder estar lá, manipulando os doentes, fazendo qualquer tipo de tarefa mais eficiente do que aquela, e não em busca de uma garota maluca que nem sabia se encontraria. Só o que faltava era ter de voltar e dizer que não havia achado a menina. Que espécie de julgamento Viana faria de seu trabalho? O que teria ele de bom a reportar mais tarde a Wilkinson a respeito de suas competências? Teria de encontrar a garota de qualquer maneira, e aquele maldito capacete só o estava atrapalhando. Sem hesitar ou ponderar qualquer outra coisa mais, Samuel abriu o sistema de fechamento, levou ambas as mãos ao capacete e o arrancou da cabeça, recebendo uma desagradável rajada do som alarmante, que acabava de se tornar ainda mais nítido aos seus ouvidos.

 O agente Enrico saía da Cia Marítima quando o viu. Em frente ao balcão que ficava na parte traseira da loja de bolsas, o agente Samuel estava sem o capacete, que repousava despreocupadamente sobre o balcão. Enrico não acreditou no que viu. Tirar o capacete numa missão como aquela era terrivelmente imaturo e suicida. Precisava falar com Wilkinson sobre Samuel e contar sobre a incapacidade do jovem agente para trabalhos fora do centro de pesquisas. Mas, antes, iria repreender friamente o rapaz por aquele feito, mesmo após ele ter lhe dito que aquilo era inconcebível; e fazê-lo colocar o capacete de volta. Por mais idiota que o rapaz fosse, não queria vê-lo contaminado com o que estava lá dentro. Olhando para os dois lados, imaginando num vislumbre afortunado poder visualizar a garota, ele atravessou o corredor e entrou na Le Postiche.

 — Quando um colega mais velho e mais experiente que você te pede algo tão simples e necessário, você deve obedecer, agente Samuel. — O som alto de sua voz, que ainda precisava ser ampliado para se sobressair ao do alarme, parecia que faria sua cabeça explodir. — Coloque o capacete, rapaz! Não sabe que essa coisa pode matar você?

 Virando-se com um sobressalto pela chegada inesperada, Samuel estava prestes a responder alguma coisa quando parou e olhou incrédulo na direção da porta, às costas do agente Enrico. Antes mesmo de dar dois passos, a porta da loja onde estavam era trancada pelo lado de fora.

 — Desculpa, mas não posso ser pega como fizeram com o homem lá embaixo. Isso aqui tá tudo errado! Eu não posso dormir e ficar incapaz numa situação assim! — a menina gritou para poder ser ouvida, os olhos marejados numa feição de choro e vendo os agentes se aproximando da porta. — Desculpa por isso, desculpa mesmo.

E saiu correndo, deixando os agentes, que não chegaram a tempo, presos na loja de bolsas.

●

Nicole estava decidida a esconder-se na lojinha retrô, mas não sem antes arranjar algo que pudesse atrapalhar, ao menos em parte, a orientação dos dois agentes que estavam determinados a pegá-la e colocá-la em estado de dormência, impedindo-a de estar no seu estado consciente e poder pensar lucidamente se algo mais a ameaçasse ali. Porque, naquele momento, não era apenas um tipo de ameaça que ela considerava. E precisava se livrar primeiro da que estava mais próxima.

Pensando mais rápido do que se lembrava em qualquer ocasião anterior àquela, Nicole entrara na loja que estava à sua direita, onde óculos e mais óculos de todos os tipos se enfileiravam em modernas prateleiras até o lugar onde o balcão de atendimento impedia sua continuação. Mas não eram os óculos que importavam a ela. Poderia se tratar de qualquer produto, na verdade. O que fizera com que a menina entrasse foram os pedestais de alarme antifurto que se erguiam na porta da loja. Eram três deles, formando dois corredores paralelos de detector de roubo; as únicas saídas da loja. Somente quem houvesse pagado devidamente pelo produto adquirido no caixa — onde o leitor de código de barras emitiria uma frequência de rádio tão alta que danificaria o circuito e desativaria a etiqueta, deixando-a livre para passar pelos pedestais sem que o alarme acionasse — poderia passar sem chamar atenção.

Dando apenas quatro passos no interior da loja, ela pegara os primeiros óculos que estavam na extremidade da primeira prateleira e saíra a passos ávidos, tão rápidos quanto os que a levaram para lá, deixando atrás de si o alarme gritante, que anunciava sua compra realizada por meios ilícitos. Era o melhor que tinha ao seu alcance para atrasar os agentes, e precisava fazê-lo. Aquele som altíssimo no mínimo lhes causaria uma irritabilidade suficiente para tirá-los ao menos um pouco da perfeita ordem mental enquanto procurassem por ela.

Agora, tão ou mais irritada quanto eles deveriam estar, ela saiu de trás do sofazinho excêntrico com a mesma ansiedade de quem sai de baixo da água após algum tempo sem oxigênio. Viu que ainda segurava o produto de seu primeiro ato fora da lei em uma das mãos e decidiu recolocá-lo no lugar assim que tivesse oportunidade.

Ofegante, mas sem perder tempo, Nicole foi, cautelosa, até a porta da Dona Pin-Up e, colocando para fora apenas a cabeça, deu uma olhada no corredor. Não fazia muito tempo que os agentes — ou apenas um deles, ela não saberia dizer — haviam procurado por ela na lojinha em que se escondera e, como ela havia previsto, não avaliaram a possibilidade de o chamativo sofá ser oco, servindo de esconderijo para uma garota desprovida de grandes proporções físicas.

Avistou um dos agentes. Ele entrava naquele exato instante na segunda porta após a loja em que ela se encontrava. Ficou parada, como que esperando pelo momento certo, se é que haveria um. E lá estava o momento certo: sem que a menina entendesse o porquê, o outro agente saía da loja de biquínis e também entrava, a passos enérgicos, na mesma loja em que se encontrava o primeiro. Sem se questionar se deveria agir naquela oportunidade — certamente não haveria oportunidade melhor —, ela avançou alguns passos no corredor e, quando ia se virando para correr na direção contrária, a mesma por onde havia chegado ali, viu uma coisa dourada num dos buraquinhos da fechadura da porta. Uma chave. Se os funcionários foram pegos de surpresa na hora em que estavam fechando a loja com o anúncio do que acontecia lá embaixo e por isso saíram apressados para ver o que acontecia, deixando a chave ainda balançando no estabelecimento de que deveriam cuidar, era algo que não interessava a ela agora. Só o que lhe interessava era sua súbita ideia, que deveria colocar em prática antes que fosse tarde demais.

Foi dessa forma que, tencionando sua integridade física, mas, ainda assim, com um enorme peso na consciência, ela trancou os dois agentes na loja Le Postiche.

●

Saulo percorreu correndo o trecho que o separava da esposa, da filha, Amanda, e dos seus amiguinhos. Àquela altura, sabia que os pais das outras crianças já deviam estar desesperados de preocupação e se culpou, mais do que nunca, por não ter carregado o celular antes de sair de casa justamente no fim de semana em que o celular de Luiza havia ido para a assistência. Sempre fazia isso e prometia que seria a última vez, mas, quando voltava a se repetir, Saulo julgava que não havia mais jeito para ele. Sempre se esquecia de alguma coisa ou outra, e acreditava que isso ainda lhe causaria sérios problemas um dia. Mas não deixaria que causasse justo naquele. Por isso, enquanto Luiza o bombardeava com perguntas sobre o que havia acontecido lá em cima, foi pedindo, com certa impaciência até, para o rapaz musculoso que estava próximo:

— Pode me empresar o celular, rapaz? Preciso avisar os pais dessas crianças que a polícia prendeu a gente aqui, e seria um favor enorme se...

— Cara, se tivesse como eu emprestava — respondeu o bombado a Saulo, retirando o aparelho do bolso da calça de moletom cinza e mostrando o visor, que não exibia sinal de rede. — Nenhum celular tá funcionando; isso só pode ser coisa deles também. — Apontou para Viana do lado de fora. — Mas, se for pra avisar alguém, nem precisa, cara. Com certeza, o país inteiro já tá sabendo o que fizeram com a gente.

E apontou então para um furgão da imprensa estacionado imediatamente atrás da faixa de bloqueio.

Saulo entendeu o que o rapaz queria dizer e ficou grilado com a história de cortarem a comunicação. Pensou mais uma vez nos pais das crianças e pelo que deviam estar passando se estivessem vendo aquilo pela TV. Queria poder dizer a eles que, enquanto estivessem lá dentro, cuidaria daquelas crianças como cuidava da própria filha. Era uma decisão que qualquer um tomaria, pensou ele, mas, por enquanto, era só o que podia fazer.

●

Assim como tudo naquele evento, quem observava de fora, através das paredes de vidro blindado, via — além do homem alto de óculos que corria para a mulher e as crianças — que mais um procedimento incomum era realizado no interior do edifício: os dois agentes que haviam carregado o homem sedado agora o largavam no chão com cuidado e, como que seguindo um protocolo, retiraram da enorme mochila que um deles carregava nas costas uma espécie de tecido branco e dobrável. Eles passaram a abrir o tecido e, no instante seguinte, estavam armando uma barraca de aproximadamente cinco metros de diâmetro. Não era preciso ser nenhum expert para saber que, assim como o saco dentro do qual haviam colocado o homem, aquela barraca serviria para isolar o que quer que fosse com que eles estavam lidando. Após o procedimento ser concluído, moveram o homem desacordado para dentro da barraca e abaixaram o pedaço de tecido que servia como porta, lacrando-o com um zíper pelo lado de dentro.

●

IBPE
19 horas e meia antes do início da quarentena

Wilkinson, Fontes e mais outros dois médicos — Adalberto Farias e Caetano Nazaro — já haviam recolhido amostras de sangue para exame, mas, a julgar pelo enorme ponto de interrogação que estampava a fisionomia do americano, Fontes teria de pegar agora a sua própria antes de prosseguirem com qualquer procedimento. Logo que começou, ele entendeu exatamente o porquê de Wilkinson tê-lo chamado: não havia sido porque morava mais próximo ao instituto ou apenas por aumento de pessoal, conforme ele também tinha conjecturado, mas porque precisava de sua especialidade naquilo.

Retornando ao quarto um, de onde o médico do mapeamento cerebral, detectando atividade nula, já havia saído e onde continuava sedado o paciente contaminado, Fontes, já munido do material de coleta, que se encontrava sobre uma bandeja móvel ao lado da cama — a bandeja carregava como principal atrativo uma pistola de dardos com o medicamento sedativo —, quebrou o lacre da agulha e a encaixou no adaptador do sistema a vácuo. Se estivesse ainda com as luvas usuais do biotraje, aquele trabalho seria extremamente difícil, se não impossível, mas agora usava luvas de PVC azuis — menos densas do que as luvas do biotraje e bem mais densas do que luvas de látex, geralmente usadas para procedimentos como aquele — e, quando Wilkinson entregou o par a ele, o médico se deu conta de que os cientistas que manipulavam as cobaias usavam luvas semelhantes.

Para dizer a verdade, Fontes não achara necessário a coleta de uma nova amostra, considerando que Wilkinson já estava com uma grande quantidade do sangue daquele paciente no laboratório, mas o americano havia sido veemente quanto a ele retirar sua própria amostra:

— Você não vai acreditar no que verá no microscópio se não retirar por si mesmo, Fontes. Ou pode até acreditar, mas não vai acreditar que o sangue foi retirado de um ser humano. Do Souza!

Agora ele estava com a seringa em mãos e analisava metodicamente o braço de Souza a fim de escolher o local da punção. Não demoraria para Fontes descobrir que tal local não precisaria ser selecionado, porque aquele organismo havia sofrido uma séria modificação, e qualquer lugar daquele corpo debilitado havia se tornado apto a sofrer a punção sanguínea.

No chão, o sangue se acumulava cada vez mais na piscina infantil que jamais seria entregue ao filho de Wilkinson. Todo aquele sangue drenado talvez pudesse responder à análise clínica, mas não podiam se basear no talvez. Precisavam de um sangue recém-saído da veia, e livre de qualquer outro agente que não aquele que já continha. Além disso, o que Fontes precisava detectar era a ação de um agente ainda no organismo. O sangue que escorria na piscina já não possuía agentes trabalhando da mesma forma como se ainda estivessem no corpo de Souza. Se não fosse por isso, bastaria mergulhar um copo lá dentro e conseguir uma quantidade considerável do sangue do homem que sucumbia sobre o leito.

    Inclinando o corpo num ângulo de trinta graus sobre a piscina que rodeava o leito, Fontes fez uma breve assepsia no local com álcool 70, mas, assim que passou o algodão embebido, o local se encheu de sangue novamente. Jogou o algodão ensanguentado sobre uma pequena fôrma de alumínio na bandeja e, sem a necessidade de fazer um torniquete — ao menos isso ele já havia percebido ser desnecessário —, retirou o protetor da agulha e iniciou a punção. Observou o sangue preencher o tubo e em seguida o retirou. Por fim, retirou a agulha, depositou tudo em uma outra fôrma e empurrou a bandeja de rodas para fora do quarto, em direção ao laboratório.

    Wilkinson estivera ao lado de Fontes durante todo o procedimento e, agora, caminhava a passos largos, aparentemente mais excitado com o que o colega estava prestes a descobrir do que o próprio Fontes. Abrindo a porta por meio dos comandos no painel, Wilkinson deixou que Fontes passasse primeiro com a bandeja e entrou em seguida. Dirigiram-se a um outro recinto localizado no interior daquele maior — onde mais cobaias eram inoculadas —, no lado esquerdo. Era o laboratório de análises.

    Wilkinson lhe estendeu uma máscara e uma touca de biossegurança, e ele entendeu que poderia retirar o capacete do biotraje para possibilitar a observação microscópica. Acompanhando cada movimento do médico na troca do material de biossegurança, Wilkinson não conseguia esconder a ansiedade, como se Fontes estivesse prestes a abrir a caixa do Gato de Schrödinger. Familiarizado com o procedimento, introduzindo um conta-gotas no tubo, Fontes pingou algumas gotas de sangue numa lâmina de vidro e depositou uma lamínula sobre a amostra. Colocou-a no microscópio, que já estava ligado e devidamente posicionado. Observou por alguns segundos e falou, retirando os olhos dos oculares:

— Nunca vi essa estrutura parasitária antes. Pode apostar que sua teoria sobre a origem dela é válida, Wilkinson.

— Você ainda não viu nada, Fontes. Observe por mais alguns segundos.

Sem questionar, Fontes observou mais demoradamente dessa vez. Wilkinson pôde ver o médico retirar os olhos rapidamente das oculares e piscar duas vezes, fazendo uma visível pressão nas pálpebras, para então voltar a observar. Observou por alguns segundos, retirou os olhos de novo e se voltou para Wilkinson.

— O que é isso, Wilkinson? — O tom de voz de Fontes indicava que ele estava sendo pego numa brincadeira de extremo mau gosto.

— É o que queremos descobrir, Fontes. O que você acha que é?

— Nunca vi nada assim. Meu Deus, Wilkinson, o que vocês acharam dessa vez?

Wilkinson, Fontes, Farias, Nazaro e mais meia dúzia de cientistas passaram a madrugada e o dia seguinte estudando o espécime recém-descoberto. Wilkinson era o responsável pelas informações que vazavam e pelas que ficavam restritas a apenas uma pequena parte de seus homens, e julgava que aquela deveria se restringir a um número mínimo deles. Desse modo, excetuando aquele grupo restrito, os demais agentes — cientistas que atuavam em outros laboratórios — não sabiam exatamente o que acontecia lá dentro, embora tivessem notado a agitação que se passava no laboratório após a chegada do material misterioso.

Já haviam detectado algumas das características fundamentais do parasita por meio de análises minuciosas, possibilitadas pelo uso de tecnologias avançadíssimas. Mas, embora as características começassem a surgir, ainda estavam muito longe de solucionarem o principal: a cura para a doença de Souza. As cobaias não estavam respondendo do jeito que esperavam, e aquilo era o principal problema. Por enquanto.

●

— É extremamente contagioso, isso é o principal que entendemos até agora da contaminação, mas isso você já sabia, Viana. Trata-se de um microorganismo parasitário que ainda não pudemos identificar. Nunca vimos nada parecido com isso.

— Tá, mas o que você tem de novo pra mim, Fontes?

— Esses parasitas são dominantes. A causa da hemorragia não é a deterioração de tecidos nem de nenhum órgão, como suspeitávamos. Nada disso. Uma vez no organismo, eles repelem o sangue. É como um magnetismo ao contrário. Acreditamos que eles o expulsem por se tratar de substância vital. Eles repelem a vida, Viana. — Fontes enfatizou a última frase e esperou por algum comentário de Viana. Como o cientista nada falou, ele prosseguiu: — Tem outra coisa também: já sabíamos que o contágio se dá por meio de mordida, arranhões ou qualquer outra forma de contato com fluidos corporais. Mas o que impulsiona o infectado a propagar a contaminação é o fator comportamental, Viana. Uma vez infectada, a vítima fará de tudo pra passar os parasitas pra outros; é assim que eles mantêm a proliferação sob controle. É o fator instintivo que faz com que o infectado contamine outros, uma agressividade extrema que o impulsiona a atacar quem quer que veja pela frente.

Algumas horas antes, quando Viana fora convocado para aquela missão, ele soubera se tratar de algo com o qual nunca havia se deparado. Desde o primeiro momento em que se deparara com o termo "quarentena" sendo pronunciado pelo sotaque notável de Wilkinson. O motivo da quarentena era mais inimaginável do que qualquer coisa com a qual já havia lidado; contudo, ele ainda esperava certas elucidações. Elucidações que estavam começando a surgir e que só mostravam o quanto ele e seus agentes estavam longe de manter o controle da situação. E o quanto aquela merda toda fugia de qualquer padrão científico já comprovado.

— E o progresso com a cura?

— Não houve ainda. Na verdade... estamos continuando com os testes nas cobaias, mas parece que temos um problema maior do que imaginávamos. Teremos que fazer diferente, Viana. Só precisamos ter certeza, pra que Wilkinson dê a ordem; e pode esperar, Viana, se essa certeza chegar, a coisa vai ficar pior do que já está.

— Deus do céu, como pode ficar pior, Fontes?

— Espera a gente ter certeza aqui, e aí eu te ligo, Viana. Preciso ir agora.

— Eu também preciso desligar, Fontes. Qualquer novidade, me deixa a par imediatamente.

— Pode contar com isso.

●

Com uma expressão urgente e justificadamente curiosa, um sujeito baixo, sisudo e bigodudo estacionou o carro em frente à Celebration Recepções, saltou para a calçada e ficou à espera dos três homens — enviados por Wilkinson — que também estavam à sua espera e prontos para atravessar a avenida. Aqueles homens já haviam recebido as devidas instruções de Wilkinson — que depois foram ainda enfatizadas por Viana — sobre a limitação das informações que deviam ser dadas aos familiares. Poderiam falar apenas dos detalhes sutis. E, mesmo se pudessem falar toda a verdade, eles ainda não falariam tudo, pois a verdade absoluta nem mesmo eles sabiam.

O baixinho sisudo viu os homens atravessando a rua até ele e avistou, atrás do trio, na calçada da frente do shopping, um homenzarrão alto e corpulento acenando para ele. O homenzarrão elevou o celular e o sacudiu, indicando ser ele quem havia lhe telefonado. O homenzinho, embora ainda sisudo, esboçou um meio sorriso de entendimento, ao que Viana acenou positivamente antes de se virar e voltar para a entrada do shopping.

Os três agentes, cada qual com a sigla IBPE estampando timidamente o macacão cinza, trocaram meia dúzia de palavras com Juvenal Camargo antes deste sacar dos bolsos o pequeno dispositivo de um alarme manual e um molho de chaves e abrir as portas do salão de recepções. Cinco policiais se postaram na calçada em frente ao estabelecimento, guardando a entrada.

O salão era extenso, tal qual a fachada sugeria. Com capacidade para até duzentos e oitenta convidados, a ambientação era *clean*, possibilitando comemorações dos mais variados tipos de eventos. Possuía janelas enormes, emolduradas por pesadas cortinas vermelhas. O chão, imaculadamente branco, era de um granito impecável, totalmente liso e brilhoso. As mesas e cadeiras estavam encapadas com um tecido branco e rosa e haviam sido dispostas nos lados esquerdo e direito, de modo a formar um comprido corredor que levava até um pequeno palco no final do recinto. Em cima do palco, uma moderna e bem equipada *pickup* de DJ. Atrás do palco, uma outra cortina pesada e escura indicava ocultar uma espécie de camarim. O teto, tão alvo quanto o chão, apresentava dois tipos de luzes: quatro fileiras de luzes em tom amarelo para festas mais sofisticadas, e, entre elas, em espaços irregulares, coloridas luzes de boate com mecanismos que as faziam se movimentar quando ligadas, provavelmente para festas mais descontraídas. Ao lado esquerdo do palco, uma porta coberta por uma cortina negra levava para onde a inscrição em cima dizia: "Danceteria". No lado direito, uma portinha discreta levava para um cômodo lateral, que, mesmo não sendo identificado por nenhuma inscrição, intuitivamente dava para perceber se tratar de uma cozinha.

Juvenal caminhava na frente, e os três agentes o seguiam até o final do salão. Indagado por um dos agentes sobre a possibilidade de um microfone, o proprietário respondeu monossilabicamente e foi para trás da cortina do palco, de onde voltou com um microfone sem fio na mão e o estendeu ao agente.

— Agora, será que vocês poderiam me explicar o que tá havendo aí na frente?

— Agradecemos muito sua cooperação, senhor Camargo. E nós vamos explicar ao senhor tudo o que pudermos assim que pelo menos grande parte dos familiares estiver aqui.

Em concordância com as palavras do agente Fausto, os outros dois fizeram um gesto de confirmação com a cabeça e se viraram, saindo do salão de festas para buscar as pessoas em questão. Quando chegaram à calçada do shopping, um grupo já se destacava do grupo maior, formado pelos soldados do coronel Antunes.

— Esses são os familiares. Por enquanto são dezessete, mas a cada minuto chegam mais — disse o coronel, tomando a frente do grupo que esperava com ansiedade as desejadas explicações.

— Obrigado, coronel. Conforme forem chegando, é só mandarem pra lá.

Antes que voltassem para o interior do recinto com as pessoas, Viana chamou um dos agentes, o mais rechonchudo dos dois, e falou breves palavras em seu ouvido. Então, o rechonchudo agente, Cláudio, meneou afirmativamente e apanhou o caderno pequeno e a caneta que Viana lhe entregava.

A travessia do grupo de número considerável não causou nenhum transtorno no trânsito, pois, àquela altura, os policiais já haviam bloqueado os dois lados da avenida dupla com cones sinalizadores brancos e amarelos.

Uma fila indiana foi organizada pelos agentes com direito a pessoas desde jovens aos mais idosos. Conforme iam entrando, o agente Cláudio anotava no caderno o nome da pessoa que entrava para a coletiva — no caso de haver dois ou mais membros da família juntos, apenas um nome era anotado —, bem como o nome e a idade de seu respectivo familiar que estava na quarentena, na seguinte ordem: nome da pessoa na quarentena, idade, nome do familiar e grau de parentesco. As pessoas davam a informação e iam se sentar às primeiras mesas em frente ao palco, onde o agente Fausto os cumprimentava com ar de condolência aliada à seriedade. Enquanto as primeiras pessoas foram entrando, mais cinco pessoas novas chegaram e, ao fim, havia dentro do salão de festas trinta e uma pessoas, sendo vinte e duas pessoas com nomes anotados — subtraindo os dois adolescentes que tentaram enganar os agentes ao se passarem por familiares, mas que, por falta de uma combinação mútua do plano, acabaram por se entregar como meros curiosos.

Uma vez lá dentro, enquanto Fausto começava a se apresentar, juntamente com um automático e ensaiado pedido de desculpas pelo acontecido, o agente Cláudio conferia as anotações que havia feito; na maior parte eram garranchos, que provavelmente ele próprio mais tarde teria de digitar, pois era pouco provável que alguém mais entendesse aquela caligrafia apressada:

Nome completo	Idade	Familiar e grau de parentesco
Nádia Cristina Romel	24	Jean Freire Neto (noivo)
Melissa Lorena Motta	17	Lucivânia Maria Motta (mãe)
Joel Carlos Mendes	32	Claudilene Mendes (esposa)
Juliana Santana	8	Jurandir Santana (pai)
Igor Lima do Nascimento	36	Jerussa L. do Nascimento (mãe)
Maíra Seiberth	23	Honório Seibert (pai)
Rodrigo Casagrande Jr.	14	Claudete Casagrande (mãe)
Michel Gomes Cruz	41	Sulamita P. Cruz (esposa)
Clara Jéssica Heck	27	Lurdes Maria Heck (mãe)
Silvana Furtado	33	Diego Nero Furtado (esposo)
Jonas Amarante	29	Malvina M. Amarante (avó)
Reiner Trevisan Filho	19	Juan Trevisan (pai)
Matheus Odilon Padilha	14	Odete Cristina Padilha (mãe)
Lucas Soares	22	Matilde Leila Soares (mãe)
Carmen Lúcia Mentges	67	Yana Lucinha Mentges (filha)
Mauro Gilson Arruda	43	Cassiana Tânia Hurtado (noiva)
Luana da Costa Silva	26	Tadeu Damião Silva (esposo)
Ricardo de Mello	9	Ivone Mara de Mello (mãe)
Doralina Vera Antunes	61	Luise Lina Antunes (neta)
Sayuri Hiamada	25	Marlene Hiamada (mãe)
Gertrudes Matias de Lara	52	Genésio Matias de Lara (esposo)
Marcelo Otis Fonseca	14	Jurema Otis Fonseca (mãe)

Terminada a verificação dos dados anotados, Cláudio permaneceu à porta, pois, certamente, muito mais gente chegaria. Assim, com a mistura de indignação, preocupação e curiosidade dos familiares tomando formas concretas no ar daquele enorme salão, Torres, o agente louro e de corpo atlético sobre o palco, pegou o microfone.

"Acobertamento" era a palavra-chave que teria de pôr em prática ali. Aquelas pessoas precisavam ser tranquilizadas — sendo que "contidas" era o adjetivo que melhor cabia para o interesse dele e daqueles por trás dele —, o que implicava diretamente não poder revelar a verdade a elas. Alguma coisa teria de ser dita, e teria de ser algo que justificasse tamanho alarde ao mesmo tempo em que fosse capaz de deixá-las mais calmas; que fizesse ao menos parte do pânico se dissipar. Algumas respostas seriam dadas, mas elas seriam uma fraca sombra da dimensão do problema real. Não havia como ser diferente. Fazia parte da política do acobertamento, termo que estava presente na quase que absoluta totalidade daquilo com que estavam acostumados a lidar.

Aquelas pessoas estavam desesperadas perante a situação desconhecida e de risco em que se encontravam seus familiares; poderiam, inclusive, ser os próprios familiares dele ali, mas ele precisava ser firme em sua posição. Não havia lugar para compaixão ou nada do gênero que pudesse atrapalhá-lo em sua função. Já estivera em casos em que a vontade de colocar para fora toda a sua humanidade em forma de lágrimas havia sido quase incontrolável, mas ele fizera tudo o que deveria fazer, sem que os olhos ao menos lacrimejassem. Se, depois que chegasse em casa, chorasse quase o suficiente para encher o rio Amazonas, era outra história. Naquele momento estava em seu trabalho, cumprindo com sua função, e precisava fazer aquilo direito.

Caminhando para a frente do palco do salão de recepções — cujo proprietário havia se misturado às demais pessoas e também o encarava de seu assento decorado —, o agente Torres começou a falar, interrompendo os burburinhos especulativos que haviam se formado:

— Em primeiro lugar, nós pedimos desculpas por todo transtorno. Estamos trabalhando para que tudo isso acabe o quanto ant...

— *Transtorno?* — Um homem alto de barba grisalha e irregular, com uniforme de vigilante noturno, levantou-se do meio da segunda fileira, atropelando as palavras do agente. — Tem gente ferida lá! Minha mulher tá lá dentro e não a deixam sair de jeito nenhum! Vocês chamam isso de um simples *transtorno*?

E, num apoio moral não combinado, várias vozes começaram a ecoar juntas em altos protestos de indignação; outras quatro pessoas, além de falar, também haviam se levantado e faziam desvairados gestos no ar com os braços.

— Senhores, pedimos que se acalmem, caso contrário teremos que interromper esse comunicado. Se todos começarem a falar ao mesmo tempo, as coisas não vão ter progresso nenhum aqui, e queremos mantê-los informados. — Então, as falas foram diminuindo até cessarem. Logo, eram apenas olhos silenciosos voltados para o agente no palco. — Obrigado. Como eu ia dizendo antes de ser interrompido, estamos trabalhando para que tudo se resolva o mais rápido possível. Outros de nossos agentes estão cuidando das coisas lá dentro.

— Tem como o senhor parar de falar essas coisas que todo mundo aqui já imagina e falar o que a gente realmente quer saber? — uma senhora oriental, Marlene Hiamada, levantou-se com discrição e falou educadamente. — Minha filha tá lá dentro. Ela trabalha em uma loja do shopping e, por algum motivo, não voltou pra casa hoje no horário em que deveria ter voltado. O senhor pode me dizer por que ela não voltou pra casa?

Uma nova onda de frases mescladas se iniciou, mas dessa vez pararam apenas com a feição impassível que o agente havia assumido ao olhar para eles.

— Obrigado novamente, senhores. Nem sua filha — ele olhou para a senhora Hiamada e, em seguida, passou os olhos por todos eles —, nem os familiares de todos vocês que estão aqui puderam sair do estabelecimento por uma questão de saúde pública. A área está sob estado de quarentena e é de extrema necessidade a permanência de todos lá dentro até que tudo se resolva.

— Quarentena por qual motivo?

— O que provocou esta quarentena é a suspeita de que uma doença altamente contagiosa esteja se propagando lá dentro, e não podemos colocar em risco a saúde de mais pessoas deixando aquelas saírem, ao menos por enquanto. — Ele ainda tinha mais um pequeno roteiro com frases prontas e embromadoras para enrolar aquelas pessoas, pois era parte primordial de seu objetivo ali, mas, antes que o alvoroço recomeçasse, ele prosseguiu: — Porque a doença que está lá dentro é uma infecção ainda desconhecida.

— Infecção? Então não é tão grave assim, é?

— Não, não é tão grave, e queremos que fiquem tranquilos e saibam que nossos agentes estão fazendo o trabalho deles da melhor maneira possível. O problema é que o contágio se dá de forma muito fácil.

— E como isso chegou lá dentro?

— Não temos como saber. Nosso instituto de pesquisas recebeu um telefonema de um profissional da saúde, que também estava no shopping como cliente, descrevendo os sintomas que havia detectado em uma pessoa no banheiro masculino. Depois nós chegamos aqui e iniciamos a quarentena após a confirmação. É o procedimento padrão para esse caso.

O agente estava relativamente satisfeito por grande parte do que estava dizendo não ser mentira.

— Que porra de instituto é esse de vocês? — Um homem que até poderia ser simpático, mas que no momento estava com cara de nenhum amigo, foi se levantando enquanto fazia a pergunta nada polida.

— Isso não vem ao caso agora, meu senhor. O que realmente import...

— Espera um pouco! Mas se esses agentes estão lá dentro, por que não examinam logo todo mundo e liberam quem não tem a doença? — indagou uma senhora, interrompendo o agente Torres, que agradeceu internamente pela nova pergunta, que ofuscava a anterior.

— Nós também gostaríamos que fosse simples assim, senhora. Mas não é. A detecção da doença não é rápida, e qualquer um deles pode estar contaminado.

— Como é que se pega essa coisa?

— Pelo ar. E também pelo contato com fluidos corporais.

— Minha nossa! Mas e as pessoas que com certeza estão contaminadas? Estão recebendo algum tipo de atendimento?

— Estão, senhora. O objetivo primordial de nossos homens lá dentro é atender aos infectados.

— E vocês têm previsão de quando eles serão liberados pra irem a um hospital?

— Por enquanto, não. Mas, assim que for possível, todas aquelas pessoas serão transferidas para nosso laboratório especializado.

— Bom... se elas estão sendo atendidas, vocês já sabem o que usar, né? Já existe uma cura pra isso, então? Não devemos nos preocupar?

— Estamos trabalhando nisso nesse exato momento.

— Como assim *trabalhando* nisso? Existe ou não existe uma cura?

— Existe uma forma de conter o progresso da doença, e estamos muito perto da cura definitiva.

— Meu Deus! *Conter o progresso da doença*. Isso não parece ser coisa de uma doençazinha qualquer. Isso é grave mesmo, não é?

— É uma doença contagiosa como qualquer outra. A rapidez com que ela se espalha é que é o mais preocupante. Mas, como eu disse, tudo está sendo feito para que eles possam sair o mais rápido possível de lá.

Antes que as perguntas em forma de protestos se estabelecessem novamente, mais um grupo de três pessoas chegava, e, assim, o agente precisou recomeçar com as explicações, enquanto outra onda de tumulto verbal voltava a tomar conta do ambiente.

Meia hora depois do início da coletiva com os familiares, uma senhora entrava aos prantos, implorando para que deixassem seu filho cadeirante sair de dentro do shopping. Aproveitando o alvoroço causado pela mãe desesperada, o pai de uma menina chamada Juliana, que havia ido ao shopping para o aniversário de uma amiga, tentou correr e passar pelos policiais que montavam guarda junto aos agentes. Houve uma fervorosa discussão seguida de uma ameaça de detenção caso o homem não se acalmasse. Cinco minutos depois, já mais contido, o pai de Juliana foi se sentar novamente com os demais familiares, enquanto a mãe de César, inconformada, relutava em tomar a água que lhe era oferecida pela mãe de Rodrigo.

Por fim, ela aceitou e bebeu todo o conteúdo do copo com mãos trêmulas e olhos cerrados.

Mais de uma hora depois, seriam servidos biscoitos nas opções maisena e água e sal, acompanhados de chá ou café, para acalentarem os ânimos daqueles que continuariam aguardando pelo desenrolar daquela situação. Apenas três das então quarenta e duas pessoas que se encontrariam sob o teto da Celebration Recepções aceitariam se servir.

●

IBPE
52 minutos antes do início da quarentena

Fontes precisava checar algo de que já vinha suspeitando havia algum tempo sobre as cobaias. Já usara grupos de diferentes espécies — camundongos, ratos, *hamsters* e coelhos; todos criados e mantidos no biotério próprio do instituto — e, agora, sua última cartada: chimpanzés. Um grupo de chimpanzés havia acabado de chegar de uma fazenda de criação, o Rancho Primata, uma fazenda de quinze alqueires localizada a sessenta e cinco quilômetros do IBPE, que lhes fornecia essa espécie de cobaias sempre que solicitado.

O pedido das cobaias fora feito previamente na madrugada anterior, e, se as coisas continuassem não funcionando, se os organismos dos primatas também não permitissem um avanço com a cura, esperariam Souza sucumbir e arquivariam o caso — temporariamente —, alegando à família do cientista o motivo de acidente de trabalho pelo contato com um agente químico letal. A indenização seria gorda, e ele sabia por experiência própria que, nesse caso, os familiares não costumavam ir além nas investigações. E, mesmo se decidissem fazer uma autópsia por conta própria, o legista diria exatamente o que seria mandado a dizer. Todos eram manipuláveis, e para os que não eram havia outros tipos de solução.

Só que nada disso chegou de fato a acontecer — ao menos não naquela ocasião. Os chimpanzés estavam sendo separados em cinco grupos de quatro e, embora já tivessem sido previamente avaliados na fazenda, uma nova checagem de seu estado de saúde físico e mental era realizada para garantir que não haviam passado por nenhum tipo de contaminação e estresse durante a viagem.

O agente Oliveira fora encarregado de colher uma nova amostra sanguínea do paciente zero, portanto se encaminhou para o quarto de Souza munido da bandeja móvel com os utensílios para coleta com seu biotraje e luvas de PVC. O homem que era ainda mais baixo do que Wilkinson embebedou o algodão no álcool, mirando a região do braço que sofreria a punção. Oliveira inclinou o corpo sobre a piscina, exatamente como Fontes fizera muitas horas antes, mas somente até essa parte do procedimento teve a mesma sorte que o outro médico. Quando encostou o algodão no braço de Souza, o homem infectado mirou os olhos abertos — que até então se direcionavam, desfocados, para o teto — em Oliveira e, erguendo o pescoço sangrento do leito, mordeu a mão do colega de trabalho, que segurava o algodão sobre seu braço. A fúria descomunal empregada na mordida ultrapassou o material em PVC da luva de biossegurança. Retirando a mão imediatamente, Oliveira pegou com agilidade a pistola com o líquido sedativo e, mirando na barriga do homem, que começava a levantar-se, apesar do estado degradante de seu corpo enfermo, fez Souza desfalecer novamente, retornando à posição original.

Oliveira verificou o local da mordida. Os dentes haviam se cravado profundamente, e um fluxo notável de sangue começava a escorrer do ferimento de sua mão. Estava feio. O agente tinha a ciência exata do procedimento a seguir: notificação imediata a Wilkinson, retirada do biotraje, lavagem seguida de um desinfetante cutâneo no local contaminado, câmara de descontaminação — não que já houvesse sido testada para aquele caso, mas, de qualquer forma, fazia parte do protocolo –, seguida de tratamento médico de urgência — não que eles tivessem conhecimento do tratamento em questão — e, possivelmente, por último, a sedação, considerando o peculiar quadro mental apresentado por Souza. Mas Oliveira não respeitou as medidas de emergência de descontaminação. Trabalhando exaustivamente havia quase vinte e quatro horas seguidas e atordoado como um soldado na guerra ao ver uma granada explodir tão perto a ponto de ensurdecê-lo, Oliveira só quis sair dali.

Apesar de haver recebido um rígido treinamento para aquele trabalho, o médico renunciou a tudo o que deveria fazer — não parou para pensar, mas, naquele momento, estava renunciando até mesmo à sua sólida carreira — e correu até o vestíbulo resfriado, onde era feita a troca da roupa comum pelo biotraje. Pressionava a mão contra a roupa especial para estancar o sangue. Agora, aquele homem com a mão sangrando e em inegável estado de pânico fazia o contrário do que havia feito quase vinte e quatro horas antes: tirava o biotraje afoitamente. Nem quando era adolescente e tinha uma garota esperando por ele na cama — o que raramente acontecia, considerando sua estatura, que não causava exatamente a imponência de que precisava para impressionar as garotas — Oliveira havia se despido tão depressa. Vestiu as calças, a camisa azul-marinho e jogou o terno por cima. Por último, calçou os sapatos sem se importar com as meias. Tateou o bolso do terno a fim de retirar o cartão magnético que abriria as portas. Não encontrou. Com o estado de pânico aumentando gradativamente, olhou para o chão, e lá estava ele; havia caído enquanto vestia o terno. Passou o cartão e viu as portas se abrindo. Saindo para o corredor onde o segurança fazia guarda, Oliveira enfiou a mão ferida por baixo do terno e o cumprimentou com um gesto de cabeça, seguindo apressado para fora.

O médico-cientista estava em pânico, mas ainda era capaz de se controlar. Não correu para não levantar suspeitas, mas sabia que tinha de sair imediatamente daquele ultrassecreto complexo de laboratórios se quisesse manter a dignidade humana que ainda lhe restava sob seu domínio. Os vestígios que havia deixado eram gritantes demais para demorarem a ser notados. Cumprimentando a todos por quem passava com acenos rápidos de cabeça, Hermes Oliveira entrou no carro e deu a partida, cantando pneus ao parar na guarda rigorosa de entrada e saída. Sem falar nada — sem conseguir falar —, entregou o cartão magnético com dedos trêmulos ao segurança e contemplou nervosamente a cancela automática se levantando, apresentando-lhe a liberdade que, certamente, jamais voltaria a ter se continuasse lá dentro. Os pneus tornaram a cantar, e o homem de estatura baixa, cujo desespero era inversamente proporcional ao seu tamanho, deixou para trás as instalações do IBPE e um guarda de meia-idade refletindo sobre o quanto aqueles malditos cientistas eram pretensiosos e arrogantes.

Apesar de ser divorciado e morar sozinho, o médico não tinha intenção de ir para casa, exceto por uma passada rápida para pegar algumas roupas e os remédios que tomava sob prescrição. *Permanecer* no pequeno apartamento de um quarto estava fora de questão. Seria o primeiro lugar onde o procurariam.

Dirigia a quase cento e vinte por hora pela estreita estradinha aberta naquela floresta de Mata Atlântica e olhava a todo instante pelo retrovisor. Após pegar o que precisava em casa, passaria numa farmácia para comprar todos os medicamentos prováveis e improváveis — tinha credencial para isso — a fim de combater a infecção, e se hospedaria num hotel qualquer em São José dos Pinhais. Oliveira tencionava se drogar até matar as malditas coisas que estavam em seu corpo — ou a ele próprio, caso a intenção inicial não funcionasse da maneira que esperava.

•

Cinco minutos haviam se passado após Oliveira girar a chave na ignição, e Wilkinson, concentrado que estava na preparação dos primatas, deu-se conta da demora do agente. Deixando Fontes dando continuidade aos procedimentos, ele saiu do laboratório. Já ao sair pela porta de abertura vertical, pôde ver gotículas sanguíneas maculando a brancura do corredor. Sem pensar duas vezes, Wilkinson entrou novamente no laboratório e, chamando Fontes e Farias, ordenou que cada um pegasse suas pistolas de sedativo, equipando-se ele próprio com a sua. Apesar da consternação, fê-lo de forma discreta para não alarmar os demais cientistas que trabalhavam concentrados nas bancadas. Dessa vez, saíram os três e seguiram pelo corredor. Fontes começava a se preocupar de verdade com aquilo e dividia o interior do biotraje com uma densa aura de aflição. O sangue parava num determinado ponto, na metade do corredor, como se houvesse sido contido de alguma forma. Fazendo sinal para que os dois se preparassem, Wilkinson dobrou o corredor dos leitos. A porta do quarto número um estava aberta. Com as pistolas devidamente apontadas para a frente, entraram no quarto. Na cama, Souza repousava com os olhos fechados. A bandeja móvel estava caída, todos os utensílios esparramados pelo chão. Num canto, distante de todos os outros objetos, a pistola com o sedativo. Estava manchada de sangue, como que pega por mãos sujas pelo líquido. Havia sido usada. Observando Souza mais atentamente e imediatamente indicando aos demais, Fontes viu na cama dois pedaços de PVC azul apresentando contornos irregulares. Haviam sido arrancados e, a julgar pela forma em que estavam, mordida humana era um chute válido.

Encontraram o biotraje retirado às pressas no vestíbulo resfriado. Como não podiam sair de lá sem tirar o biotraje, um transtornado Wilkinson retirou de um dos compartimentos um aparelho de *walkie-talkie* e chamou o segurança do outro lado da porta. Em apenas trinta segundos, a comunicação precisa e sucinta esclareceu aos médicos que Oliveira passara havia pouco tempo por aquele corredor e que saíra com seu carro. Paiva, o segurança, disse que nem ele, nem os demais haviam notado algo de estranho, já que "os cientistas viviam correndo".

Wilkinson via tudo o que construíra escorrer por água abaixo, mas, em vez da água, era sangue que insistia em surgir em sua analogia mental. Levou outros trinta segundos para solicitar mais uma equipe de agentes munidos de cilindros com gás à base de dizoteparatrovan para descontaminar todo o ambiente interno por onde o agente infectado havia passado. Já os demais agentes que tiveram contato com Oliveira — mesmo que a distância, e essa classificação compreendia desde o segurança até os *geeks* dos computadores — eram enviados às câmaras de descontaminação. Entendiam muito pouco daquela doença e não podiam vacilar mais do que já haviam feito. Mais do que ele havia feito. Wilkinson se sentia o único culpado por aquilo tudo, assim como, em uma conquista em equipe, também se sentiria o único responsável. Era um ser individualista. E, agora, absolutamente estarrecido com o tamanho da encrenca que tinha nas mãos.

Ninguém removia uma partícula de poeira de qualquer canto do IBPE sem que Wilkinson solicitasse — ou, no mínimo, autorizasse —, e, portanto, a busca por Oliveira ainda não havia começado. Os agentes Fontes e Farias comunicavam aos cientistas que aguardavam com as cobaias a necessidade de aquele procedimento ser adiado, e os deixavam a par do assunto, causando um estarrecimento na equipe que só não foi maior do que o do chefe. Simultaneamente à comunicação aos agentes das cobaias, Wilkinson, com a porta do vestíbulo resfriado agora também lacrada para o setor do laboratório, retirava seu laptop de uma das dependências trancadas do armário e entrava numa salinha que se abria secretamente por trás do armário metálico, que afastou da parede sem dificuldade.

Ligou o brinquedinho ultramoderno e, retirando as luvas do biotraje, digitou uma senha. Em pouco tempo abria um software de rastreamento e preenchia os campos solicitados com mais uma série de dígitos. A ação furtiva fazia parte daquele trabalho e, dessa forma, todos os veículos de toda a equipe do IBPE possuíam um chip de rastreamento — sem a ciência de seus proprietários. Não era apenas pela segurança do IBPE, mas pela própria segurança dos membros do instituto. Nunca se sabia quando é que um bando de malucos alienados poderia sequestrar seus rapazes e fazê-los revelar coisas que definitivamente não poderiam ser reveladas. Se algo assim acontecesse, precisariam ser localizados imediatamente. Levou poucos segundos para o satélite efetivar a transmissão dos dados de localização. Lá estava Oliveira.

No instante seguinte, Wilkinson, decidindo que não adiantaria em nada ficar olhando para aquilo, ao menos naquele momento, fechava o laptop e contemplava a imagem da maçã mordida estampada na parte superior da máquina enquanto fazia uma ligação. Após haver falado com uma atendente, a ligação era transmitida ao colega de longa data.

— General Trevisol falando. O que o faz ligar pra mim a essa hora, Wilkinson?

— Estou com problemas, general. Preciso de seus homens.

— Em que está metido agora, Wilkinson?

Explicando não tão superficialmente a ponto de deixar dúvidas nem tão detalhadamente a ponto de perder o tempo crítico, o americano contou ao general o que havia ocorrido, bem como os procedimentos que deveriam ser seguidos.

— Seja claro, general: *ninguém* pode tocar nele. Ele deve ser isolado imediatamente e mantido assim até o IBPE chegar — finalizou, dizendo que se manteria na linha até que tudo estivesse no mais próximo da ordem que a situação permitia.

— Minha nossa, homem. Se esse seu agente entrar em contato com algum civil... Você tem noção do que pode acontecer, Wilkinson? — perguntou retoricamente o general, e terminou após uma pausa, como se esperasse que Wilkinson absorvesse o que ele havia acabado de mencionar: — De quantos homens vai precisar?

— De todos que puder me oferecer. Certamente, ele continuará tentando fugir.

— Certo, Wilkinson, vou providenciar isso agora. Não saia dessa linha, está bem?

— *I won't.*

Apertando a tecla da outra linha, o general Trevisol requisitou seus homens sob o comando do coronel Antunes. Do outro lado, saindo da linha da 5ª Região Militar e 5ª Divisão de Exército de Curitiba e também apertando outra linha no celular conforme tornava a abrir o laptop, Wilkinson fazia outra ligação.

— Viana? Espero que tenha dormido e se alimentado bem. Temos uma missão urgente, *man*.

Foi com um atordoamento multiplicado por cem que Wilkinson, ao passo que explicava o ocorrido a Viana, viu o que a tela do laptop indicava. Oliveira entrava no Imperial Shopping Center.

— *Damn*, Oliveira! *You fuckin' bastard*!

— O que foi, Wilkinson? O que você está vendo?

— Você não vai acreditar pra onde foi o *motherfucker*, Viana!

Mas Viana acreditou, e não demorou para chegar ao IBPE e pegar o equipamento e os agentes de que precisava.

Retornando à linha do general Trevisol, Wilkinson solicitou também o exército. Após se certificar de que estavam todos a caminho, procurou por um número na sua agenda do celular e fez uma última ligação.

— Senhor governador? Aqui é Steve Wilkinson, do IBPE.

●

17 minutos antes do início da quarentena

O plano minuciosamente pré-formulado por Oliveira não chegou nem perto de dar certo. Quando passava pela região central de Curitiba, a dez minutos de casa, começou a apresentar breves, porém constantes quadros de tremedeiras fortíssimas. Por alguma sorte, estava a duas quadras do Shopping Imperial e conseguiu dirigir até o segundo piso do estacionamento. Começando a sangrar pelas cavidades da cabeça e também a exsudar gotículas de sangue, Oliveira entrou aos trotes no corredor de banheiros entre a Sonho Meu e a Little Feet.

Mais tarde, ao tentar abrir a porta e sair do banheiro para buscar ajuda — quando finalmente chegaria à conclusão de que se esconder havia sido a pior atitude que poderia ter tomado —, ele veria que era tarde demais. Porque, sem força alguma para sair dali, apenas conseguindo erguer o braço extremamente ensanguentado — assim como o resto do corpo — para abrir a porta, Oliveira cairia e só conseguiria se levantar quando aquela coisa que dominava o seu sangue passasse a dominar também o seu cérebro.

•

Lucas, ou aquilo que restara de Lucas, estava agora sujando com a última reserva de seu sangue o chão decorado com desenhos de estrelas da Além da Magia, uma lojinha pequena de produtos esotéricos do terceiro andar do Shopping Imperial. Quando tivera seu refúgio invadido por aquelas pessoas intrusas — presas! — algum tempo antes, já havia deixado de ser um ser pensante, convertendo toda a sua racionalidade para a condição de um ser instintivo. Precisava ferir alguém mesmo não tendo a consciência do que era ferir. Só sabia ou melhor, só sentia, porque é isso que o instinto permite, apenas saber por saber, nada mais além disso — que precisava, de alguma forma, atacar qualquer um que aparecesse em seu caminho. O estímulo que pulsava dentro de si ainda não era forte o suficiente para lhe permitir buscar o que sua fagulha de inteligência apenas rudimentar desejava, mas ele o faria quando a presa fosse avistada. Ele o faria se conseguisse se manter vivo até lá.

    A maneira como chegara à Além da Magia já havia sido um tanto sofrível demais, arrastando as pernas — que mais pareciam um par de pincéis manchados em tinta vermelha — para conseguir seguir em frente. Se aquele bando de gente — presas! — que corria — e continuava a correr, mesmo havendo chegado às escadas que desciam por si só; esse era um resquício de raciocínio que ainda lhe restava naquelas circunstâncias — não estivesse ocupada demais fugindo de algo que nem ao menos entendia, veria que ele estava ocupado demais tentando se arrastar para conseguir sair do lugar ao mesmo tempo em que arrancava, com seus quase inúteis dedos pegajosos de sangue, peça por peça de roupa. Primeiro, livrou-se da jaqueta ensopada de sangue. Depois, com muita dificuldade, arrancou a camiseta, que, grudada ao corpo agora praticamente esquelético, fazia sua pele arder como que banhada em álcool após um corte profundo. Com mais um esforço sobre-humano, conseguiu se livrar da calça e, por último, da cueca. Quando esta última caiu, revelando um pênis que mais parecia um dedo mindinho de tão encolhido e murcho, ele passava em frente à escada e simplesmente seguia adiante, parando somente quando as luzes em néon do logotipo da loja Além da Magia o fizeram um convite que foi encarado como indispensável pelo seu mais novo instinto: *refúgios grátis aqui;*

é só entrar, companheiro, você realmente parece estar precisando de um. E ele entrou, e agora esbarrava em luminárias em forma de foguete com seu braço enrugado e pegajoso, sem saber ao certo para onde ir.

●

Os agentes Ítalo e Laertes saltavam das escadas rolantes e chegavam ao terceiro andar. No corredor em frente às escadas, o que Ítalo temia: o vermelho que pintava o chão era de uma quantidade tão exorbitante que fez os agentes se questionarem sobre quanto volume de sangue exatamente o ser humano é capaz de perder e ainda se manter vivo. Em certo ponto no meio de toda a sangueira, um aglomerado de panos tão ensanguentados quanto o próprio chão que revestiam; não restavam dúvidas sobre aquilo: o rapaz havia se despido. O rastro de sangue era tão largo e denso que, em princípio, causou a Ítalo um entorpecimento dos sentidos. Mas lidar com entorpecimentos de sentidos não era algo para o qual ele dispunha de tempo agora e, por isso, recuperando-se após um suspiro profundo — e se dando conta de que não sabia de que lado ficava o banheiro —, mandou que Laertes seguisse para o lado esquerdo, enquanto ele seguiria para o direito, já que não dava para definir, ao certo, a que direção o rastro levava.

Já bem mais acostumado com seu biotraje, Ítalo entrou na lojinha chamada Além da Magia. Por um instante, que agora Ítalo conseguiu controlar com uma rapidez maior do que a anterior, ele sentiu o fôlego falhar. Uma poça vertiginosa de sangue cobria o chão diante do balcão dos fundos da loja. Sobre ela, não precisamente em pé, mas escorado no balcão, um rapaz — que Ítalo só sabia se tratar de um ser humano porque havia ido atrás de um — que o fez se lembrar de um triste documentário que havia visto na TV a respeito do problema da fome na Somália. Se acreditasse em milagres, Ítalo diria que aquela criatura que tentava se manter em pé, a despeito de todo o sangue que havia perdido, era, antes de tudo, um milagre dos bons por ainda estar com vida. Por uma fração de segundo, o agente teve certeza de que conseguiu visualizar o sangue escorrendo da pele definhada, não da forma convencional, como quando se faz um corte acidental, mas como se o sangue estivesse saindo não de apenas um local específico, mas deliberadamente de cada poro. Parecia que o corpo do rapaz havia sido perfurado por infinitas agulhas profundas, de cujos buracos o sangue jorrava incontidamente.

Ítalo Schneider, o mais veterano de todos os agentes que haviam sido solicitados para aquela missão, era um homem que já apresentara uma fisionomia ríspida na maioria das horas de seu dia, mas que, naquela época da vida, convencera-se de que uma aparência austera só iria deixá-lo com rugas a mais com o passar dos anos; por isso, ele exibia uma feição que os mais jovens chamariam de sossegada. A fala se tornara mansa, porém cautelosa e sucinta. Era alto como um jogador de basquete, e seus interesses, fora os do trabalho, seriam por demais monótonos se os dividisse com mais alguém se não seu velho pastor alemão, Rufus, com quem partilhava a casa pequena de um quarto. Mas, apesar disso, Ítalo conseguia ser de algum modo espirituoso, e isso logo de cara, com quem acabava de conhecê-lo. Talvez, se seus netos ainda o visitassem, também pudessem classificá-lo como tal. Tinha a sã consciência de que um dia qualquer deveria ligar para os netos mesmo correndo o risco de a filha, Luise, desligar o telefone na sua cara; ou melhor, deveria se convencer de que visitar os netos era a melhor alternativa num caso como o dele.

O câncer de fígado originado pela cirrose hepática, descoberto cinco semanas antes e mantido no mais absoluto segredo, que ele resolvera ignorar apesar da insistência dos médicos em oferecer tratamento, o qual ele recusara irredutivelmente — sabia como ficava o aspecto de um sujeito quando submetido ao que eles chamavam de "tratamento"; quando morresse, pelo menos, que fosse com uma dose de dignidade —, logo não lhe permitiria a escolha de datas para fosse o que fosse que necessitasse fazer. Portanto, visitar os netos e a filha, e fazer com que todos — inclusive ele — pudessem se esquecer do passado, e talvez então os netos pudessem finalmente considerá-lo espirituoso sem ele ter dúvidas disso, era algo que estava nos seus planos para breve. Enquanto isso, seguiria na sua rotina solitária, exceto pela companhia de Rufus, mastigando gelo ferozmente quando a vontade insuportável de beber vinha à tona e pegando a última sessão do cinema todas as segundas-feiras. Deveria ir logo visitar os netos, e era o que faria no próximo dia de folga. Teria visitado os netos na sua última folga caso soubesse no que, exatamente, estaria se metendo assim que vestira seu biotraje para aquela missão.

    A cena que via estava absolutamente clara para ele, embora fosse tão improvável que parecia fazer parte de um cenário onírico. A vontade de beber novamente começava a surgir, e ele agora não tinha o maldito gelo para mortificar o desejo pelo álcool. Via os restos, ainda em pé, do rapaz com a contaminação ainda desconhecida; salivava só de pensar no gosto do álcool e, junto a tudo isso, aquela neblina que novamente chegava e que, mesmo não ofuscando sua visão, deixava-o confuso. Se pudesse voltar atrás, diria a Viana que talvez aquela não fosse uma missão para ele, que a superação que o AA lhe proporcionara ainda era muito recente e que um confinamento como aquele não lhe permitiria recorrer ao seu conforto gelado quando precisasse. Viana talvez compreendesse; afinal de contas, ele também perdera a esposa num momento da vida em que tudo o que sonhava era uma divertida viagem em família, seguida por inúmeras fotos coladas num álbum que jamais viria a existir. Talvez Viana compreendesse. Mas Ítalo não havia pensado que a vontade chegaria a qualquer momento e naquela intensidade — não tivera tempo de pensar em nada, na verdade — e, por isso, lá estava ele diante daquela imagem tendo como pano de fundo sua vontade de beber lhe propiciando uma lucidez forçada misturada à sensação de sonho. E talvez justamente por estar envolto nessa nebulosa de sonhos que Ítalo foi se aproximando, sem se lembrar de que estava sem um dos itens essenciais para aquela situação.

Os olhos daquela pobre criatura estavam assustadoramente saltados para fora das órbitas, de modo que, em contraste com a pele murcha e puxada pela lei da gravidade — que fez Ítalo se lembrar de uma vela com a parafina derretida escorrendo —, davam a ela um aspecto desconfortavelmente perturbador. Ítalo chegou mais perto. Sabia da gravidade do caso, mas queria — precisava devido, talvez, à curiosidade mórbida intrínseca do ser humano — ver mais de perto. Se aquilo avançasse em sua direção, embora duvidasse muito de que tal ação fosse possível, ele lhe injetaria o sedativo e poria o infeliz para dormir na mesma hora. Então, quando faltavam apenas uns dois passos para que Ítalo pudesse praticamente tocar a criatura — de dentes e unhas pontiagudos como as garras de um demônio! —, ele se lembrou: as pistolas com o sedativo haviam ficado com Laertes. Foi só no que pôde pensar antes de a coisa sangrenta se jogar para cima dele.

Apesar da perda de sangue sobre-humana — para quem ainda continuava vivo —, a criatura na qual o rapaz se transformara esticou os braços e conseguiu agarrar o biotraje de Ítalo na cintura. O olho esquerdo estava tão injetado que parecia que seria lançado a qualquer momento para fora, como que impulsionado por um lançador de bolas de beisebol. Mas, ainda assim, estava assustadoramente focalizado. O sangue continuava vertendo de forma constante, e, na expressão mergulhada no líquido vermelho, era possível perceber o ar de uma fera que não comia havia dias e estava em frente à presa que resistiria à sua investida. Mas o que mais impressionou Ítalo foi a força descomunal com que a coisa o agarrou. Não era possível um ser num estado daquele possuir uma força tão grande, assim como não era possível um ser num estado daquele estar vivo, então Ítalo, finalmente aceitando o fato de não estar lidando com algo costumeiro, fez o que seu instinto de sobrevivência lhe mandava fazer: lutar para se desvencilhar. Ao mesmo tempo em que usava as mãos, o agente lutava com as pernas, tentando afastar a criatura cambaleante de força sobre-humana — tudo nela era sobre-humano, aliás — de perto de si. Gritar não adiantaria em nada, ou, talvez, apenas o fizesse perder o fôlego de que precisava para lutar, pois a roupa especial sufocava qualquer som produzido por quem estava no seu interior.

Quanto mais Ítalo a afastava, mais a coisa deformada avançava, furiosa. Parecia que iria implodir a qualquer momento e, mesmo assim, em meio à sua total degradação física, produziu um grito agonizante e embebido no sangue que vertia da garganta. Como que lhe dando um impulso ainda maior, o grito pareceu ter despertado uma reserva de força que a coisa guardava para o momento apropriado. Ítalo não conseguia manter a criatura longe de si, pois seu biotraje não lhe permitia dar um golpe preciso, nem mesmo se distanciar na rapidez necessária. Só lhe restava continuar tentando afastá-la até que a criatura por fim perdesse as forças, o que, acreditava ele, não levaria — não poderia, por Deus — muito tempo mais.

Foi então que, após o grito arrastado de sangue, a coisa de olhos furiosos esticou os braços e agarrou com firmeza o capacete de seu biotraje. Com a retirada brusca, que foi capaz de arrancar o capacete do restante da roupa em uma só investida, Ítalo perdeu o equilíbrio e caiu sentado de lado, o peso do corpo sobre o braço direito. As camadas que revestiam a roupa não lhe permitiam se levantar com destreza, e ele, então, levou o braço livre ao rosto assim que a coisa iniciou a nova investida. Mas só o braço do agente não foi capaz de proteger o rosto todo, o que possibilitou à coisa atingir com os dedos esticados uma grande extensão do lado esquerdo de sua face.

Na próxima fração de segundo que se sucedeu, uma parte dele — a que era sempre otimista com relação a muitas coisas, otimismo esse cedido pelo AA, juntamente com sua libertação do vício; otimismo que o fazia acreditar que veria os netos e a filha uma vez mais antes de morrer; otimismo que o fazia acreditar que a morte chegaria rápido, antes de ele ter tempo de definhar — lhe disse que aquilo não era nada; assim que se livrasse da coisa já em processo de desintegração diante de seus olhos, acharia o banheiro mais próximo, lavaria o rosto e tudo ficaria bem. Mas a outra parte dele, a que guardava todo o estoque de racionalidade do qual ele sabia que precisava, não concordava com a parte otimista. E, libertando-se de toda a overdose de otimismo que, apesar do câncer, vinha conquistando ao longo dos últimos meses, Ítalo se deu conta de que ainda era capaz de avaliar com clareza uma situação extrema. Ele sabia que estava absolutamente ferrado. Aliás, uma parte de seu subconsciente — ou seu sexto sentido, ou qualquer dessas merdas que o valha — o avisava sobre isso desde a ligação de Viana, horas antes de aquela loucura toda começar. Ele sabia que estava tudo errado desde o início. E sabia que estava tudo ainda mais errado agora.

A coisa com hemorragia anormal avançou mais uma vez contra ele. Mas, dessa vez, levando os dois braços ao chão para sustentarem o peso do corpo, Ítalo, então completamente sentado, dobrou as pernas contra o corpo e deixou que a coisa se aproximasse. Quando ela estava a três centímetros dele, o agente puxou ainda mais as pernas para junto do corpo, pegando impulso, e lançou um chute que fez a coisa parar a mais de dois metros de distância e, por fim, desintegrar-se numa repugnante poça de sangue, pele e ossos. Um dos olhos, o que não ficara equilibrado sobre um dos ossos da face da criatura, foi afundando aos poucos no meio da poça de hemoglobina, como uma cereja afundando no meio do chantili de um bolo. Mas Ítalo não presenciou tal espetáculo bizarro, porque estava preocupado demais com o ferimento que começava a sangrar em seu rosto.

•

O agente Laertes começava a sentir as mãos transpirarem dentro das luvas especiais. Só o que havia encontrado no banheiro de onde saía o rastro de sangue era ainda mais sangue. Uma poça próxima a uma das pias ao fundo denunciava que o rapaz ficara lá por algum tempo, até o momento em que provavelmente havia se dirigido a outra extremidade da poça, para onde Ítalo tinha seguido.

Já havia algum tempo desde a sua entrada no IBPE, queria poder sair para uma missão diferente, qualquer coisa que o tirasse das pesquisas à base de substâncias químicas e microscópios. Mas já fazia mais de meia hora que começava a desejar voltar o mais rápido possível ao laboratório e se enfiar no seu jaleco branco de tecido leve, que em nada lembrava o peso que tinha de carregar agora pelos corredores de um shopping center selado. Caminhava lado a lado com o rastro sangrento, quase entrando na loja pequena para onde ele levava. Já havia passado pelas roupas ensanguentadas jogadas ao chão e ignorou o que seus instintos mais genuínos pareciam lhe dizer: *dê o fora deste lugar*. Em vez disso, apenas virou o rosto para não ter de encará-las.

Com a mão direita envolta pela luva de material denso apoiada na lateral da entrada, Laertes observou com cautela o interior da loja. Fora o rastro vermelho, que continuava até os fundos, ele ainda encontrou no chão: duas luminárias em forma de foguete, várias caixinhas de incensos indianos, inúmeras pedras coloridas espalhadas e um pequeno jardim zen, cuja areia branca, em grande parte, esparramara-se sobre o sangue, transformando-se numa desagradável massa pegajosa. Estava agora com seu instinto de autopreservação totalmente acionado, por isso, mesmo sem se dar conta, sua cabeça, envolvida pelo enorme capacete, virava-se de um lado a outro durante todo o percurso que iniciou até os fundos da loja. Sua mente não parava de trabalhar um só instante; estava pronto para recuar e se defender a qualquer som ou movimento estranho que percebesse.

Então, chegando ao fim do corredor, que terminava onde começava o balcão de atendimento, viu no chão os restos do que parecia ter sido um ser humano. Alguns órgãos, embora um pouco carcomidos, podiam ainda ser identificados: um coração, um fígado e várias tripas enroladas umas nas outras, como era de sua natureza permanecerem. Só podia ser o rapaz que procuravam. Voltaria e contaria ao agente Viana o que havia encontrado. Mas ainda faltava um detalhe: o agente Ítalo. Talvez já tivesse voltado e estivesse contando a Viana o que havia visto antes dele, mas era pouco provável. Não teria dado tempo, por mais que conseguisse andar com bem mais desenvoltura do que ele no traje pesado. Se Ítalo já tivesse voltado, Laertes o teria encontrado pelo menos no início da escada enquanto seguia a trilha de sangue até a loja. Como ele teria se afastado tanto a ponto de até já ter sumido de vista tão rápido assim? Ou talvez Laertes estivesse pirando. Aquela roupa claustrofóbica, aquele estabelecimento público trancafiado, aquela situação extrema... Àquela altura, tudo contribuía para que desconfiasse até da própria sombra. Voltaria e diria o que vira, apenas isso. E, provavelmente, agora acreditava ele, encontraria-se com Ítalo lá embaixo. Mais provavelmente ainda, apenas complementaria a versão de Ítalo sobre os fatos. Já se virando para fazer exatamente isso, Laertes ouviu um baque vindo de trás do balcão. As luzes dos fundos estavam apagadas, o que impedia Laertes de identificar com precisão o vulto que estava imóvel e em pé, ao lado da estátua de uma bruxa sorridente de um metro e meio, segurando uma vassoura entre as pernas.

Se apenas uma linha separava o simples receio de Laertes Bagno do mais puro medo, essa linha acabava de se romper. O vulto empertigado era enorme e, por um momento, com os olhos fixos na cabeça que o encarava como um galo de briga, Laertes considerou que aquela figura podia apenas ser outra estátua de algum personagem místico qualquer. Mas, quando a figura começou a contornar o balcão e seguir na direção dele — movimentos que duraram apenas dois segundos —, Laertes deixou de considerar a hipótese de uma simples estátua.

— Agente Ítalo? O que... o que houve com seu biotraje? E o seu rosto?

Mas Ítalo não estava mais ali. O que restara dele — e isso Laertes descobriu tão rápido quanto o tempo que a figura levou para se mover para perto dele — era apenas seu físico enorme e sangrento, e algo muito mais terrível do que qualquer pesadelo que Laertes já experimentara nas piores noites de sua vida: os olhos de fúria. Se alguma força sobrenatural fosse capaz de fazê-lo sentir tudo o que aqueles olhos lhe transmitiam, ele não duvidaria de que não estaria mais vivo desde o primeiro segundo em que aquilo passara a fitá-lo por trás do balcão.

O homem ensanguentado arreganhou os dentes transformados em armas pontudas e esticou os dedos de unhas que também haviam se tornado armas pontudas, avançando para ele — mas não da forma como um ser humano avançaria para outro na hora de uma briga de acerto de contas qualquer. A maneira como o homem avançou para ele, o modo como se movimentou, a urgência em chegar até ele era absolutamente primitiva, e instintiva, e irracional. E o grunhido... o grunhido agonizante e irascível que emitia era apenas a sonorização daquilo que os olhos denunciavam. Um som inarticulado de puro ódio. A coisa que minutos antes havia sido Ítalo jogou o corpo com os braços estendidos para cima de Laertes e o agarrou com uma força sobre-humana no braço de seu biotraje. Também com uma força sobre-humana — aquela capaz de entrar em ação quando se sabe que a própria vida está sendo ameaçada —, Laertes puxou o braço, girando o corpo e correndo de uma forma que jamais imaginaria conseguir correr dentro daquela roupa.

Laertes chegou à entrada da loja e apenas olhou para os dois lados a fim de se decidir para que lado correria. Decidiu-se inconscientemente pelo lado direito — se o tivesse feito conscientemente, teria optado pela esquerda, o caminho mais próximo do hall —, então fez a única coisa que lhe restava: fugir da criatura — tal palavra lhe passou pela mente durante uma fração de segundo, e ele se sentiu estremecer na hora — que estava no seu encalço. Considerou retirar do cinturão uma pistola com sedativo, mas aquela roupa já estava fazendo demais por ele ao lhe permitir conseguir correr. Correr e ainda ser capaz de retirar qualquer coisa do seu interior era algo que ele não podia tentar agora; qualquer movimento atrapalhado e a criatura — *ele pegou a porra da infecção!* — se jogaria sobre ele.

Ítalo-infectado, mesmo com o corpo dentro do que lhe restara do biotraje, estava literalmente se desfazendo em sangue e, ainda assim, a força que o impulsionava a cumprir seu objetivo instintivo era muito grande. O próximo ato de

Ítalo-infectado seria visto por algum espectador de fora como uma decisão que havia sido tomada. Mas esse espectador estaria enganado, porque capacidade de decisão era algo que não existia mais naquele ser. Seu cérebro não era mais capaz de decidir, nem de planejar, nem de pensar. Seus movimentos eram guiados pelo mais básico instinto; e, assim, o homem infectado, sem parar de correr — embora diminuísse os passos —, começou a arrancar a roupa, mas isso também não da forma convencional. Ele a puxava para todos os lados, rasgando-a feito um lunático, como se não soubesse da existência dos zíperes e muito menos como usá-los. Assim, da maneira mais laboriosa possível, foi arrancando todas as camadas que faziam parte dela, uma a uma; e, por fim, as botas.

Laertes arriscou uma olhada para trás e viu a criatura parar de correr enquanto tentava retirar as botas de uma forma incoerente. Ver aquilo momentaneamente parado, o que lhe permitia ganhar certa vantagem, não minimizou a intensidade de seu pavor. Ele continuou correndo, e passava agora em frente a uma loja de celulares da TIM. A criatura, já liberta de todos os tecidos que a envolviam, agora corria totalmente nua e ensanguentada. E terrivelmente murcha, como se algo a tivesse sugado de dentro para fora. A pele do rosto estava virada em pelancas e era puxada pela lei da gravidade. Todo o corpanzil que um dia pertencera ao agente Ítalo estava murchando, esvaziando-se à medida que o sangue saía de seu corpo.

O rastro de sangue deixado por Ítalo só não era idêntico ao deixado por Lucas por um pequeno — mas significativo — detalhe que só mesmo um perito identificaria: a velocidade com que foram depositados no chão. Lucas havia caminhado de modo sofrível enquanto o sangue era expelido de seu corpo e formava a trilha vermelha entre o banheiro e a loja esotérica; já o rastro que era deixado por Ítalo pertencia a alguém que estava correndo. Essa era uma diferença que somente mais tarde faria sentido. E Laertes, mesmo que soubesse da diferença agora, não se importaria com ela. Queria apenas salvar a própria vida. Por isso, movido pela descarga de adrenalina que sentia, mal notou que, conforme avançava no corredor, um som ensurdecedor de alarme antifurto tomava conta de todo o ambiente ao redor.

No decorrer de todos os corredores do shopping havia bancos e lixeiras. Laertes olhou para uma lixeira pesada enquanto passava em frente ao Kid's Fun Place, um parque infantil razoavelmente grande para um shopping, e, sem pensar — porque, se tivesse pensado, provavelmente não teria tido tempo —, retirou a lixeira do chão com alguma dificuldade e a jogou na frente de Ítalo-infectado quando este estava a apenas cinco passos dele. Aproveitando-se dos segundos que ganhara enquanto o infectado se livrava da lixeira, ele entrou no parque, passando o mais rápido que podia pelas grandes portas duplas que se encontravam abertas. Os trilhos vermelhos de uma curiosa montanha-russa davam inúmeras voltas sobre sua cabeça e dominavam toda a extensão aérea do parque, mas ele também não havia prestado atenção no brinquedo que faria qualquer criança ficar de boca aberta.

As ondas de calor que pareciam querer escapar de dentro de sua roupa já estavam se tornando insuportáveis, mas só agora Laertes reparava nelas. Vendo que o sangrento, nu e furioso Ítalo já havia se livrado da lixeira e corria novamente, ele tentou pegar mais uma, uma lixeira em formato de jacaré — em cuja boca aberta e cheia de dentes enfileirados se jogava o lixo infantil —, mas suas mãos agora estavam tremendo tanto que acabou errando o alvo, e o máximo que a lixeira-jacaré conseguiu foi passar ao lado da cabeça do brutamontes desvairado.

Correndo com a urgência de salvar sua integridade física, já mais adaptado a se locomover com o biotraje, em meio a todos aqueles brinquedos espalhados por todos os lados e cegamente coloridos, o agente Laertes se deparou com o carrossel do parque e teve uma ideia súbita que tanto poderia não resultar em nada como poderia ajudá-lo a ganhar tempo de novo. Ao lado do degrau de entrada do brinquedo, havia um painel retangular com dois botões. Laertes apertou o botão de ligar e, ultrapassando a cerca de dois metros de altura que o rodeava, contornou o carrossel pelo lado de dentro da cerquinha enquanto seus bichinhos — e mais um trenó, uma nave espacial e uma pequena arca; foi-se o tempo em que se faziam carrosséis apenas com cavalinhos — giravam no sentido horário. O brinquedo alegre e musical em nada combinava com a situação de horror extremo que acontecia em volta dele: Laertes corria em volta dos bichos — e demais veiculozinhos —, e Ítalo também corria na tentativa de pegar sua presa. Sobressaindo-se à canção instrumental do carrossel, o som do alarme disparado em algum lugar lá de fora tornava aquela situação excessivamente pavorosa para Laertes, que sentia o suor cada vez mais abundante escorrendo pelo corpo.

Laertes terminou uma volta completa em torno do carrossel e saltou para fora, fechando o portãozinho da cerca. A cerquinha possuía uma tranca de metal, e, quando o agente levou a mão enluvada até ela para trancar lá dentro a criatura que o perseguia, viu que não conseguiria encaixá-la. A luva era dificultosamente grossa, e ele jamais conseguiria pegar em algo tão pequeno com ela. Mas, movido pela dose de irracionalidade que lhe estava sendo permitida naquele dia, continuou tentando, enquanto o infectado raivoso terminava de contornar o carrossel e já estava a poucos passos da saída.

Foi então que duas mãos ágeis de unhas pretas e compridas surgiram de algum lugar e encaixaram com precisão a tranca da cerquinha dourada.

●

O fim do corredor se estendia despreocupado à frente, suas lojinhas de todos os lados — algumas com atraentes cartazes de liquidação de até 60% —, a iluminação agradável vinda de dentro dessas mesmas lojas; um pouco atrás, as escadas rolantes trabalhando tranquilamente em suas eternas missões de subir e descer.

Nicole poderia perfeitamente ter acabado de sair da Be Beauty carregando uma sacolinha com sua tintura vermelha favorita. Um shopping center típico. A imagem de um lugar que gerava consumo de todos os tipos, para os mais variados gostos e necessidades. Uma imagem perfeita de shopping center. Bastava que se ignorasse o explosivo e nada agradável som ambiente, os dois agentes com roupas protetoras que ela acabara de trancar numa loja de bolsas, a infantaria lá fora, que impedia os clientes de voltarem para suas casas, e o fato de o namorado estar fora de si e sofrendo uma transformação física e mental que ela não entendia — causada por um fator que ela entendia menos ainda.

Entrou na Chilli Beans e recolocou os óculos no seu lugar de origem. Logicamente, o alarme não parou e ela pensou que fosse ter os tímpanos estourados se não saísse logo dali. Nicole virou no local da visão panorâmica, que compreendia as escadas rolantes. Como se afastava da loja do alarme, o som também foi diminuindo, e ela, por reflexo, relaxou o cenho, que até então se encontrava contorcido, fazendo transparecer o incômodo sonoro que sentia.

Decidida a ir até Lucas, estando ele como estivesse — ela teria sanidade suficiente para se manter a uma distância convenientemente segura —, Nicole só se preocupava com os outros agentes, que também haviam ido atrás dele. Mesmo que tivesse de fugir novamente, ela precisava ver como estava o namorado. Não poderia abandoná-lo num momento como aquele, assim como não gostaria de ser abandonada se o mesmo acontecesse com ela. Sim, precisava ver Lucas, não importando até que ponto aquilo o afetara — e a afetaria. E, se os outros agentes iniciassem uma nova perseguição a ela, Nicole daria um jeito. Saberia se virar, como estava fazendo durante toda aquela noite de pesadelos.

Quando virou no corredor paralelo àquele em que estava, Nicole, na mais repentina inércia, pensou que fosse vomitar. Mas, em vez disso, enquanto seus olhos acompanhavam a trilha de sangue que se perdia até uma distância que não dava para calcular, respirou fundo mais uma vez e conseguiu dar novos passos. Aquele podia ser o sangue de Lucas, embora em condições normais não acreditasse naquilo nem por decreto. Mas aquela não era uma condição normal, e, portanto, ela não deixava de considerar que todo aquele sangue que tingia o chão do corredor como uma pista de corrida fosse de fato de Lucas. Estava tão focada nessa possibilidade que de início nem percebeu que, encharcadas no meio daquela sangueira, várias roupas, inclusive um par de botas, estavam espalhadas — e não eram de Lucas. Quando se deu conta, cerrando os olhos para ver melhor, pôde identificar como partes do biotraje usado pelos agentes.

O sangue seguia para dentro do parque infantil do shopping. Como se não tivessem se passado cinco anos, mas talvez apenas meses, ela ainda se lembrava claramente das matérias que foram saindo no jornal local todos os dias na semana que antecedera a inauguração do Imperial Shopping Center, e se lembrava principalmente de uma das matérias que mais lhe havia chamado a atenção: "Kid's Fun Plance, um dos mais completos parques de diversões *indoor* do Brasil". A matéria dizia que o parque contava com brinquedos superdinâmicos e seguros e oferecia desde atrações tradicionais — carrossel, roda-gigante em tamanho médio, carrinho de bater, *kid play* — até atrações para lá de modernas — uma parede de rapel que ocupava toda a parte traseira do parque com mais de sete metros de altura; uma cama elástica com *jumping*; jogos de *video game* com simuladores virtuais de última geração —, e contava ainda com um brinquedo que seria a atração principal do parque: uma montanha-russa que "sobrevoava" toda a extensão do local e que ainda seria a maior montanha-russa *indoor* do Brasil.

O parque também dispunha de monitores treinados para tomar conta da criançada enquanto os pais faziam compras no shopping, e recreadores, que as acompanhariam nas atividades que envolviam jogos pedagógicos, pinturas e coisas afins. Nicole se lembrou de ter pensado: *Que espécie de criança fica interessada em jogos pedagógicos quando se está no mesmo lugar que uma montanha-russa que dá voltas e mais voltas em cima de você?* Não o tipo de criança que ela havia sido, pelo menos. E ela se lembrou ainda daquele dia, ao fim de abril de 2008, quando fora sozinha à inauguração apenas para andar na tal montanha-russa.

Naquele dia, o Kid's Fun Place havia sido um lugar alegre, e a própria Nicole se permitira partilhar um pouco daquela alegria — um bálsamo para sua vida de colegial medíocre e antissocial. Rostinhos sorridentes desfilavam de um lado a outro, e, por um instante, ela amaldiçoara sua situação de adolescente. Desejara mais do que nunca poder voltar a ser criança e deixar de viver com receio daquela hora da manhã em que teria de cruzar os portões do colégio e enfrentar os colegas hostis que haviam decidido excluí-la de suas vidas populares e descoladas. Ela não voltara a ser criança conforme desejava, mas, naquele dia, deixara os problemas escolares de lado e se sentira como uma criança despreocupada mais uma vez. Ao menos naquele dia, conforme andava com os braços erguidos na primeira fila de assentos da montanha-russa e gritava com os olhos fechados ao sobrevoar o parque infantil, Nicole era uma criança de novo.

Depois daquela primeira vez, ela passara a frequentar o parque quase todas as vezes que ia ao shopping, e, depois que conhecera Lucas, ela o levava nem que precisasse arrastá-lo, e lamentava o fato de ele gostar mais dos joguinhos eletrônicos do que dos brinquedos. De qualquer forma, enquanto se divertia nos jogos com as máscaras simuladoras cobrindo o rosto, ele dividia o mesmo recinto que ela, e isso lhe bastava.

Nicole precisava prosseguir até onde havia deixado Lucas, precisava ver como ele estava, mas não agora. Não poderia ser agora. Porque, de algum lugar dentro do Kid's Fun Place, um som simultâneo de musiquinha de carrossel e rosnados pavorosos — que ela conseguiu ouvir, apesar do alarme incessante do outro lado — fez com que a menina esticasse o pescoço e olhasse para dentro. Movidos por uma intrínseca necessidade de ajudar, os pés de Nicole a levaram até o carrossel, onde ela, vendo que um daqueles agentes não conseguia encaixar o feixe da cerca do brinquedo, resolveu ajudá-lo com uma agilidade impulsionada pelo medo.

A coisa lá dentro — e de repente todo aquele sangue e roupas despedaçadas fizeram sentido na cabeça de Nicole — estava colérica e prestes a atravessar aquela barreira a qualquer momento. Precisavam sair de lá imediatamente. Então ela se viu ao lado de um dos agentes que, pouco antes — e estava o agente ensanguentado e fora de seu juízo dentro do carrossel para comprovar isso —, só lhe representava ameaça.

●

— Vamos sair daqui! — gritou a menina, fazendo-se ouvir em meio à fusão enlouquecedora de sons após fechar a tranca do carrossel e prender a criatura colérica.

— O que... O que você está fazendo aqui? Você é a garota que estava com o rapaz infectado!

— A gente não tem tempo pra isso agora, moço!

— Eu sei, ele já vai tirar a tranca! Vamos embora!

— Na verdade, ele não vai tirar a tranca! Olha só pra ele!

A garota estava certa. O homem tentava de forma desesperada sair do cercado do carrossel, mas, definitivamente, não tiraria a tranca. Em vez disso, apenas segurava nas grades e as sacudia de maneira ensandecida, como que para arrancá-las do lugar. Se tivesse tido tempo de prestar atenção, Laertes teria visto que, para se livrar das roupas e das botas, Ítalo havia usado o mesmo método. E, por mais que não fosse exatamente o mais simples, ele havia conseguido. Porque sua força agora não era mais a mesma de um ser humano comum. Ele não era mais um ser humano comum.

Laertes e Nicole saíram do Kid's Fun Place, e, somente depois de dar uma olhada para a garota e invejar silenciosamente o fato de ela possuir os movimentos livres para correr três vezes mais rápido que ele, foi que se deu conta:

— Você pode estar infectada, menina! Precisamos descer imediatamente até a quarentena!

— Eu não tô infectada!

— Qualquer um que tenha respirado o mesmo ar que eles respiraram pode ter pego. Ainda não sabemos o que propaga a contaminação!

Então, inesperadamente, o som do alarme parou, como se finalmente houvesse se cansado de dar o melhor de si sem receber a mínima atenção. Ou, talvez, a energia que o mantinha ligado tivesse se esgotado. A cessão súbita do barulho deixou Laertes e Nicole com uma incômoda sensação de surdez, por isso permaneceram por mais algum tempo gritando para se fazerem ouvir:

— Moço, eu tava aqui desde o início! Você não viu o que aconteceu com meu namorado? Não acha que eu já deveria ter tido algum tipo de sintoma? — E, ao notar que Laertes parecia pensativo, ela continuou: — Não é através do ar! — Seguiam para a escada rolante mais próxima quando ouviram um estrondo alto vindo de dentro do parquinho. — Ele se soltou!

— Temos que sumir da vista dele imediatamente!

Laertes puxou Nicole e, vendo que não daria tempo de sumir de vista se optassem pela escada rolante — o lado que descia ficava no outro corredor, e ele os avistaria no caminho —, entraram numa loja de produtos esportivos, a Sport InLife, que também estava com suas portas abertas.

— Ele é rápido demais, temos que nos esconder — Nicole falou baixinho, e, como que para confirmar sua afirmação, ouviram um som de bancadas caindo próximo à entrada.

O infectado estava ainda na entrada, e Laertes e Nicole estavam fora de seu campo de visão devido à curva para a direita que um dos corredores da loja fazia. Numa das paredes laterais, várias barracas de camping estavam armadas, contornadas por pedras de isopor e árvores de papelão, dando uma boa ideia de como ficaria o visual das barracas quando armadas na natureza. Ao lado esquerdo das barracas estava o provador feminino.

Ainda com a raiva saindo de seus poros juntamente com o sangue, o infectado derrubava bancadas de tênis e cabides de roupas esportivas. Produtos saíam voando pelo chão da loja, como se um redemoinho potente tivesse se formado no meio deles.

    A racionalidade que Laertes conseguiu reunir, a despeito do pavor que novamente parecia querer dominar suas ações, fez o agente levar a mão ao cinturão e retirar a pistola com o sedativo. Queria poder olhar para a garota e dizer que logo resolveria aquilo, mas ela não estava mais com ele. Mas o que mais importava agora era que a pistola estava. Como não conseguira pensar naquilo momentos antes, quando Ítalo estava preso no carrossel? Espremeu-se mais dentro da última cabine do provador feminino a fim de poder se movimentar com o mínimo de desenvoltura. Lá fora, ouvia artigos esportivos sendo arremessados por alguém que não era um cliente indignado com o aumento dos preços. Com a pistola em punho, torceu para que a garota estivesse bem.

•

Penitenciária Federal de Segurança Máxima de Catanduvas, oeste do Paraná, 475 km de Curitiba
1h35 após o início da quarentena

Magrão e os demais detentos foram escoltados para fora da área das celas, percorrendo o caminho composto por dezoito portões com grades — localizados em intervalos regulares em determinados pontos dos corredores —, dois aparelhos de raios x e cinco detectores de metais. As diversas câmeras espalhadas pela penitenciária, cuja função era monitorar todos os movimentos, tanto dos detentos como dos agentes, enviavam as imagens diretamente para o Departamento Penitenciário Nacional. Instruídos pelo regime rígido da penitenciária a não falar, a não ser quando fossem indagados, ninguém abriu a boca naquele percurso enigmático, e, assim, caminharam em absoluto silêncio, que foi aos poucos quebrado pelo som constante e ruidoso de algo mecânico vindo de algum ponto lá fora.

O som aumentava à medida que eram conduzidos para fora, e, chegando ao pátio, rodeado pelos quatros blocos que compreendiam as instalações gerais da penitenciária, outros detentos, vindos de todos os outros lados e blocos, também eram guiados àquele mesmo local. Os refletores espalhados pelos muros altos haviam sido direcionados estrategicamente para o ponto no pátio de onde se aproximavam. Magrão e os agentes de terno que o conduziam pararam, assim como os demais. Os agentes esperaram que todos se reunissem naquele iluminado palco improvisado até iniciarem uma nova marcha. O ex-traficante contou mentalmente quantos detentos haviam sido retirados de suas celas. Após a contagem rápida, uma lembrança nítida passou por sua mente; ele fez uma constatação que, em princípio, achou curiosa e, depois, tomou proporções de pavor.

Dois meses após Magrão ter ingressado na primeira penitenciária federal de segurança máxima do país, um grupo de quatro agentes, com a orientação do diretor da penitenciária, Márcio Dutra Gomes, havia feito uma pesquisa que visara traçar o perfil sociocriminal dos internos. Haviam sido feitas perguntas como idade, estado civil, grau de escolaridade, os motivos que os levaram ao crime e várias outras que visavam a definição de uma meta objetiva voltada à assistência de diversos fatores relacionados aos internos. Além disso, a pesquisa resultara num padrão de dados comparativos entre todas as penitenciárias federais do país. Magrão respondera a todas as perguntas do questionário que havia sido entregue a ele e aos demais detentos — exceto um grupo de oito deles, que, por haverem chegado três dias antes, não tinham condições de responderem às perguntas referentes à vivência na penitenciária. Aquela havia sido a última vez que pensara em quem poderiam ser seus pais, se ainda estariam vivos, se o pai chegara a saber que ele havia nascido e como eles estariam agora — ao responder à pergunta sobre a situação civil de seus progenitores. Magrão se lembrou de ter assinalado a última opção: "Não conheço meus pais". Depois daquilo, nunca mais havia voltado a pensar neles, e, antes daquilo, havia pensado raríssimas vezes. Era o muro ao redor dele, intransponível até para os próprios pensamentos. Fosse o que fosse que tivesse acontecido, os pais não ficaram com ele após seu nascimento, e isso era um fato. Não restava mais nada de uma ligação passada com eles, a não ser o seu nascimento. E isso já havia ficado para trás havia mais de três décadas.

Magrão e os outros detentos haviam sido reunidos dias depois para uma leitura dos resultados, seguida de uma palestra de motivação e toda aquela coisa de autoajuda que tentaram enfiar goela abaixo de todos eles — haviam respondido a questões sobre o que esperavam do futuro, o que fariam lá fora se recebessem a liberdade no dia seguinte e outras questões equivalentes, ao que a maioria deles se mostrara consideravelmente pessimista e sem perspectivas de vida. De qualquer forma, por meio da leitura dos resultados, Magrão ficara sabendo que, contando com ele, havia mais quatorze indigentes na penitenciária. Depois daquela pesquisa, mais dois na mesma situação haviam chegado transferidos, ambos de Bangu 4, e passaram a ser então, até aquele momento, dezesseis sujeitos considerados indigentes dividindo um lugar ao sol entre aqueles muros da penitenciária federal.

Ali, sob a luz dos refletores quase cegantes e na mira dos agentes calados e robóticos, estavam dezesseis detentos. Eram os dezesseis indigentes da Penitenciária de Catanduvas. Magrão sentiu a região entre os olhos latejar. Francisco, no meio dos agentes que o cercavam, estava agora com a cabeça imóvel e o olhar tão assombrado como o de qualquer um dos outros. Magrão não fazia a mínima ideia se todos haviam feito a mesma constatação que ele, mas sabia que eles também estavam achando aquilo tudo insólito demais. Um procedimento como aquele não só era incomum, como nunca havia acontecido — não que ele tivesse vivenciado. De onde surgiram aqueles agentes engravatados e de ar refinado? Era isso; Magrão não havia se dado conta do que mais, exatamente, lhe havia chamado a atenção — no mais forçado eufemismo para incomodado — naqueles homens, mas finalmente se dava conta do que era. Eles não eram como os outros. Não só pelas roupas, mas as atitudes distintas não os fariam passar por agentes penitenciários nem em Catanduvas, nem na China. Aqueles homens com portes requintados poderiam se passar perfeitamente por executivos de multinacionais, empresários bem-sucedidos ou governadores. Não, lugares como aquele definitivamente não eram onde costumavam estar. E o incômodo passou à aflição, fazendo o estômago de Magrão se revirar enquanto eram levados para um lugar que conheciam bem. Todos que ali moravam, entre a clausura dos quatro lados de muros, chegaram vindos daquela direção: o heliponto da penitenciária. Magrão estava tão absorto em suas divagações que não se deu conta de identificar o ruído mecânico; eram hélices. E, a julgar pela intensidade do barulho e pelo número de pessoas em que estavam, não eram apenas de um único helicóptero.

Da direção das celas saíram vários agentes, que passaram a acompanhá-los. Provavelmente haviam ficado para conter a agitação dos outros internos com a saída dos escolhidos, mas agora também faziam parte daquela marcha ao heliponto. Contornaram um dos blocos e subiram a escada externa que dava acesso à área. Chegando lá em cima, um helicóptero estava pousado e outros dois rondavam o perímetro aéreo.

Antes de entrarem, o agente que escoltava Truta falou alguma coisa breve para alguém através do aparelho de comunicação e, em seguida, autorizou com a cabeça a subida de todos. A subida se deu com o mesmo silêncio de todo o percurso, perturbado somente pelo barulho enlouquecedor das hélices ininterruptas. Ninguém falava.

Magrão viu o primeiro helicóptero levantar voo com Truta, Francisco e mais de uma dezena de sujeitos, entre detentos e os agentes de terno que os escoltavam, e ele então concluiu que se tratavam daqueles helicópteros com capacidade para quinze pessoas. Entrando no segundo helicóptero, que pousara assim que o primeiro havia decolado, Magrão, sentado entre os agentes com as mãos forçadas desconfortavelmente para trás, segurou o vômito quando sentiu a aeronave subir.

•

Nicole se encolhia mecanicamente a cada barulho de destruição que o infectado movido pela raiva fazia ao lançar para longe todos os produtos da loja; então, quando aquela manifestação de fúria parecia que não teria um fim, ele quebrou o padrão. Os barulhos cessaram por alguns segundos, e ela arriscou colocar a cabeça perto do tecido da barraca de camping que a abrigava. Ele não havia ido embora. Estava parado e desorientado. Olhava para os lados, e um rosnado rouco podia ser ouvido saindo de suas cordas vocais. Nicole viu através do tecido da barraca que uma caixa de tênis havia sido jogada bem na entrada, que ela havia fechado com o zíper. Sem tirar os olhos do homem, levou a mão ao zíper, e assim ficou o segurando por longos dez segundos. Ao ver que o homem se virou de costas para a direção de onde ela estava, Nicole segurou firme o zíper da barraca e o abriu numa velocidade sistemática — devagar o bastante para que o homem não ouvisse o barulho da passada e rápido o bastante para que não desse tempo de ele voltar a se virar em sua direção. Levou os braços para fora, pegou a caixa de tênis Adidas e então descobriu o quanto o corpo humano é capaz de fazer verdadeiras artimanhas quando a vida corre perigo.

    A garota se esgueirou e, conforme mais tarde lhe ocorreria, saiu da barraca com a mesma velocidade com que costumava piscar os olhos, pondo-se em pé e calculando um local apropriado para onde a caixa seria arremessada. Com a velocidade de duas piscadas, constatou que nos fundos da loja havia uma espécie de salinha pequena com porta, provavelmente um escritório. E, melhor, observou que a maçaneta redonda permitia trancar a porta tanto por dentro quanto por fora. Olhou para o homem e notou que ele agora estava mais magro, terrivelmente magro, dada a proporção de sua altura, e sua pele estava murcha, parecendo querer se desprender do resto do corpo. O sangue não parava de ser expelido, e, sem querer, Lucas surgiu em sua memória. Mas ela não podia pensar nele agora. Primeiro, precisava salvar a própria vida.

    Nicole deu uns poucos passos para o lado, ficando então atrás do balcão localizado na região central da loja. O balcão retangular permitia que os funcionários ficassem em seu interior, cada qual em um dos oito computadores de atendimento, sendo dois de cada lado. Quando ele ameaçou se virar, Nicole se abaixou e acabou não descobrindo se ele de fato se virara ou não. Com muita cautela, e sempre segurando a caixa, ergueu os olhos sobre o balcão e olhou para ele. O homem ensanguentado estava com o corpo esquelético voltado para o lado esquerdo, os braços mexendo rapidamente, a cabeça virando noventa graus quase que ininterruptamente na sua busca insana por ela e pelo homem uniformizado.

Aproveitando-se do momento que poderia não mais se repetir caso ele se voltasse para o lado onde estava, Nicole ficou em pé e ergueu a caixa, olhando com olhos de águia para a salinha, que agora estava a uns oito metros dela. Somente quando ameaçou jogar a caixa pela primeira vez foi que a garota percebeu que estava tremendo. Não podia jogar a caixa com a mão tendo espasmos involuntários daquele jeito. Se errasse o alvo, estaria perdida. Se jogasse a caixa para fora da sala, ela certamente seria pega e provavelmente a próxima a caminhar insanamente vertendo sangue pelos corredores do Shopping Imperial. Abaixou-se mais uma vez e agarrou a caixa, fazendo pressão nas mãos. Quando as sentiu mais estáveis, viu que os lábios também tremiam; *antes eles*, pensou, e então, decididamente, olhando mais uma vez sobre o balcão para a ameaça que a procurava, ficou em pé e atirou a caixa com precisão após um cálculo breve de força e distância.

Aconteceu exatamente o que ela havia planejado. A criatura predadora e irracional, ouvindo o som da caixa se espatifando no chão da salinha traseira, correu e entrou naquele recinto. Imediatamente, Nicole correu atrás e viu que os tremores migravam pelo seu corpo, porque primeiro surgiram nas mãos, depois nos lábios e, agora, queriam se apossar também de suas pernas. Mas ela não tinha tempo para contê-los naquele instante. Mesmo com as pernas tremendo, correu até a porta, enfiou o braço no interior da saleta para puxar a maçaneta e a trancou. A imagem do homem sangrento transtornado nos fundos da sala foi uma visão que ela só captou por uma fração de segundo. E, pela mesma fração de segundo, ele também captou a dela.

Nicole correu na direção do provador feminino, deixando para trás a porta sendo espancada violentamente pelo homem portador de uma infecção que ainda nem mesmo os cientistas que atuavam no caso sabiam do que se tratava.

— Moço, vamos sair daqui! — gritou Nicole da entrada do provador.

— Cadê ele?

Laertes saiu do provador, ainda com o sedativo em punho.

— Tá trancado lá atrás, mas não vai ficar por muito tempo.

Seguindo a direção para onde a cabeça da garota apontava, ele olhou para a porta do recinto dos fundos.

— Como você fez isso?

— Estive treinando por aí. — A garota deu uma respirada profunda e olhou para o agente, deixando o olhar parar na pistola que ele começava a recolocar no cinturão. — Como você esperava aplicar isso nele? Pedindo pra ele ficar calmo e relaxar antes da picada?

— Eu não faço a menor ideia — respondeu Laertes, e Nicole veria nele uma expressão de desânimo se o capacete não a impedisse.

Eles saíram da loja, sempre desviando do sangue no caminho. Como Nicole não estava protegida — aliás, Laertes duvidava de que alguém dentro daquele shopping de fato estivesse —, o agente procurava mantê-la o mais afastada possível de qualquer gota de sangue que ousara sair da linha do rastro. Lá atrás, as batidas na porta ainda continuavam com o mesmo empenho do aprisionado contaminado.

— Você vai descer? — perguntou Nicole.

— Claro que vou, preciso pedir reforços e buscar outro meio de aplicar o sedativo a longa distância. — Laertes quase começava a colocar o primeiro pé na escada rolante. — Vem logo, menina.

— Não posso voltar pra lá. Você não viu o que fizeram com aquele cara?

— E eu não posso deixar que fique aqui. Ainda não sabemos se você foi infectada.

Laertes se voltou para ela, como que a examinando. De dentro da loja, as batidas cessaram.

— Isso é bom ou ruim? — Nicole perguntou, com receio do motivo pelo qual as batidas haviam parado.

— Não temos tempo pra descobrir agora. Vamos logo!

Ele gesticulou para Nicole ir na frente dele, ao que ela obedeceu com certa relutância.

— IBPE? O que significa essa sigla?

Ela olhou para a inscrição no biotraje do homem já na metade da escada rolante, e, em seguida, ambos olharam para o topo da escada, temendo enxergar o infectado a qualquer momento lá em cima.

— É um instituto de pesquisas.

— Que tipo de pesquisas?

— Isso não importa agora.

— Claro que importa. Como acha que tô me sentindo com tudo isso? Você ao menos sabe do que se trata. Já parou pra pensar na situação daquelas pessoas lá embaixo? E na minha? Você viu o que aconteceu com meu namorado?

Saíram do lance de escadas e pisaram no segundo andar. Como as escadas rolantes eram cruzadas, para descer ao primeiro andar era preciso dar a volta até o outro lado.

— Presta atenção no que eu vou dizer, menina... Qual é o seu nome?

— Nicole. E qual é o seu? — Ao perguntar o dele, Nicole assumiu um modo já mais contido.

— Sou o agente Laertes. Escuta, Nicole, nós também não sabemos o que está havendo. Não exatamente.

— Mas com certeza sabem mais do que qualquer um de nós que vocês trancaram aqui.

— O que sabemos não pode ser divulgado.

— Por que não?

— Porque causaria um alvoroço ainda maior.

— E se esse cara chega lá embaixo? E se ele contaminar os outros? E quando todos souberem o que aconteceu com o meu namorado? Não acha que conter o alvoroço é algo que tá fora do alcance de vocês no momento?

— No momento, a verdade é que não sei de mais nada.

O agente encarou Nicole, e a expressão desolada da menina revelou que, ao menos por enquanto, ela não tentaria arrancar mais nada dele.

— Nem eu... Só sei que quero sair viva daqui — pensou um pouco, subitamente entristecida —, e lúcida — concluiu, pensando em Lucas, que não sabia se ainda estava com vida, e, mesmo se estivesse, já não seria a mesma pessoa; Nicole percebeu que estava se sentindo mais só do que nunca.

Chegaram ao topo da escada que levava ao primeiro andar. Dessa vez, Laertes pisou no degrau primeiro, e a escada rolante começou a levá-lo para baixo.

— Nicole, o que está esperando?

— Não posso. Não posso ser colocada pra dormir daquele jeito. Não tô protegida com essa roupa esquisita aí. Eu vi o que fizeram com aquele cara lá embaixo. — Lágrimas queriam cair de seus olhos, mas Nicole não permitiria. Não agora. — Preciso lutar, Laertes. Preciso lutar.

Mas ela não conseguiu evitar, e duas lágrimas apostaram corrida em sua face desamparada. Ela as secou e correu pelo corredor do segundo andar, sumindo rapidamente da vista do agente.

Já na metade da escada, Laertes não podia mais voltar. Só lhe restava continuar e reportar a Viana o que havia acontecido.

●

Rachel, agradecendo mentalmente às suas milagrosas latinhas de energético, ouviu sorrateiramente a conversa de Viana com o coronel e descobriu que os agentes iriam entrar. Depois disso, ela e seu fiel cameraman — e não por livre e espontânea vontade, conforme ele fizera questão de esclarecer bem — seguiram os agentes e, vários minutos estratégicos após presenciá-los indo lá para cima — para se certificarem de que nenhum deles voltaria por aquele percurso —, subiram as escadas verticais do edifício; ela com um salto em cada bolso do terninho; ele fazendo um esforço braçal único para não deixar cair a pesada câmera enquanto escalavam na escuridão.

Rachel e Pedro pisaram na vasta e escura cobertura do Shopping Imperial, ávidos — ela mais do que ele, logicamente; mais do que qualquer criatura viva, para dizer a verdade — por qualquer notícia que pudessem transmitir sobre os singulares acontecimentos daquela noite em Curitiba. Utilizando a luz do celular para encontrar a passagem usada pouco tempo antes pelos agentes, não demorou para estarem lá dentro. Ansiosa por avançarem, a repórter fez um sinal para o parceiro de trabalho erguer a escada.

— Não acho que seja uma boa ideia, Rachel. Se eles já deixaram assim...

— Por que não, Pedro? Claro que é uma boa ideia. Se esses caras pegam a gente aqui, vão nos forçar a voltar. Se a escada estiver lá em cima, a gente não vai ter por onde voltar.

Por acaso você tá vendo algum puxador por aqui? — Rachel cochichou de uma maneira peculiar, como que para enfatizar para seu parceiro o tom de voz adequado para aquele tipo de situação.

— E se a gente *precisar* voltar, Rachel? — replicou ele, também cochichando dessa vez.

— Pedro, só vamos sair daqui quando abrirem as portas. Ou você acha que vou querer sair antes e perder metade do que ainda está por vir?

O cameraman deu de ombros. Conhecia muito bem a repórter com quem era incumbido de trabalhar; nada a faria mudar de ideia. Ele retirou a escada articulada do chão e deu um impulso, fazendo com que se encaixasse e se fechasse no local onde ficaria inacessível a partir de então.

Quando ouviu o baque do encaixe, Rachel percebeu que estava cada vez mais obcecada com aquela matéria. Não tinha noção da real gravidade da situação, mas, ao mesmo tempo, sabia que não era pouca coisa. O exército e mais aquela cambada toda de homens sérios uniformizados nunca eram chamados para pouca coisa. E ela estava entrando sem passagem de volta no ninho da vespa. Cutucando a onça com vara curta, como diria sua mãe se estivesse viva. Mas dona Sirlene Nunes estava a sete palmos da superfície havia quase oito anos, e, afinal de contas, *o que a senhora conseguiu na vida sendo tão precavida, dona Sirlene? Sua filha, sim, irá longe, e não graças aos seus conselhos, dona Sirlene, mas que Deus a tenha de qualquer maneira, já que foi útil me mostrando como não se deve agir nesta selva urbana que é o mundo.*

O barulho começou tímido, tirando Rachel de seus devaneios psicológicos-familiares, e foi aumentando à medida que ela e Pedro avançavam na direção do carro envolto por uma fita de presente, estacionado no meio do caminho. Eram grunhidos misturados a uma respiração pesada, sufocada.

Era o que o líder grandão lá fora estava tentando esconder de todos. Mas as pessoas queriam uma resposta. E Rachel lhes daria uma, afinal elas a mereciam tanto como a repórter merecia seu cargo de apresentadora do telejornal.

Intuitivamente, repórter e cameraman se encolheram atrás do carro embrulhado para presente, e o homem preparou a câmera quase ao mesmo tempo em que dobrava os joelhos atrás do veículo. Rachel já estava com seu microfone ligado e preso firmemente na mão esquerda enquanto com a direita discava as teclas do celular. Foi com espanto e decepção que, ao levar o fone ao ouvido, viu que a linha não estava funcionando. Tentou mais duas vezes, até que, em vez de se sentir decepcionada, entendeu que aquilo era mais um ótimo sinal do quão grande era a situação. E, de qualquer forma, não precisaria avisar para o chefe colocá-la ao vivo. Assim que Pedro ligasse a câmera, o jornal receberia o sinal da transmissão, e Monteiro saberia exatamente o que fazer. O que ela conseguiria naquele lugar era algo do qual o ibope de Monteiro nunca chegara nem perto. Com um sinal, indicou a Pedro que ligasse a câmera. Com apenas um clique, estariam no ar.

Ele havia acabado de sair de uma loja esportiva e estava parado em frente a uma loja de calçados. Estava visivelmente transtornado; absurdamente transtornado. E, mais absurdo ainda que o fato de estar transtornado, ele estava incrivelmente magro, como uma pessoa que não comia havia meses se isso fosse possível. Também estava nu. E vertendo sangue de cada centímetro do corpo. Além desses detalhes perceptíveis mesmo de longe, dois detalhes menos gritantes ainda eram capturados pelas lentes do cameraman: os dentes e as unhas do homem não se assemelhavam em nada com dentes e unhas de um ser humano comum; haviam se tornado animalescamente pontiagudos.

A câmera de Pedro filmava tudo, e Rachel não ligou para a censura televisiva. Estava transmitindo ao vivo, mas eles que dessem um jeito de colocar uma tarja preta, um mosaico ou coisa que o valha nas partes íntimas do homem, embora ela duvidasse muito de que fosse possível distinguir um pênis no meio daquela totalidade vermelha.

— Aqui é Rachel Nunes, voltando com as informações do que está se passando neste exato momento no Imperial Shopping Center — Rachel cochichava para seus telespectadores e se posicionava em frente à câmera de modo que seu rosto aparecesse em primeiro plano, e o homem ensanguentado aparecesse logo atrás.

Após essa breve introdução, Pedro tirou a repórter de foco e centralizou apenas o alvo da notícia nas lentes, aproximando a imagem ao máximo que o alcance da câmera profissional permitia. Com isso, ao que tudo indicava, em várias residências curitibanas, em breve em todo o território nacional e, logo mais ainda, no YouTube, um homem sofrendo uma espécie de crise de fúria junto com uma hemorragia descomunal dominaria as telas.

— Estou agora mesmo dentro do shopping, repito, *dentro* do shopping, de onde transmito em primeira mão o que vocês podem ver se tratar... de uma doença muito grave à qual esse pobre homem está submetido — Rachel cochichava para a câmera, mas, dentro dela, uma voz falava em alto e bom som: havia chegado o momento de Rachel Nunes; aquele era o seu auge e ninguém lhe tiraria isso. Aquilo nem se comparava com o sequestro da pobre garotinha rica. Aquilo era a concretização de tudo o que ela poderia almejar um dia como repórter. Aquele era o ápice da carreira de Rachel Nunes. — Vejam como ele está. Vejam o que houve com o corpo desse pobre homem, vejam seus dentes, suas unhas... O que é isso, caro telespectador? Algum de vocês já viu alguma coisa parecida com isso antes?

Enquanto Rachel interagia com seu telespectador invisível, Pedro apontou discretamente, de modo a não balançar a câmera que carregava sobre o ombro, para vários pontos do chão do corredor, à direita do parque infantil. Após uma rápida expressão de surpresa seguida por um consentimento de cabeça de Rachel, ele tirou repentinamente a câmera do homem ensanguentado e passou a filmar aqueles pontos do chão com um zum eficiente. Os objetos captados causaram espanto na própria repórter.

— Eu gostaria de chamar sua atenção agora, telespectador, para as roupas jogadas naqueles vários trechos do chão. Reparem que aquelas não são roupas comuns. Aquelas roupas estiradas no chão, e também bastante ensanguentadas, fazem parte do uniforme dos agentes que entraram momentos antes aqui no shopping. E isso foi há quanto tempo? Mais ou menos vinte minutos apenas — ela respondeu à própria pergunta, consultando o relógio. — Eu gostaria de pedir à produção, por gentileza, que coloque as imagens da primeira transmissão, para que o telespectador possa se certificar de que o traje pertence realmente a esses agentes, os primeiros homens a entrarem no shopping após o selamento. Com isso, vemos que esse homem é um dos agentes que praticamente acabou de entrar no shopping e gozava de saúde perfeitamente normal.

Com movimentos de cabeça que lembravam uma cobra naja encarando uma presa que se movimenta à sua volta, o agente infectado olhava para todos os lados, incluindo o pequeno corredor onde se encontravam a repórter e o cameraman ocultos atrás do carro, mas não se demorava em nenhuma direção; estava nitidamente desnorteado.

— Atentem para a sigla IBPE, no primeiro uniforme, o de chegada, e para aquela sigla ali. Está meio difícil de visualizar em meio a tanto sangue, mas se vocês prestarem bastante atenção — enquanto Rachel falava, Pedro aproximava ainda mais o visor da câmera no ponto em questão — dá para distinguir bem as quatro letrinhas, que por enquanto ninguém sabe o que significam. E quando eu digo *ninguém*, prezado telespectador, eu me refiro a *nós*, leigos civis, à mercê de não-se-sabe-o-quê, pois ninguém esclarece nada para as pessoas aqui. E foi por isso que eu — Rachel se postou mais uma vez diante da câmera, e Pedro a ajustou de modo a focalizar novamente o homem que se esvaía em sangue no fundo da imagem —, mobilizada com essa falta de informação, com esse descaso para com as pessoas que estão passando por essa situação difícil, foi por isso que *eu*, Rachel Nunes, estou arriscando a *minha vida* para poder lhes dar um pouquinho, o mínimo que me é possível dar agora, de respostas sobre toda essa situação caótica. — E Rachel terminou sua frase de peso com a pausa entre as palavras típica dos jornalistas do horário nobre, embora o seu tom de voz estivesse consideravelmente mais baixo e dignamente mais dramático que o de um jornalista numa situação cotidiana.

Conforme dava uma ajeitada no cabelo chanel com os dedos levemente fechados em forma de garra, Rachel indicou a Pedro que continuasse focalizando o homem, que agora parecia ter adquirido movimentos mais vagarosos; não exatamente lentos, mas menos intensos do que os movimentos que fazia de início.

— Está claro que ele não está nada bem, como vocês podem ver... Mas por que, então, não foi até o hall de entrada, onde ele sabe que está todo mundo, incluindo sua própria equipe, a fim de pedir ajuda? Reflitam vocês mesmos e se perguntem: que tipo de ameaça altamente perigosa pode se encontrar dentro deste local a ponto de haver afetado esse homem dessa maneira tão brutal?

A lente manipulada por Pedro — que estremeceu de forma a balançar a câmera quando Rachel usou a expressão "ameaça altamente perigosa" — continuava focalizando o homem ensanguentado. Mesmo estando a mais de vinte metros dele, era como se estivesse a apenas um devido à qualidade do longo alcance da câmera, e, por isso, como olhava pelo monitor lateral do aparelho, Pedro viu que o homem olhava agora não apenas na direção deles, mas diretamente para eles.

— E, principalmente, motivo cada um de vocês a se perguntarem neste momento: se algo tão ameaçador está aqui dentro agora, por que não deixam essas pessoas inocentes saírem? Por que, em vez disso, elas foram trancadas, como gado num matadouro? Sim, telespectadores, é assim que elas estão sendo tratadas, como gado num matadouro! Por que...

Rachel estava tão envolvida com seu público ausente que não percebeu Pedro sacudindo o braço esquerdo e tentando lhe dizer que se virasse para trás. Mas a plateia invisível de Rachel estava vendo — era de se supor que estaria vendo —, através da potente câmera de Pedro, o que ela já deveria ter visto: o homem se esvaindo em sangue avançava cambaleantemente na direção dela e de seu assistente. Nos modernos televisores de plasma dos lares curitibanos, os telespectadores de Rachel, acreditava ela, assistiam a um filme de terror sem terem escolhido o gênero. Uma espécie de zumbi espasmódico se locomovia na direção das vítimas indefesas.

— Rachel, ele tá vindo pra cá! — Pedro finalmente avisou, esbarrando acidentalmente no botão que cortou o áudio, e apontando o dedo agora de forma menos sutil.

A câmera de Pedro passou a exibir então um filme mudo: um morto-vivo sangrando e cambaleante indo na direção de sua ousada repórter local, que se virou sacudindo os brilhantes cabelos louros e deixou cair o microfone com o susto. Depois disso, pegou novamente o microfone, mas o áudio da câmera continuou desativado, e ela, sem saber, caminhou cautelosamente — e, contudo, absolutamente inconsequente — na direção do morto-vivo, que continuou se aproximando. A câmera estava afastada da cena, de modo a manter seu sensato operador a uma distância relativamente segura. Então, o áudio desligado da câmera não captou quando a repórter esticou o braço, levando o microfone à frente do morto-vivo, e lhe perguntou:

— Desculpe estarmos filmando sem o seu consentimento, mas... poderia nos dizer o que houve com o senhor?

E então ele avançou sobre ela, produzindo um som gutural — que a câmera continuou incapaz de captar — e tentando atacá-la com os braços já flácidos devido à perda excessiva do líquido vital, vertendo um sangue abundante. A repórter se desvencilhou com agilidade e sumiu do quadro de imagem após deixar o microfone cair de sua mão com o susto. No mesmo instante, a criatura monstruosa olhou para a câmera, não para anunciar seu sucesso com o susto bem dado — ela não tinha raciocínio suficientemente bom para isso —, mas para atacar agora quem estava atrás dela.

Se tudo estivesse correndo conforme Rachel planejara, em inúmeras residências familiares, protegidas na segurança de suas quatro paredes de alvenaria bem construídas, pessoas estariam acompanhando as imagens de uma câmera sendo derrubada no chão, produzindo uma distorção súbita na filmagem, mas logo sendo restabelecida. E então, metade de duas pernas, do joelho para baixo — somente o que a câmera caída conseguia registrar —, com calça xadrez e pés usando tênis Nike azuis surgindo de um lugar qualquer de trás da câmera e correndo para tentar passar pela criatura. Mas as pernas trêmulas tropeçaram em si mesmas, dando uma brecha para o monstro poder atacar o seu dono. E o que o telespectador veria agora seriam quatro pernas, duas sangrando de forma não natural e duas magrelas envoltas por um tecido xadrez serpenteando a fim de se desvencilhar do dono das primeiras pernas. Mas, antes que a luta partisse para um eventual desfecho, duas pernas femininas numa saia na altura dos joelhos e sapatos de salto médio surgiram por trás da dupla e correram na direção da câmera. Se tudo estivesse sob controle na emissora, o telespectador, atento a tudo o que estaria sendo transmitido no que se poderia chamar de o maior furo televisivo da década, veria então a câmera sendo retirada do chão e o áudio sendo ligado, denunciando gritos de pavor misturados a sons sufocados e furiosos, e, ainda, um terceiro som mais próximo, uma respiração rápida e pesada. Após uma ligeira imagem de um rapaz magro sendo atacado pelo monstro, as imagens passariam então voando pelas telas das TVs — uma sucessão de portas de diferentes lojas —, denotando uma repórter correndo com a câmera na mão, afastando-se o máximo que podia para não ser a próxima vítima.

Possivelmente, em uma residência qualquer, um adolescente que assistiria à TV da sala com os pais no sábado à noite comentaria que aquilo tudo se parecia com um daqueles filmes de terror em estilo documentário — os chamados *found footages* —, em que os próprios personagens filmavam as cenas, e mais possivelmente ainda seria repreendido pelos pais, que diriam que aquilo se tratava da vida real e que pessoas reais estavam passando por aquilo naquele exato momento!

As imagens se restabeleceriam, indicando que a repórter estava num local que considerava seguro, e os telespectadores, inclusive o adolescente dos *found footages* e seus pais, continuariam acompanhando as cenas do filme de terror que não escolheram, mas a que continuariam assistindo mesmo assim, incapazes de sair da frente da TV.

Rachel transpirava em seu traje de repórter séria por trás de um balcão de bijuterias da loja La Chic. A corrida desesperada até a loja fora intensa, e ela estava quase sem fôlego.

Lá de dentro, Rachel filmava — uma repórter competente não podia deixar de transmitir ao seu público, não importava em qual tipo de situação estivesse. E, uma vez que o verdadeiro dono da função estava ocupado demais, transformando-se ele próprio na notícia, cabia a ela todo o processo da transmissão.

Na visão da câmera sobre o balcão de bijuterias, com o zum aproximando satisfatoriamente a imagem desejada, o rapaz lá fora, no corredor, era mordido e arranhado pelo homem ensanguentado.

A ambiciosa Rachel Nunes acreditava piamente que a cidade estava vendo o que acontecia no shopping, vendo o que ela filmava, ao vivo, em primeira mão, mas, ainda assim, por um momento pensou seriamente em largar a câmera de qualquer jeito e tentar ajudar Pedro. Entretanto, no momento seguinte, a profissional dentro dela decidiu que não devia interferir, que seu dever com o público — com o seu futuro cargo de apresentadora! — era continuar exibindo a notícia. Pedro estava sendo comido vivo por outro ser humano acometido por uma doença, ou peste, ou o que quer que aqueles homens misteriosos lá fora estivessem escondendo, mas ela não podia ajudar. O que podia fazer, o que devia fazer, já estava fazendo, e, por isso, seu dever já estava sendo cumprido com eficiência. Mas por que, por outro lado, sentia-se tão culpada? Então, na tentativa de esclarecer esse inconveniente conflito interno, a profissional gritou alto para o ser humano que existia em Rachel: *você precisa conseguir o cargo de apresentadora e não cabe a uma profissional desse nível deixar de transmitir o que o público precisa ver. Continue mostrando tudo o que eles precisam, Rachel, o que Cássio Monteiro precisa ver, porque, neste exato momento, ele está sentado com aquela bunda seca em frente aos monitores do jornal e possivelmente refletindo sobre quem deverá contratar. E em quem ele deve estar pensando agora, Rachel Nunes?* Então, inclinada atrás do balcão e equilibrando a câmera pesada sobre ele, Rachel continuou filmando.

    A câmera filmava, e não cabia a ela nenhum tipo de reflexão moral. Só precisava mostrar; era o seu trabalho; era para isso que fora feita, para uma bela e autêntica transmissão ao vivo: a luta corporal entre Ítalo-infectado e o cameraman Pedro no corredor parecia estar longe do fim. Pedro tentava se desvencilhar como podia das investidas do homem ensandecido, mas, apesar de toda a perda de sangue, ele era muito forte e não parecia querer deixá-lo escapar. Pedro lhe dava vários socos em diferentes partes do corpo, inclusive no rosto, mas o homem não parecia sentir dor alguma, pois não reagia a nenhuma investida. A magreza extrema não parecia afetar a força física do homem, ou, talvez, fizesse até o contrário, pois Pedro nunca imaginara que um ser humano pudesse ser tão imbatível numa luta corporal; a força dele era fora do comum. Ele agarrou Pedro com as duas mãos e o puxou para si, mordendo seu ombro esquerdo e parte da orelha. Com as unhas compridas e pontudas, abriu fileiras profundas de arranhões nos braços que segurava e partiu para novas mordidas na bochecha do cameraman. Pedro se virou por reflexo, mas não rápido o bastante para não ter parte da carne da mandíbula arrancada. Toda sua arcada dentária inferior estava exposta agora, mas isso era o de menos. A dor que estava sentindo se tornou tão intensa que o fez adquirir uma força que não sabia que possuía, e, apesar dos braços em frangalhos, empurrou-o para longe, fazendo o maluco cair de costas a dois metros dele.

    A coisa-Ítalo tentou se levantar com muita dificuldade, mas Pedro não estava mais lá para presenciar. Com uma mão segurando o lábio estraçalhado na tentativa de estancar o sangue que começava a verter incessantemente, Pedro correu sem rumo, em parte movido pela dor, em parte preocupado em fugir antes que o inimigo se restabelecesse e conseguisse terminar o que começara com ele.

O monstro sanguinolento continuava na curva entre a Sport InLife e a Lisa Calçados, escorregando no próprio sangue, sem conseguir sair do chão. Por isso, quem estava agora atrás de Pedro, enquanto o pobre rapaz corria na direção do banheiro mais próximo, era sua colega de trabalho com a também sua câmera em punhos, mostrando para uma cidade inteira — será que, àquela altura, já estariam sendo transmitidos para o país inteiro? Ou para o mundo? — o seu desespero e luta pela vida. E somente quando olhou para trás para ver se o maluco já estava novamente no seu encalço foi que Pedro viu Rachel no corredor, um tanto quanto atrapalhada com a câmera pesada, mas ávida por sua situação, que era por si só a personificação exata do sensacionalismo — aquela palavra tão venerada.

— Rachel, me ajuda... — Pedro quase se engasgava no próprio sangue, mas continuou suplicando, as pupilas dilatadas, a dor pulsando na maior parte do corpo machucado. — Rachel, eu não vou aguentar muito tempo, me ajuda.

— Eu... não posso... não sei o que esse cara tem... o que *você* pode ter pegado — ela falou, sem olhar diretamente para ele, mas através da lente de alta resolução.

— Rachel, você... precisa me ajudar...

Pedro cambaleou para a frente, fazendo com que Rachel, a então cinegrafista que exibia seu filme em primeira pessoa, dava dois passos para trás, a câmera pendendo para um dos lados e logo depois voltando à posição normal.

— Não... não se aproxime, Pedro. Me desculpa, mas não posso deixar que chegue perto de mim.

— Me ajuda, Rachel! — Naquele momento, o pretenso público do *found footage* de Rachel não sabia, e muito menos ela, mas Pedro sentiu suas pupilas dilatarem mais e uma onda de raiva tomar conta de seu corpo. Por um momento efêmero, ele sentiu uma espécie de perda de consciência, que fez seu corpo magro e esguio cambalear mais uma vez antes de voltar a si e impedir uma queda iminente. E a onda de raiva veio mais uma vez. E mais forte que a primeira. — Rachel, sua piranha ambiciosa... larga essa porra de câmera... e me ajuda, ca... caralho! Larga... essa... merd...

A voz de Pedro, até onde ele conseguia falar, não era mais a mesma. Alguma coisa a modificara, assim como a seus olhos. Rachel deu mais três passos para trás e viu que o rapaz passava por algo como uma tremedeira súbita. E depois um espasmo. Mas ele se mantinha em pé. Essa última reação física do colega de trabalho a assustou de verdade, e Rachel correu — com a câmera para baixo —, só parando a mais de quinze metros dele, para então reerguer a câmera e continuar filmando.

Um novo espasmo, e depois disso Pedro entrou cambaleante numa loja que estava atrás dele. Como o telespectador dos filmes em primeira pessoa não era onisciente, não saberia que o rapaz não falava com a mãe, que a única irmã se prostituía em boates de luxo na Espanha e que ele não tinha namorada, o que tornava aquela a sua primeira ida a uma loja de roupas femininas desde quando era garoto e acompanhava a mãe em suas compras esporádicas. Mas Pedro não ligou para o fato de a Lady in Pink ser uma loja de vestidos e saias de babados. O que o restante de sua consciência avisava que ele precisava fazer era que olhasse seu rosto e conferisse o tamanho do estrago que tinha conseguido. E, depois disso, que pegasse um pedaço de tecido qualquer e amarrasse em várias partes do corpo para impedir o sangue de sair do lugar de onde não deveria estar saindo.

Sempre cambaleando, ele passou pelas seções de blusinhas e arrancou vários cabides de uma só vez, pegando em seguida uma blusa verde, uma laranja e uma branca, cujas cores não foram propriamente escolhidas, mas selecionadas de modo aleatório por uma consciência que lutava para se manter lúcida. Com a visão turva, ele identificou o provador e se locomoveu com dificuldade até a primeira cabine, onde, arregaçando a cortina, exausto e já quase desfalecido, deixou-se cair, incapaz de amarrar as roupas nos ferimentos. E incapaz de se levantar.

 Postada na porta da loja, Rachel mostrava aos seus supostos telespectadores um homem brutalmente ferido desmaiando dentro de um provador feminino. Apesar de filmar, não estava narrando naquele momento. No repertório de Rachel, não havia lugar agora para frases especulativas e tampouco sensacionalistas com a pausa típica que ela sabia fazer de maneira tão categórica. Não conseguia falar por estar sentindo ela mesma o choque que adorava causar em seu público. A câmera cumpria o seu papel, segurada por braços trêmulos, mas o fato de ela conseguir fazer isso já devia significar alguma coisa para um chefe exigente e analítico que devia estar assistindo do estúdio televisivo. Mais do que isso Rachel não conseguiria dar naquele momento. Só o que ela conseguia era filmar, petrificada, o estado semimorto de seu colega de equipe. Não, ela não conseguiria narrar a notícia, apenas mostrá-la. Nem ao menos conseguiria se virar para poder ver que o agente contaminado — agora tão magro como uma pessoa padecendo de anorexia, a pele vermelha caindo sobre os ossos muito evidentes — já havia se levantado e a estava encarando furiosamente enquanto pingava sangue a poucos metros dela.

 O pavor era extremo, mas a satisfação em saber que havia, até aquele momento, feito um bom trabalho era compensadora de uma forma que se sobressaía a qualquer outro sentimento. Naquele momento, nem ela, nem Cássio Monteiro — que se deleitava com a sequência de imagens passadas em seus monitores internos; apenas em seus monitores internos — jamais imaginariam que sua brilhante transmissão havia sido cortada antes mesmo de começar. O plantão excepcional do telejornal havia sido impedido de ser exibido. Nos lares curitibanos, o canal do *Cidade Nossa* não exibia nada mais do que coloridas e silenciosas tarjas verticais. O *found footage* do Imperial Shopping Center jamais havia ido ao ar.

●

Nicole não esperou para ver se o agente Laertes daria a volta na escada para tentar fazê-la ir com ele. Não conseguia pensar nisso agora. Possivelmente, se ocorresse de o agente persegui-la, assim como haviam feito os outros dois, ela reassumiria seu papel de fugitiva, mas, por enquanto, sua mente se ocupava com o namorado Lucas.

Enquanto passava por uma sorveteria, fora da praça de alimentação e localizada excepcionalmente no corredor de lojas, a garota foi tomada por uma sede repentina ao ver no interior da loja um refrigerador vertical com sucos, refrigerantes, achocolatados e água mineral. A porta de vidro estava aberta; a sorveteria só não poderia ser considerada aberta normalmente pelo fato de nada naquela noite nem sequer passar próximo do normal. Nicole estava determinada a voltar para o terceiro andar e encontrar Lucas. E era por isso que ela agradecia ao seu organismo por ter lhe transmitido um alerta de sede. Sua garganta seca implorava para ser hidratada. Ao mesmo tempo, ela queria ver Lucas. Mas uma outra parte dela queria adiar aquele momento ao máximo.

Nicole era a única cliente do Mundo do Sorvete. Tudo estava silencioso naquele andar, exceto pelo barulho monótono do motor dos refrigeradores. Ela foi até a parte de trás da loja, passando pelos refrigeradores horizontais repletos de sorvetes que iam dos sabores mais básicos — morango, chocolate, baunilha — aos mais exóticos, como um tal de sementes de gergelim, e o de chia, o sorvete da moda. Taças de todas as cores estavam largadas no balcão, bem como copos, canudos usados e guardanapos amassados. Quem trabalhava na sorveteria só podia ter saído repentinamente, motivado por um acontecimento que não se via todos os dias, como portas sendo trancadas por fora e o conhecimento de ter de ficar preso por tempo indeterminado naquele prédio de vidro e concreto.

Nicole conferiu os produtos: água em copo, água em garrafa, com gás, sem gás; quatro marcas diferentes. Optou por uma garrafinha da Itaipu, sem gás. Bebeu metade da água em um gole só e bateu com a garrafa no balcão, no qual ela faria companhia aos outros objetos esquecidos.

Praticamente arrastando os coturnos no piso liso e — no trecho onde estava — muito alvo do corredor, ela caminhou até a escada rolante e subiu. A menina chegou lá em cima e, apesar de se lembrar do estado do namorado quando o vira pela última vez, estava determinada a seguir o rastro de sangue que passava de fora a fora no corredor e entrava numa lojinha no lado direito, logo à frente. O rastro saía da direção do banheiro onde Lucas havia se escondido. Em um ponto próximo a ela, objetos que pareciam tecidos molhados dispostos no chão de sangue. Roupas. Ela podia identificar a jaqueta jeans do namorado. Lucas havia se despido, mas não era isso o mais importante agora. O mais importante era que Lucas estava naquela loja.

No mesmo instante em que Nicole entrava na Além da Magia, lá na frente, a muitos metros de distância dela e fora de seu campo de visão devido à curva do corredor, Ítalo-infectado saía de dentro da Sport InLife, observado por uma repórter presunçosa e fascinada. E por seu desafortunado cameraman.

Nicole não precisou ir muito além para ver. Uma poça de sangue e outros restos mortais, como ossos envoltos por uma pele fina, repousavam no corredor da lojinha. A maneira como aquilo estava disposto no chão era tão desconfortante que ela sentiu vontade de vomitar. Colocou a mão na boca para impedir a golfada que estava vindo. Sem conseguir tirar os olhos do monte cadavérico de Lucas, ela se segurou numa prateleira de velas e castiçais com motivos místicos. E Nicole chorou, o rímel preto misturado às lágrimas traçando em sua face um caminho escuro cujo destino era aquele mesmo chão de sangue de onde ela não conseguia sair.

Por longos minutos, Nicole permaneceu em pé, os coturnos afundados no sangue coagulado, a mão na boca e as lágrimas escuras e secas em sua face aterrorizada. Nicole estava presa em um tempo que pareceu durar uma eternidade, que ela fez com que durasse uma eternidade enquanto criava a coragem necessária para deixar o interior daquela loja vazia. Embora cheia de objetos espalhados e com o corpo de Lucas jazido, para ela aquela loja estava mais vazia do que um recinto sem objeto algum. Aquela loja, para Nicole, estava tão vazia quanto ela se sentia. Incapaz de se mexer de início, só teve forças para sair dali quando, por fim, conseguiu digerir a ideia de estar dolorosamente só. E ameaçada por um perigo desconhecido e terrivelmente mortal.

Com o choro já suspenso, a menina deu um passo para trás, fazendo o sangue se desprender do coturno como cola escolar em processo de secagem. Com o outro calçado foi a mesma coisa, e, ao se ver livre do interior da loja, seus olhos estavam tão mortiços que ela parecia hipnotizada. Em estado de choque, Nicole seguiu para o lado leste.

●

Foi o som da respiração da criatura que fez Rachel finalmente abaixar a câmera e olhar para o lado direito do corredor. Ela estava ali. Aquele ser que momentos antes entrava no shopping com sua equipe agora estava esquelético, irascível e sem mais traço algum de humanidade. O estado sobressalente dos ossos dava a impressão de um tecido fino — a pele — ter sido estendido sobre um boneco de galhos — os ossos —, que, inexplicavelmente, ainda se mantinham em pé. O corpo daquele ser estava se corrompendo a olhos vistos, o que justificava a agora lenta determinação de seus movimentos.

Assim que Rachel o olhou nos olhos esbugalhados, ele tentou se locomover de uma maneira mais agressiva, o que arruinou ainda mais sua estrutura física, fazendo com que uma anteperna se quebrasse ao ser dobrada, deixando a criatura manca. O ar entrava e saía daquele corpo com uma dificuldade agonizante; o pulmão parecia estar prestes a explodir. E Rachel sabia que não haveria uma luta, porque a coisa não mais tinha capacidade de atacar. Por isso, ela ficou por um momento petrificada ante a aparência tão deteriorada daquele homem que havia entrado pouco tempo antes dela no shopping. O sangue vertia e se empoçava cada vez mais no piso branco. E a coisa continuava a encarando, e se movia inutilmente, apenas apoiada sobre uma perna enquanto a outra se arrastava de forma agonizante na tentativa de alcançá-la. Rachel também a encarava e via no que restara dos olhos daquele ser uma motivação instintiva muito forte de atacar. Os lábios murchos se abriram de forma medonha, exibindo os dentes pontiagudos remanescentes — muitos já haviam se desprendido da raiz e caído juntamente com o sangue. Os olhos saltavam das órbitas e provavelmente não demoraria muito para saltarem da cabeça, desfazendo-se na lama vermelha que era o chão em que a coisa pisava.

Rachel se lembrou de levantar a câmera. Olhando para a criatura novamente através da lente, mostraria para o mundo o que o homem lá fora estava tentando a todo custo esconder. Mostraria exatamente a que aquelas pessoas trancafiadas estavam submetidas. A promessa do comercial do energético estava no auge de seu efeito, e ela se sentia elétrica. Aproximou mais o zum, centralizando a imagem de forma perfeita. A cabeça da coisa se virou com um estalo e os dentes restantes continuavam arreganhados numa careta imóvel. O ar entrava e saía de forma claustrofóbica. A outra perna também deu um estalo, quebrando-se no mesmo ponto que a outra. A coisa agora estava de joelhos, mas eles também não tardariam a ceder. Como que prevendo o inevitável destino, a coisa então estendeu os braços num vão e irracional esforço de tentar agarrar Rachel, que estava a três metros dela. Mesmo não correndo o risco de ser pega, Rachel deu dois passos para trás, mas sempre com a câmera posicionada, de modo que não deixou de filmar quando, no segundo seguinte, já não aguentando tal estado sobre-humano de deterioração, a coisa caiu sobre si mesma, as últimas gotas de sangue se esparramando pelo chão. Definitivamente morta.

Rachel empunhava a câmera, incapaz de largá-la por qualquer coisa no mundo naquela circunstância. Mas o que ela continuava não sabendo era que seu esforço em mostrar o que suas lentes captavam era tão inútil como havia sido a intenção da criatura de tentar pegá-la.

●

A catatonia de Nicole não a deixou esboçar reação diante da cena que se passava. Uma mulher direcionava uma câmera profissional para um ser humano que já não se parecia com um. A garota se aproximava devagar, os pés se erguiam com um pouco de esforço, e apenas olhava para o homem ensanguentado, como se aquela fosse a imagem mais comum do mundo. Estava indiferente ao que via. Estava indiferente ao que acontecia ao redor. Continuou indiferente quando o esqueleto humano perdeu a última migalha de força que ainda o mantinha vivo de forma sobrenatural e despencou para a morte tardia. E permaneceu indiferente quando, vendo que ela chegava, a mulher primeiro levou um susto que a fez pular e levar a mão ao coração, e depois virou a câmera — rápida como uma bala — para sua pessoa e a atropelou com um jorro de perguntas:

— Qual é o seu nome, menina? Você viu o que aconteceu aqui? O que acha que pode estar acontecendo aqui dentro?

Rachel, vendo que ela não cooperava — e, pior, parecia nem ao menos enxergá-la —, resolveu desistir, tirando a câmera e a si mesma da frente da garota. Só quando a garota de cabelos vermelhos e olhar vazio foi embora, passando pelos restos cadavéricos do agente — foco de sua imaginária transmissão atual —, foi que Rachel percebeu que já se encontrava em condições de falar ao seu pretenso público.

— Prezados telespectadores, eu peço que desculpem a falta de educação de nossa quase entrevistada, porque deu pra notar que ela não estava nada bem. — Rachel filmava de Nicole se afastando ao monte de ossos e sangue espalhado no chão. — Aliás, quem estaria bem presenciando o que eu acabo de transmitir? Quem estaria bem trancado num local público, sem poder sair, sob esse tipo de ameaça que eu, e aposto que vocês também, nunca vimos igual? Vejam o que aconteceu com esse pobre homem! Quem ficaria bem ao presenc...

Como o público que Rachel acreditava ter naquele momento na verdade não existia, não fez a menor diferença quando ela deixou a câmera cair da mão no instante em que Pedro saiu de dentro da loja e praticamente se jogou sobre ela. Mas Rachel, embora tivesse de interromper sua transmissão imaginária, movida pelo instinto nato de todos os repórteres eficientes, não se deixou atingir, correndo e entrando na loja da frente para fugir de seu cameraman transformado em uma criatura semelhante à que acabara de se desfazer na sua frente.

Sangue pingava e sujava a roupa de Pedro, mas não era apenas o sangue justificado dos braços, nem do ombro, nem da orelha, nem mesmo da mandíbula arrancada. O sangue que sujava a roupa de Pedro saía também de lugares que não haviam sofrido dano algum. De lugares que estavam saudáveis e intactos segundos antes. Toda a extensão da pele do cameraman vertia sangue, e ele não mais exibia a careta de dor de quando havia pedido ajuda para sua parceira. O que restara da face de Pedro exalava um ódio crescente. Um ódio inenarrável até para uma repórter boa de retórica como Rachel. E ele avançou para ela.

●

Mais além, naquele mesmo corredor, já perto das escadas rolantes por onde ela e Laertes haviam descido antes, Nicole ouviu os grunhidos monstruosos de mais um infectado, mas nem se deu o trabalho de olhar para trás.

●

— Fique longe de mim, Pedro! Sou eu, Rachel, sua colega de trabalho, Pedro!

Mas Pedro não mais a ouvia, porque não era Pedro quem estava ali. O corpo que havia sido de Pedro não mais sentia a dor de antes. Ele estava energeticamente revigorado e, no entanto, num inegável processo físico de deterioração.

Rachel adentrara praticamente de costas na loja do outro lado do corredor, que se chamava Night Fever, e, naturalmente, ela estava ocupada demais para ver que se tratava de uma loja de roupas para jovens descolados e baladeiros. A luz da iluminação do espaço era em néon azul com faixas de lasers agitados de todas as cores circulando no local, deixando a loja de roupas com um aspecto de balada. Na parte detrás da loja havia um mezanino, uma espécie de pequeno palco suspenso por cabos fluorescentes — cuja passagem para se chegar até lá era uma escada em espiral no canto esquerdo —, que exibia uma chamativa e moderna cabine de DJ; era ela a responsável por uma redundante batida de música eletrônica que já dava para ser ouvida desde a porta de entrada.

Atenta ao parceiro que estava perturbadoramente fora de si, não ligou para a decoração e para o som ambiente. Queria apenas se ver livre de Pedro e da alteração física e comportamental que o parceiro passara a sofrer após o contato com o homem ferido — e, agora, morto.

Rachel se viu rodeada por roupas de tules e lantejoulas. À sua frente, Pedro, com seus dentes afiados e ameaçadores, vertia sangue e ódio da face, sobretudo dos olhos. Sem conseguir virar de costas para correr, ela foi se afastando de ré e derrubando propositalmente os varões de cabides que se espalhavam enfileirados em ambos os lados a fim de criar uma barreira para Pedro. Andando ao contrário, deu um passo em falso com o salto e quase torceu o pé, decidindo tirar os sapatos conforme derrubava mais varões de roupas entre ela e Pedro. Sabia o que aconteceria, ou melhor, o que não aconteceria: Pedro não a ouviria — fosse o que fosse que ela falasse —, não desistiria do que tinha em mente e não voltaria ao normal. O ar começava a se impregnar com o cheiro do sangue metálico e adocicado de Pedro, que escalava sobre as roupas, impondo a todo aquele colorido a cor homogênea e intimidadora de sua substância vital derramada.

Rachel, ainda com os sapatos que havia tirado nas mãos, vendo que só mais um passo para trás e os varões terminariam, atirou um e depois outro no rosto contorcido de Pedro. Se tivesse previsto, ela jamais teria feito tal investida. Aquilo só aumentou a fúria de Pedro — até então, de certa forma, contida —, fazendo com que o cameraman desse um salto sobre o obstáculo de roupas para poder agarrá-la. Rachel elevou os dois braços à face para proteger o rosto e, vendo que o salto não havia sido suficiente para Pedro alcançá-la de primeira, correu para os fundos da loja, subindo as escadas que surgiram como mágica no seu caminho. A batida eletrônica invadia o ambiente e as luzes em néon davam um tom psicodélico ao cenário dominado pelo medo e pelo instinto brutal.

O cameraman começava a subir as escadas espiraladas, as mãos ensanguentadas escorregando no corrimão. Lá de cima, a repórter estava atrás da cabine de DJ com um dos banquinhos que rodeavam o recinto agarrado firmemente na mão. A batida eletrônica terminou, mas foi sucedida imediatamente por outra. Quando os grunhidos da respiração de Pedro já se permitiam ser ouvidos, sobrepondo-se até mesmo à nova música que acabava de começar, de algum lugar lá embaixo alguém gritou:

— Ei, o que é que tá rolando aqui?

●

Viana e sua tropa haviam acabado de chegar, mas o grupo de adolescentes estava pouco se lixando para o que acontecia na saída do shopping. Cada um havia aplicado o pega-trouxa mais básico e infalível em seus respectivos pais — um havia dito que iria dormir na casa de outro —, e assim estavam com o tempo livre para perder com qualquer imprevisto que surgisse naquela noite de sábado. Ainda não haviam comprado os cigarros, era verdade, mas nada que não pudessem resolver assim que saíssem para a noite, que era, por mais clichê que pudesse soar, uma criança para aqueles quatro amigos metidos a rebeldes do colégio. Pelo menos tinham um material que seria muito útil, dada a possibilidade do momento.

Iago era o líder deles. Não que isso houvesse sido, alguma vez, dito em voz alta naquele grupinho, mas a sua liderança estava no sangue; tratava-se de um talento nato, e todos pareciam concordar com isso. Assim sendo, quando o garoto de calça skatista e cabeça coberta pelo capuz do casaco comentou que "aquela porra ainda ia dar muito pano pra manga" e virou as costas, os outros três o seguiram. O mais alto deles, Rodrigo, acabou esbarrando sem querer no braço do rapaz de jaqueta jeans enquanto se afastava. Iria pedir desculpas, afinal era um garoto educado — o que constantemente o fazia alvo de piadinhas do restante —, mas o rapaz parecia tão interessado no que estava acontecendo lá fora que acabou por deixar por isso mesmo. Passaram rápido pelo chafariz central, mas nem olharam para ele. Garotos daquela idade não tinham o costume de admirar chafarizes, a não ser que uma garota *pegável* estivesse sentada na beirada de um.

Iago os guiava, decidido, na direção do último corredor de banheiros do andar térreo, que ficava entre uma loja de eletrônicos, a HighTech, e uma loja de produtos esportivos Adidas.

— Caralho, mano, isso aqui vai ficar irado! — foi dizendo Iago enquanto pegava a mochila das costas de Matheus, o mais quieto dos quatro, e a colocava sobre a bancada de mármore das pias.

Tudo — e o pouco — de que precisavam naquela circunstância estava na mochila de Matheus. Com exceção de Erick, considerado pelos outros como o mais lerdinho do grupo, todos os demais se dedicavam à arte da grafitagem desde o oitavo ano. Vários muros da cidade haviam adquirido um aspecto mais alegre, segundo Iago, devido ao seu trabalho artístico. Mas para os policiais da cidade não era bem assim. Muitas vezes tiveram de dar no pé quando alguma sirene soava perto do muro escolhido para o tratamento da vez, deixando o trabalho pela metade. Iago detestava quando isso acontecia. O mundo desabava para ele quando sua liberdade de expressão era interrompida sem justificativa, e ele tinha de fugir como um marginal qualquer. Já tivera trabalhos de fechar muros inteiros com seus desenhos magníficos chamados pejorativamente de pichação. Na única vez que havia sido pego, sua mãe tivera de receber a ele e aos dois policiais no portão de casa com todos os vizinhos olhando e cochichando.

Ninguém entendia sua arte, seus desenhos originais, seus traços e cores peculiares. Apenas seus amigos, mas eles não contavam; amigos são para essas coisas mesmo. Quem deveria entendê-lo — sua mãe e os policiais, os donos das ruas — não o entendia, e de nada adiantava falar para ele que conservar os muros do jeito que haviam sido feitos e pintados — ou não pintados, o que o deixava mais indignado ainda — eram ordens impostas pela prefeitura da cidade. A mãe ausente, empregada doméstica, nunca tinha tempo para se sentar com ele e conversar, e, mesmo Iago tendo passado da fase de esperar por isso, ainda sentia falta do calor materno. Por isso precisava colocar para fora o que sentia, precisava desenhar, precisava grafitar. E aquele momento era perfeito. Aquele banheiro branco do chão ao teto parecia pedir por uma corzinha. E Iago daria a ele um pouco da sua inspiração motivada pela carência. Pegou três latas de spray. As outras cinco seriam divididas entre o resto. Até Erick, cuja habilidade artística era semelhante à de uma criança da pré-escola, iria se divertir com um pouco de tinta colorida.

Ajeitando o capuz na cabeça e cobrindo o cabelo preto espetado de gel, Iago olhou para a parede do final, a que ficava entre o corredor de banheiros, e foi até ela, largando suas três latas no chão. Os outros entenderam que aquela seria a parede dele. Enquanto Iago analisava seu quadro em branco, Rodrigo, Matheus e Erick escolhiam suas próprias paredes e cores para grafitar.

— Cara, vou ficar com essa parte aqui — falou Matheus, olhando para a área acima dos espelhos, com sua voz tímida, mas nitidamente irregular, típica da mudança de timbre da idade.

— Meu, dá um espaço aí.

Rodrigo lhe deu um empurrão amigável, balançando, como lhe era de costume, seu cabelo castanho-claro de corte surfista, e indicando a região entre os cinco espelhos dispostos lado a lado sobre as pias.

— Véi, vou pegar essa parede aqui — Erick anunciou de costas para os dois, em pé de frente para uma parede que fazia uma curva após a porta de entrada.

Nos fundos do banheiro, Iago estava muito concentrado com o spray azul na mão. Os outros três já haviam começado seus traços e riam baixinho.

●

Iago terminava o desenho de um menino de capuz — suas grafitagens eram quase que em sua totalidade autobiográficas — olhando para o chão sob um viaduto repleto de tráfego, e, no céu, um conjunto de traços abstratos que só ele sabia interpretar. Rodrigo e Matheus haviam decidido por um desenho em comum, uma "pista de skate profissa", cheia de skatistas talentosos, três deles dando uma manobra *ollie* no ar ao mesmo tempo, com seus veículos de rodinhas e meninas bonitas sentadas nas arquibancadas. Erick escrevera as iniciais de seu nome rodeadas de estrelas e foguetes — ou o máximo que ele conseguira fazer se parecerem com isso.

 Os dois meninos da frente do espelho davam uns traços a mais em sua obra conjunta e eram os únicos que falavam, discutindo sobre o desenho enquanto o finalizavam. Então, quando menos esperavam, um barulho estrondoso se fez ouvir; algo havia sido jogado com muita força contra o chão da entrada do banheiro, mas a curva não os permitia ver. Estavam tão absortos em sua atividade que nem ouviram a porta se abrir. A possibilidade de serem pegos grafitando o banheiro do shopping, com aquela situação esquisita no hall, não passou pela cabeça de nenhum daqueles quatro adolescentes impulsivos e inconsequentes — como se não fosse redundante chamá-los dessa maneira. Por isso, o susto foi tão grande que nenhum deixou de pular quando um rapaz asmático, preocupado em esconder tal condição da namorada, atirou a lixeira com raiva no chão ao ouvir as vozes dos ocupantes do banheiro do primeiro andar.

 — Que porra foi essa? — Erick parou de desenhar suas estrelas de traçados tortos, assim como todos os outros ali.

— Meu, sei lá, mas acho que já se mandou, a porta também bateu. Fechou com raiva. Eu, hein! — Rodrigo largou o spray sobre a pia. — Quem vai lá ver o que foi?

— Dá uma olhada lá alguém, meu. Eu tô ocupado demais aqui, e, seja quem for, já vazou; foi só pra encher o saco mesmo.

Pela primeira vez desde que havia começado sua parede, Iago se virou, mas já se voltando para ela novamente.

— Vambora aí, galera!

Rodrigo foi, acompanhado dos outros dois. A lixeira estava virada de lado, metade do lixo para fora, a tampa caída dois metros à frente.

Fora do banheiro, olharam para ambos os lados. Nada. Iago estava certo. O idiota e raivoso autor daquilo só podia mesmo estar querendo encher o saco. Devia tê-los visto entrando e resolvido dar um susto só para eles pensarem que se tratava dos seguranças. Dando o inconveniente por encerrado, os meninos entraram e continuaram seus desenhos.

●

— Puta merda, acabou o spray verde! — foi a segunda vez que o concentrado Iago falou desde que havia iniciado sua arte colorida na parede do banheiro, quarenta e cinco minutos antes.

— Pior que o vermelho tá acabando também. — Matheus sacudiu a lata que segurava como prova do que dizia.

— Esse povo ainda tá lá nesse abre-não-abre. Vou é dar um rolê lá no terceiro andar pra ver se a papelaria tá aberta. Se tiver, eu pego uns e trago pra cá.

— Pô, Iago, não vai dar mole, cara. Se te pegam, tá ferrado!

— Que nada, deve tá todo mundo na maior preocupação lá na entrada. Eu vou é aproveitar a confusão.

— Cara, então, se der, pega o prata também, tô mó precisando aqui pra melhorar esses foguetes.

— Aí, eu vou junto, fera.

— Bora então, Matheus, deixa esses dois aí. A gente vai em dois pulos.

Iago e Matheus espiaram a situação antes de subirem para o terceiro andar. Do corredor atrás do hall, na lateral do chafariz, viram que tudo estava ainda mais alvoroçado do que quando saíram. E havia ainda no hall de entrada uma coisa que não estava lá antes: uma barraca grande e branca, armada perto da região central. Um homem com roupa branca, semelhante à de um astronauta, acabava de entrar na barraca.

— Que merda é essa aí?

— Cara, vai saber... É melhor a gente ir dar uma olhada.

— Olha, Matheus, se quiser, vai você. Vou primeiro pegar o spray pra terminar meu desenho, porque sei que, depois que a gente aparecer, não vai mais dar pra voltar pro banheiro. — Iago viu agora um homem grandalhão do lado de fora com um alto-falante na mão, mas, de onde estavam, não dava para ouvir o que ele dizia. — Essa gente estranha aí não tá aqui por pouca bosta, não; já vi roupa assim em filme. Isso tá ficando foda demais, meu. Mas depois eu venho ver. Não vou deixar mais um grafite pela metade, não.

— Falou! Vamos subir logo, então.

Eles passaram em frente ao banheiro para irem até a escada rolante, mas Iago convenceu Matheus a não falar nada ainda para Erick e Rodrigo. Assim que voltassem, teriam tempo de contar, terminar os desenhos e depois descobrir juntos o que estava acontecendo. Sua intenção agora era somente ir até a papelaria para pegar seus sprays de tinta.

Ao subirem pela escada rolante do segundo andar, Matheus viu de relance uma garota ruiva descer as escadas paralelas. Sacudiu o braço de Iago, apontando para ela. A garota não parecia estar preocupada. Pelo contrário, parecia calma até demais. Talvez a situação não estivesse tão ruim assim, foi o comentário de Matheus.

— Ou deve ser outra perdida, sem nem saber de nada do que tá rolando. Devia tá é fumando um escondida por aí. Não viu a cara dela? — Foi a conclusão de Iago.

O chão do terceiro andar parecia a concepção errônea de uma sala cirúrgica. Ou de um matadouro. Espalhado pelo chão, sendo a maior parte num rastro longo e repulsivo, havia mais sangue do que era admissível para um ser humano que ainda estivesse vivo ser capaz de perder. Nem sequer tiveram tempo de pensar em outra coisa; aquela substância só podia ser mesmo sangue. Um sangue com cheiro forte, nada mais do que cheiro de sangue. Um sangue já coagulando. Era proibida a entrada de animais no shopping. Aquilo era sangue humano.

— Meu Deus, véi, o que é isso?

— Termina lá pra frente.

— É melhor a gente voltar, Iago; isso aqui tá sujo, cara. E literalmente, véi. É melhor voltar.

— Volta você, Matheus, vou ver onde isso vai dar.

— Puta que pariu, aquela menina lá da escada! E se ela matou alguém?

— Vai saber, maluco. Eu vi que ela tava estranha mesmo... — Iago não conseguia tirar os curiosos e espantados olhos adolescentes do chão. — Você vai comigo ou vai voltar?

— Vamo nessa, então. Mas eu não quero me foder depois, hein?! E se a gente leva a culpa por essa merda, meu?

— Que nada, aqui é cheio de câmera, Matheus; nem esquenta, cara. Com certeza tá tudo filmado.

Eles foram andando ao lado do rastro, Matheus sempre olhando em volta para se certificar de que a garota ruiva não havia voltado. Viram em frente ao Kid's Fun Place um amontoado de roupas impregnadas de sangue. Olharam para dentro do parque e constataram a desordem provocada, mas não se detiveram nela. Voltaram-se para o rastro sanguíneo que seguia até o fim do corredor, na direção da praça de alimentação, e parecia se misturar a um outro rastro em determinado ponto mais além. Iago e Matheus seguiram em frente.

Estavam entre duas lojas: a da direita, uma loja de madame, que também estava com a parte da frente revirada num pequeno caos, e a da esquerda, uma lojinha de roupas de grifes descoladas, que não dava para ver muito bem por dentro por apresentar uma iluminação baixa. Olhavam para algo fora de ordem ali, mas não era para a câmera de filmagem profissional jogada no chão em frente à Night Fever. Eles tinham sua atenção exclusivamente voltada para um amontoado de órgãos debilitados e sangue, aglomerados numa poça horrendamente vermelha em frente à Lady in Pink. Chegaram mais perto e ficaram em volta da poça de restos humanos.

— Caraca, meu! Olha a cabeça dele. E olha a finura das pernas. E dos braços. O cara perdeu todo o sangue do corpo! Tá esvaziado.

— Não encosta nisso, moleque!

Iago afastou Matheus com um empurrão nada cordial para trás assim que viu o amigo tocando naquilo com a ponta do tênis.

— Se liga, meu, só quero ver o que tem aí no meio.

— É, mas não encosta, você nem sabe o que é isso.

— Esse sangue todo é desse cara? Não é possível!

— Meu, será que foi aquela guria lá? Isso aqui tá muito estranho.

— Será que aquele pessoal lá da entrada tem noção do que rolou aqui?

— Cara, se eles tivessem ligados, iam tá tudo aqui.

— Então bora chamar os caras, Iago. Eu vou nessa, meu, não vou ficar aqui mais um minuto.

— Pera. Olha ali. — Iago apontava para dentro do Night Fever. — Tem alguma coisa lá dentro.

— Puta merda, meu!

Não fora a alta música eletrônica vinda do interior da loja que chamara a atenção dos meninos; eles já haviam passado diversas vezes por lá e sabiam que a música era um dos atrativos para os clientes que frequentavam a loja. O que chamou sua atenção foi a bagunça de roupas jogadas no chão, espalhadas por todo o corredor esquerdo. Iago tomou a frente e entraram na loja, onde somente então perceberam que, além de jogadas no chão, as roupas apresentavam uma pigmentação fresca. Algo havia sido jogado sobre elas e ainda estava molhado, conforme Matheus percebeu quando se abaixou e tocou uma das peças. A luz azul insuficiente do local não possibilitava identificar a cor da substância que tingira as roupas, por isso os meninos só viram que era da cor vermelha quando um dos feixes mais claros dos lasers passou por uma blusa branca com aplicações de strass. Antes que pudessem fazer qualquer tipo de exclamação com seu linguajar juvenil nada polido, a música parou subitamente e, naquele intervalo de dois segundos que antecedeu à próxima, Iago e Matheus puderam ouvir um rosnado animalesco vindo dos fundos da loja. A curiosidade impulsiva se sobrepôs ao medo, e eles caminharam até a origem do barulho.

●

Nunca a expressão "salvo pelo gongo" soou tão miraculosamente correta para Rachel. Vendo-se encurralada, a repórter já temia pela vida ao ver que o insano Pedro não demoraria para chegar até ela. Mas, assim que uma voz gritou lá embaixo, mudando o que seria o curso certo da ira de Pedro, ela foi súbita e inexplicavelmente esquecida.

●

Iago, vendo que o homem que subia as escadas de forma frenética estava com a roupa pingando sangue, perguntou o que estava havendo, mesmo com a objeção de Matheus, que cochichara antes em seu ouvido que o cara não parecia estar bem. Mas Iago perguntou assim mesmo. A mesma ameaça que matara o sujeito lá no corredor poderia ter ferido aquele homem, e ele estava totalmente desnorteado; parecia realmente precisar de ajuda.

Apesar da pouca luz do lugar, os meninos viram que um pedaço da mandíbula do homem estava faltando. Ela havia sido arrancada e parte do que sobrara pendia na frente do pescoço, um pedaço de carne balançando e sangrando, deixando o sujeito com os dentes inferiores expostos numa careta horrivelmente medonha. E viram, além da face mutilada, o olhar do homem para eles assim que Iago gritou. Foi um olhar que só não congelou os dois dos pés à cabeça porque aquela era uma das horas em que o instinto de autopreservação fala mais alto e impulsiona uma locomoção rápida a despeito do corpo que deseja se paralisar de medo. O olhar do homem para eles era tudo, menos humano. Era selvagem. Era grotesco. Era a materialização da ira.

Iago correu, puxando Matheus, mesmo sendo desnecessário tal incentivo, e mesmo antes de o homem sangrento virar o corpo na escada para começar a persegui-los.

— Pra esquerda, Iago, a escada rolante vai dar na entrada! — gritou Matheus ao lado do amigo, saltando sobre as roupas espalhadas pelo chão, e com o irascível homem já quase no seu encalço.

— Falou!

Chegando ao corredor, com o homem a menos de dois metros deles, Matheus tropeçou na câmera largada no meio do caminho.

— Iago! — Matheus gritou com o coração acelerado, mas, mesmo que Iago pudesse voltar, teria sido tarde demais para Matheus.

Tudo aconteceu muito rápido. O homem terrivelmente raivoso e ensanguentado pulou sobre o menino com uma ânsia tão devastadora que mais parecia uma criatura predadora sobre a presa capturada. O corpo magro do garoto de quatorze anos sumiu debaixo do corpo de seu atacante, não necessariamente corpulento, mas esguio e absurdamente forte. Matheus gritava de dor e agonia. Estava rendido e incapaz de escapar. Em poucos segundos, o sangue do homem sem mandíbula se misturava ao de Matheus, que escorria dos arranhões e mordidas daquela criatura desumanamente maligna.

Iago via o amigo tendo pedaços de todas as partes de seu corpo arrancados. Via-o sendo esquartejado apenas com unhas, dentes e força bruta, e não conseguia deixar de olhar. Não seria capaz de correr dali em meio aos gritos suplicantes de Matheus ao ser devorado pelo homem enlouquecido. Precisava estar ali. Devia sofrer com ele, vendo sua dor, já que era a única coisa que podia fazer agora. Por um momento, pareceu a ele que o homem arrancara fora com os próprios dentes a carne balançante da própria mandíbula, que se sobrepusera na frente do braço direito de Matheus em mais uma investida de mordida bem-sucedida.

Iago sentiu um arrepio agourento lhe dizendo para correr. Mas ele ficou ali por mais alguns segundos. Queria pelo menos cruzar com os olhos de Matheus, olhar dentro deles e dizer com o seu próprio olhar que sentia muito. Havia sido ele o responsável por aquilo. Ele insistira e guiara Matheus até a boca do lobo quando o amigo queria o tempo todo descer e chamar o pessoal lá de baixo. Ele era o culpado por Matheus estar morrendo, e tudo o que lhe restava era pedir perdão. Por isso, ansiava que Matheus pudesse olhar para ele para que lhe dissesse isso tudo, mesmo sem palavras, mas Matheus continuava se debatendo, agora menos do que antes e com os gritos quase não mais conseguindo sair. Iago não teria o olhar de Matheus no seu. Não teria o momento de tentativa de redenção do qual necessitava, e, pensando bem, talvez fosse o que ele merecesse. Apesar do invólucro de rebelde-sem-causa por quem não o conhecia de verdade, Iago tinha um espírito nobre, e não poder pedir perdão a Matheus talvez fosse o seu castigo. Ele o achou merecido. Olhou para Matheus de novo e viu sua mão direita, que pouco antes segurava a lata de spray colorido, cair no piso vermelho, deixando definitivamente de lutar.

Largando a presa destroçada no chão, o homem enlouquecido correu atrás de Iago assim que o garoto pôs o primeiro pé na escada rolante para descer até o hall.

•

Caminhando sem rumo, com os olhos desfocalizados, Nicole terminou de descer as escadas e estava novamente no primeiro andar. Ela deu o primeiro passo no corredor de trás — o do lado oposto à porta de entrada onde estava armada a barraca da quarentena —, não por haver decidido ir por lá, mas unicamente por aquele ser o lado para onde a escada de descida a levara. Com a mente aparentemente esvaziada de qualquer divagação, a garota ruiva foi andando, apenas olhando para a frente, a face borrada com a maquiagem que havia escorrido com as lágrimas, a boca levemente entreaberta. Uma mecha molhada de suor grudava na testa de Nicole, mas ela não se importava em ajeitar o cabelo. O estado de choque da menina permanecia, e ela, sem raciocinar sobre aonde estava indo, simplesmente virou à direita, entrando no corredor de banheiros.

●

A lixeira de metal jogada no chão foi chutada não deliberadamente, mas de forma não intencional, o que apenas fez com que ela avançasse alguns centímetros e girasse cento e oitenta graus, mas, mesmo assim, foi um movimento suficiente para produzir um novo e alarmante barulho no interior do banheiro.

— São os caras. Foram em um pulo mesmo.

Rodrigo se levantou do chão em que ele e Erick descansavam enquanto esperavam pelos outros. Erick também se levantou.

— E aí, rolou de pegar os sprays?

Erick terminou de perguntar no mesmo instante em que a garota surgiu, continuando a caminhar estranhamente até eles sem olhar para nenhum dos dois. Os olhos dela, embora direcionados ao desenho abandonado do skatista sob o viaduto na parede dos fundos, não estavam exatamente olhando para ele. Os meninos se entreolharam e esperaram que ela chegasse até eles.

— Ei, tá tudo bem? — Rodrigo perguntou quando ela já ia passando pelos dois, como que hipnotizada por um desenho que nem ao menos parecia estar enxergando.

A abordagem do menino a fez parar de andar.

— Hemorrágicos... — falou ela com um tom grave e contido na voz, como se estivesse contando um segredo.

— O quê? — Rodrigo pensou não ter ouvido direito.

— Hemorrágicos... Eles se tornam... hemorrágicos...

— Você tá passando bem? — Erick perguntou com um sorriso de canto de lábio meio cínico; o garoto começava a se divertir com aquilo.

— Ele ficou hemorrágico e depois.... e depois... — a garota continuou a falar sem olhar para nenhum deles, sem estar situada sobre onde ou com quem estava.

— Como assim, *hemorrágicos*? — Rodrigo se lembrou das aulas de biologia e de quando a professora Fabíula explicara para a turma sobre as causas e condições que levam uma pessoa a adquirir uma hemorragia. — Quer dizer sangrando sem parar?

— Sangrando sem parar... Sangrando sem parar... Sangrando até morrer...

Sem dar bola para o risinho idiota de Erick, Rodrigo puxou a garota pela mão e a colocou na frente da pia. Depois, abriu a torneira e encheu as duas mãos em formato de concha.

— Abaixa a cabeça dela, Erick.

Vendo que a situação parecia ser séria, Erick parou de rir naquele instante e fez o que o amigo pedira. Rodrigo tinha uma irmã de oito anos com síndrome de Down, e era ele quem tomava conta dela na parte da tarde — período em que a pequena não estava na escola especial — enquanto os pais trabalhavam. Com base em sua vivência familiar, ele sabia lidar com algumas situações em que o imaturo Erick não tinha a menor noção de como agir.

Tomando cuidado para não molhar a roupa da menina, Rodrigo jogou a água no rosto dela e depois passou a mão para tirar o excesso. Como a maquiagem borrara ainda mais com isso, ele repetiu o movimento até o rosto de Nicole ficar completamente limpo. Erick a soltou e ficou de lado. Ela finalmente olhou para Rodrigo. Como percebeu que ela parecia despertar de um sono e estava claramente confusa, ele a pegou pelos ombros e a sacudiu. Recobrando os sentidos, Nicole começou a chorar.

— Calma, não precisa chorar. — Parando de achar a situação engraçada, Erick finalmente se sensibilizou com o estado da garota.

— Do que você tava falando mesmo?

Rodrigo se sentiu ainda na liberdade de afastar para trás os cabelos dela, que caíam e lhe grudavam no rosto.

— Meu Deus, a gente precisa sair daqui. Tá acontecendo uma coisa muito séria aqui!

— O que é que tá acontecendo? Você sabe por que trancaram a saída?

— Porque eles não querem que ninguém mais saia. É uma doença. Eles não querem que se espalhe!

— Fica calma, menina. Qual é o seu nome?

— Meu nome é Nicole e não tem como ficar calma. A gente vai morrer aqui se não deixarem a gente sair!

— Mas, peraí, se tem alguma coisa perigosa aqui, como você diz, por que não deixam a gente sair de uma vez?

— Porque não querem que a doença se espalhe, caralho! — O grito irritado de Nicole fez Erick, o autor da pergunta, fechar a cara e Rodrigo pular. Não estavam esperando por isso. Ela fechou os olhos com força, resignada: — Desculpa. Foi mal mesmo, eu me descontrolei. Mas é que vocês não têm ideia do que tá se passando aqui. — Ela olhou para cada um deles, dois adolescentes inocentes, sem saber de nada e à mercê do mesmo tipo de ameaça que todos lá dentro. — Como vocês se chamam?

— Tá tudo bem, não esquenta com isso, não. Eu sou Rodrigo.

— Eu sou Erick.

— Certo, Rodrigo e Erick, agora me digam, por que vocês não estavam lá com todo mundo? Eles deram ordem pra ficar todo mundo lá.

— A gente nem ouviu isso, não. Assim que começou aquela bagunça, a gente correu pra cá.

— A gente aproveitou a chance pra vir aqui fazer umas obras de arte — Erick disse, gesticulando para Nicole olhar para seus grafites nas paredes.

— E o que *você* tá fazendo por aí? Não devia tá lá também, não? — Rodrigo indagou.

— É uma longa história, e não me perguntem, porque não quero lembrar dela agora. — Ela passou as mãos nos cabelos, da raiz às pontas, como que mandando embora um pensamento ruim. — Pelo menos *vocês* não foram lá pra cima! Nem imaginam o que poderia ter acontecido.

— Essa parada aí que você fala tá rolando lá em cima? É *lá em cima*? — Rodrigo dirigiu a pergunta a Nicole, mas olhou para Erick.

— No terceiro andar — ela deu uma suspirada de desânimo —, por enquanto.

— Puta merda, meu! Nossos amigos foram pra lá!

— O quê? Amigos? Que merda eles tinham que fazer lá pra cima?

— Eles foram buscar mais sprays na papelaria.

— Que merda! Tinha outro lá. Outro hemorrágico lá. Agora me lembro. Mas não liguei. Estava fora de mim, mas sei que tinha outro lá, eu vi de relance quando tava voltando pra cá. Seus amigos correm perigo lá em cima...

— Vamos atrás deles, então!

— Nem pensem nisso. Escutem, essa coisa é perigosa de verdade. É altamente contagiosa e acontece muito rápido. — Os meninos ouviam Nicole atenta e preocupadamente; temiam por Iago e Matheus lá em cima sem saber de nada. Já era tempo de eles terem voltado. Tinha algo errado com eles. — Há quanto tempo eles subiram?

— Pouco antes de você aparecer. A gente tem que ir atrás deles.

— Vocês não podem ir. Prestem atenção no que eu vou dizer: esses caras tão mantendo a gente aqui pra proteger quem tá lá fora. E pra proteger *a gente*, mandaram todo mundo ficar junto, no hall de entrada. Eu nunca deveria ter saído de lá, nem o Lucas. — Nicole fez uma careta que quase antecedeu o choro, mas lutou para se conter. — Vou voltar pra lá agora e peço que venham comigo. Vocês *precisam* vir comigo. A gente fala dos seus amigos e os caras vão atrás deles. Não podemos fazer mais nada agora, é arriscado demais.

Rodrigo mordeu os lábios e Erick estava nervoso demais para fazer qualquer coisa.

— Bora lá, então. Partiu, Erick.

Sem alternativas e com os amigos correndo perigo no terceiro andar, os dois garotos acompanharam Nicole, e juntos saíram correndo do banheiro e seguiram para o hall.

•

Um idoso com seus notórios setenta e cinco anos chegava e se reunia à confusão de pessoas acompanhado de uma mulher mais jovem carregando uma barriga que denunciava praticamente nove meses de gravidez. Os olhares de ambos revelavam um misto de medo e revolta, e Viana descobriu que não gostava da combinação naquelas expressões. Ele viu que o senhor idoso tentava falar com um dos policiais encarregados de conter a multidão, enquanto a mulher segurava a barriga e olhava com olhos cada vez mais aflitos para o que conseguia enxergar do interior do shopping.

•

A primeira coisa que veio à cabeça do agente Samuel após se ver preso na loja de bolsas foi a inversão de papéis, e ele só conseguiu pensar no caráter irônico da situação: foram presos num local onde sua própria equipe fora mandada para trancafiar outras pessoas. Refletiu sobre o quanto não gostava do termo "trancafiar" quando, na verdade, o correto era "isolar". Mas, lá embaixo, ele percebeu que as pessoas em quarentena preferiam usar qualquer termo pejorativo a fim de enfatizar o que estavam sendo obrigadas a vivenciar.

Em seguida — ainda pensando sobre terem sido colocados pela garota na mesma condição dos isolados —, sufocou o primeiro indício de riso que começava a ganhar contorno nos cantos dos lábios ao se dar conta de que, uma vez lá dentro para a execução do trabalho, eles próprios haviam se tornado só mais um número entre os trancafiados. Logo, não estavam tão diferentes da situação anterior, mas, ainda assim, aquilo estava ficando muito desconfortável, para não dizer humilhante.

Tatearam toda a extensão da porta, procurando por algum meio de saírem, antes de começarem a atirar as malas pesadas, os únicos objetos de que dispunham, contra a porta e a parede de vidro. O vidro não ganhava sequer um arranhão, e então, após longos dez minutos de tentativas frustradas, o agente Enrico chegou à conclusão de que atirar objetos contra aquele vidro resistente estava mais próximo de deixá-los exaustos e incapazes do que qualquer outra coisa.

Talvez tivesse sido a porcaria do alarme que finalmente parara bruscamente, ou só mesmo uma epifania comum. Chutando as malas que haviam ficado no caminho, Enrico se dirigiu decididamente para os fundos da loja, guiado pelo eficiente par de olhos observadores e rezando para que o balcão de madeira maciça do caixa fosse capaz de se soltar depois de algumas investidas. Era o instrumento ideal para aquele tipo de trabalho — na ausência de uma chave.

Samuel se aproximou enquanto o agente mais velho estudava o balcão.

— Olha, Enrico, sei que você tá estressado, e eu também tô, mas tenho que dizer... Se você não estivesse tão preocupado comigo, nós não estaríamos aqui dentro agora.

E, finalmente, deixando de engolir o que estava tentando manter só nos pensamentos, Enrico disparou, tirando os olhos do balcão:

— Se *você* estivesse fazendo o seu trabalho direito, Samuel, *nós* não estaríamos aqui agora! Você é um moleque imaturo que nunca deveria ter saído do centro de pesquisas. E me pergunto ainda se realmente tem condições de estar lá também. Quer matar a nós dois, garoto?

— Calma aí, Enrico. O que eu fiz foi em mim mesmo, o que tava em risco era a *minha* integridade, e não a sua. Não acho que tenha o direito de...

— Nós estamos juntos nessa, Samuel. O que afeta você afeta a mim também, mesmo que de maneira indireta. Eu tenho mulher, rapaz. Tenho filhos e tenho netos, e não vou correr risco nenhum por causa de um moleque que não pensa como você! Você quer tirar a proteção? Então tire, tire tudo, fique só de cuecas se quiser, mas fique bem longe de mim quando a gente conseguir sair daqui.

Acuado como um filho que leva bronca do pai por ter feito algo de muito errado, Samuel se limitou a ficar calado e ajudar na análise da madeira do balcão. Quando Enrico finalmente conseguiu entender o encaixe que a mantinha presa, haviam se passado mais dez minutos. Minúsculos parafusos eram os responsáveis pelo brilhante encaixe da madeira com a parte metálica do balcão de atendimento. Como que acometido por um ato insano — devido ao estresse repentino não apenas por estar preso, mas considerando aquela missão duvidosa como um todo —, o agente começou sua tentativa de erguer o pesado bloco retangular de madeira, não retirando as luvas mesmo com a limitação que elas representavam, e, dessa forma, fazendo mais uso da força bruta do que da estratégia propriamente dita. Sem nada dizer, apenas observando o agente mais velho — que, pelo que Samuel podia perceber, havia ficado tão irritado com ele a ponto de se negar a pedir sequer uma luz —, ele se abaixou, posicionado de forma que pudesse ver melhor a parte de baixo do balcão.

Samuel averiguou as sete gavetinhas do balcão e começou a abri-las. Na primeira, notas e moedas estavam organizadas de maneira sistemática, de acordo com o valor de cada uma. Na gaveta de baixo, uma fileira de boletos. Mesmo não se atendo a nada daquilo, antes de fechar a gaveta conseguiu ler o nome escrito e assinado no primeiro boleto, no valor de 2.556 reais. Enquanto abria a terceira gavetinha, ele se viu pensando: *cara Aline Maria Balsiani, tomara que você esteja bem longe daqui agora*. E, mesmo após já ter aberto a terceira gavetinha e se deparado com montes de notas fiscais desorganizadas, ainda se perguntou, para em seguida tentar enganar a si mesmo: *uma bolsa custa tudo isso? É por isso que não tenho namorada*. Na quarta gaveta, uma espécie de ficha de clientes com nomes, endereços, e-mails e todas essas informações solicitadas por aquele tipo de estabelecimento.

    Não precisou abrir a sexta nem a sétima gavetinha. Tudo o que ele procurava estava na quinta. Três chaves de fenda de tamanhos diferentes, alguns pregos e outra ferramenta cujo nome ele não sabia, mas que já havia visto algumas vezes. Antes que o agente Enrico passasse a chutar irracionalmente o balcão de madeira, ele pegou a chave de fenda menor e fechou a gaveta.

    Com o ar orgulhoso de quem recebe um elogio da professora pela nota alta, retirou as luvas com precisão e as jogou sobre o balcão, observado pelo olhar do agente Enrico.

    — Já que vou ficar só de cuecas daqui a pouco, não custa nada já ir tirando as luvas — provocou debochadamente o jovem agente conforme começava sua parte do trabalho, enfiando e girando com muita desenvoltura a chave de fendas em um dos parafusos que ligava as partes de baixo do balcão.

    E, por meio de um acordo tácito entre eles, ficando o agente Samuel na manipulação das pequenas partes, enquanto o agente Enrico fazia toda a força bruta necessária para impulsionar a pesada madeira para cima, afrouxando e facilitando o trabalho do desencaixe — a única forma de trabalho de equipe que parecia funcionar entre aqueles dois homens —, eles foram tendo algum progresso.

Se apenas a compreensão de como a madeira estava fixada naquele balcão havia levado dez minutos, mais tempo ainda levou para que os agentes finalmente conseguissem retirá-la do lugar. No chão, doze parafusinhos haviam sido jogados e espalhados à própria sorte.

Os quatro braços cansados agarraram firmemente a madeira pesadíssima e a levaram até a porta. Posicionaram-se a uma distância que lhes permitia o impulso necessário e se concentraram, olhando para o vidro que teriam de derrotar. O agente Enrico fechou os olhos com força, pressionando as pálpebras até o ponto em que era fisicamente possível, relaxando assim a face suada por baixo do capacete. O agente Samuel esticou os dedos e segurou melhor, de modo a precisar se preocupar apenas com o impulso que teria de dar, e não com a possibilidade de o bloco de madeira escorregar de suas mãos no momento mais inoportuno.

Não disseram uma palavra, só viram a necessidade de um leve aceno de cabeça; primeiro de Enrico, seguido pelo de Samuel. Durante os intermináveis cinco segundos que antecederam o impulso, o agente Enrico se viu aterrorizado com a ideia de a tentativa não funcionar, e eles, além de não conseguirem sair, ganharem com aquilo sérios ferimentos motivados pelo choque violento entre os dois elementos extremamente resistentes.

Enrico apertou as pálpebras novamente e as abriu em seguida, dessa vez de forma mais rápida. Era o momento de quebrarem o vidro.

Num segundo estavam correndo contra a porta da loja Le Postiche, e, no segundo seguinte, já no corredor e a dois metros além da porta. O agente Samuel fechara os olhos para protegê-los dos estilhaços que caíram como uma chuva inusitada, arrependendo-se momentaneamente por ter tirado o capacete. O agente Enrico, embora estivesse seguramente livre de qualquer ameaça vítrea vinda de fora, também fechara os olhos por reflexo. O barulho fora excepcional, mas nem o som, nem a chuva de pedaços de vidro, nem o peso da madeira — que acabavam de largar ao chão — lhes causavam incômodo agora. Estavam fora da loja.

Não que realmente se importassem, mas ambos se viraram automaticamente a fim de verificarem o estrago. Uma grande fenda estava aberta, emoldurada por bordas cortantes e irregulares. Sabiam que tudo o que aconteceria ali seria indenizado mais tarde pelo IBPE e, por isso, não deram maiores atenções ao resultado de sua fuga.

Nos fundos da loja, na sexta gavetinha de um balcão de atendimento desmontado, uma cópia da chavezinha dourada sorriria sarcasticamente para eles — mas chaves não costumavam sorrir, então ela apenas continuou lá.

●

Nicole, Erick e Rodrigo fizeram a curva que os tirava do corredor oposto à área de quarentena e percorreram o caminho ao lado das escadas rolantes, que dividia os dois corredores, em questão de segundos. Viana continuava olhando através do vidro com seu alto-falante fixo nas mãos e os grandes olhos escuros revelando uma preocupação que crescia a cada piscada que dava. Pessoas filmavam tanto do lado de dentro como do lado de fora. Muitas fecharam o rosto de Nicole num close impecável.

Vendo a namorada do rapaz infectado chegar com mais dois garotos — o que chamou a atenção de todos, desde os trancafiados, passando pelo próprio Viana com seus olhões negros e subitamente arregalados, pelos policiais, os homens do exército, até a aglomeração de curiosos na calçada —, dois agentes que estavam fora da barraca foram até ela com os passos mais largos que conseguiam e a seguraram, esperando por uma resistência que não se manifestou. Depois disso, levaram a garota, ainda pelo braço, para mais perto da porta a fim de que Viana pudesse acompanhar mais de perto o que ela tinha a dizer:

— Vocês precisam subir agora. Tem dois garotos correndo perigo lá em cima.

Antes que o agente — que já soltava o braço de Nicole, vendo que a garota não ofereceria resistência — abrisse a boca para falar qualquer coisa, Viana se fez ouvir do outro lado do vidro blindado por meio de seu potente alto-falante:

— Ainda tem *mais* civis nos outros andares?

O que aconteceu imediatamente após a indignada pergunta de Viana só poderia ser descrito mais tarde com precisão por um observador que tivesse acompanhado tudo em câmera lenta. Nem bem o homem terminara a pergunta e levara o alto-falante para o lado, esperando pela resposta da menina, um adolescente — aparentando ter a mesma idade dos dois que se encontravam com Nicole — desceu pela escada rolante e deu a volta aos trôpegos para contorná-la e chegar até os agentes. Não dando ouvidos a Viana, que continuou falando qualquer coisa lá de fora, nem aos amigos, que perguntavam por Matheus, Iago puxou um dos agentes pela roupa acolchoada no mais genuíno estado de aflição.

— Ele matou meu amigo! Matou meu amigo, moço! Tem um assassino louco todo cheio de sangue vindo pra cá e quer me matar também!

Como que para tornar ainda mais crível a afirmação de Iago, o cameraman do *Cidade Nossa* surgiu das escadas sem uma única peça de roupa e exageradamente magro, tão ensanguentado quanto transtornado, fazendo o mesmo percurso do menino e deixando um rastro de sangue pelo caminho. A metade inferior do rosto do homem estava decepada, o que lhe dava um aspecto insanamente grotesco.

As pessoas em quarentena estavam próximas à loja de brinquedos e se esgueiraram mais para perto da parede da loja e da parede de entrada, sem saber o que fazer, apenas esperando confusamente pelo que aconteceria. A mãe do lado de fora, que tinha os dois filhos do lado de dentro, atraiu instintivamente os meninos para o canto do lado direito, exatamente no ângulo entre a parede de entrada e a da Magictoys. Dessa forma, uma barreira de pessoas ficou entre os meninos e o homem ameaçador que surgia lá de cima. Os agentes que estavam com Nicole e os meninos não seguravam o medicamento sedativo. Os outros três agentes — sendo um deles Laertes —, que saíram imediatamente da barraca assim que ouviram o alvoroço, também se encontravam despreparados e nada seguravam nas mãos enluvadas — a despeito de toda a eficiência que haviam demonstrado de início, quando o doutor Mauro Arruda havia sido sedado. Lá de fora, Viana, impossibilitado de fazer qualquer coisa, apenas enxergava o infectado surgir correndo e avançando para quem estivesse em seu caminho.

O homem hemorrágico correu diretamente para o agente ao lado de Laertes — o que estava dois passos mais próximo dele do que qualquer outro por lá. Com os braços estirados e as mãos em forma de gancho prontas para agarrar, o infectado com olhar inumano segurou o agente Hamilton com tanta força que conseguiu arrancar o capacete do biotraje em apenas um puxão antes que o agente Laertes e o outro agente se precipitassem para segurá-lo.

Sob os olhares estarrecidos das pessoas tanto de dentro como de fora do shopping, o agente Hamilton caiu de costas no chão e o homem se jogou sobre ele com novas investidas. Imediatamente, enquanto Laertes avançava para tentar controlar o infectado, que arranhava ensandecidamente o rosto de Hamilton, Edgar — o outro agente da barraca, agora já mais familiarizado com o biotraje — adentrou e voltou com duas pistolas de sedativo. Conforme Laertes travava uma batalha corporal com o homem que conseguira tirar de cima do colega, tentando a todo custo proteger o capacete — que era onde o maníaco mais tentava atingir —, Edgar, vendo que não seria possível entregar uma pistola para Laertes agora, direcionou uma delas com o sedativo para a barriga do infectado, deixando a outra cair. A camada densa da luva, aliada ao desespero, não permitia a Edgar um movimento ágil na manipulação da pistola, então, quando finalmente encontrou um jeito de apertar o gatilho da arma sedativa, o hemorrágico empurrou Laertes com sua força sobre-humana sobre ele.

Tudo aconteceu em segundos. Os dois agentes que estavam com Nicole e os adolescentes foram o mais rápido que puderam para a frente da barraca para tentar deter a selvageria daquele homem doente, e se encontravam no meio do caminho conforme tudo ia acontecendo. Todos os demais eram meros espectadores naquela situação que beirava o descontrole. Nicole e os garotos se juntaram ao restante das pessoas, no lado esquerdo da entrada para quem estava lá dentro, e direito para quem os via de fora. Os agentes chegaram e, enquanto o agente Roberto partia para cima do homem, que fungava animalescamente, o agente Ernesto ajudava os outros dois a se levantarem do chão com seus dificultosos biotrajes. Cada um tão preocupado com o que estava fazendo naquele momento que ninguém olhou para Hamilton, o agente recém-atacado e arranhado no rosto até o ponto de quase desfalecer.

Caído no chão a poucos passos da entrada da barraca, o agente Hamilton arrancava as luvas com uma força e precisão indizíveis. Em seguida, ficou em pé e começou a rasgar a roupa, abrindo uma fenda no tecido reforçado de cima para baixo sem se preocupar em usar o zíper. Os arranhões no rosto formaram profundos sulcos, que exibiam a carne viva e hemorrágica.

●

Para Viana, bastou ter visto o rapaz descendo as escadas naquele alarmante estado agressivo e hemorrágico para tomar novas providências perante a situação. Precisava acompanhar o que acontecia, mas precisava, sobretudo, tomar decisões para que a situação fosse controlada da melhor maneira possível, dadas as já descontroladas circunstâncias. Em segundos, mas sempre com um olho se voltando para o interior do shopping e vendo as coisas ficarem verdadeiramente sujas, reuniu os quatro agentes remanescentes e deu ordem para também iniciarem a invasão — e munidos de sedativos extras, enfatizou ele, numa linha tênue entre a tentativa de calma e a perda absoluta do controle. Em questão de minutos, que foi o tempo que levaram para equiparem as respectivas mochilas com os biotrajes e o material necessário, estavam prontos para serem guiados, dessa vez apenas pelo policial Wilson, até a escada de acesso.

Lá dentro, a situação já estava mais fora de controle do que ele jamais teria esperado. Lá fora, vendo os agentes desaparecerem no enxame de pessoas — que se afastaram, especulativas, abrindo uma fresta de passagem quase insuficiente para seus homens —, Viana se voltou para a aglomeração maior de civis, aquela postada em frente ao shopping, ansiosa por qualquer migalha de acontecimento que pudesse ver, comentar, filmar, mostrar. A maioria, com seus smartphones nas extremidades dos braços esticados, captava todo e qualquer movimento ocorrido lá dentro. Como era fácil conseguir um daqueles aparelhinhos com câmeras naqueles dias. Qualquer criança de cinco anos tinha um celular daqueles.

Viana não se preocupava com o *mostrar* agora, porque sabia que, quanto a isso, medidas já haviam sido tomadas pelos caras do topo da pirâmide já havia algum tempo. Sites de hospedagem de vídeos, como o YouTube, já haviam sido bloqueados naquela região e, assim, eles poderiam se contentar apenas em armazenar as imagens para uma exibição posterior. E, quanto a isso, Viana também não estava preocupado. Sabia o que deveria ser feito, o que ocorreria muito em breve. Por enquanto, ninguém sairia de lá levando consigo o troféu imagético daquela noite. O procedimento quanto a isso poderia ser ilegal, ele o sabia, mas muita coisa ali estava sendo ilegal. E, no entanto, nenhum engravatado de força maior teria poder para acusá-los — afinal, era para os engravatados do mais alto escalão que ele trabalhava.

Filmar e mostrar a um grande público era tudo o que aquela gente queria. E, embora provavelmente já houvessem descoberto que não poderiam postar na internet agora, deleitavam-se com as possibilidades futuras. Aquilo estava em suas fisionomias, e foi outra coisa que bastou a Viana. Não se tratava mais das críticas aos procedimentos estabelecidos vindas de seus superiores que com certeza ouviria mais tarde. O problema era a fome não disfarçada do ser humano pelo sensacionalismo. Algumas pessoas se engalfinhavam para poder ficar na frente e captar com mais visibilidade o que o Shopping Imperial dava de presente naquela noite de sábado. *O ser humano é um vampiro*, foi a frase que lhe veio à mente, e Viana não teve tempo de se concentrar para se lembrar de onde a tirou. Só sabia que deveria ter ouvido ou lido de algum autor cujo nome não se recordou. Não importava agora. Virou-se para o coronel Antunes, disse algo, e, depois disso, o coronel fez uma ligação.

Alguns minutos após a ligação feita pelo coronel Antunes, mais policiais e soldados chegavam ao local. Os novos oficiais se misturaram em peso ao restante das pessoas juntamente com uma equipe de peritos em tecnologia e, com ordens firmes e imponentes, pediram que todos entregassem os celulares e câmeras que estiveram usando para filmar o interior do shopping. Após a confiscação, os peritos apagaram rapidamente as filmagens e fotos, instruindo-os a somente pedir por seus aparelhos de volta quando deixassem o local. Os que relutavam em entregar eram algemados e obrigados a entregar de qualquer maneira, sendo em seguida encaminhados à delegacia sob a acusação de desacato.

Em vários momentos do procedimento se ouviram as palavras "advogado" e "processo" gritadas enraivecidamente no meio de frases histéricas — inclusive por adolescentes —, mas, ao fim, todos os aparelhos foram confiscados e tiveram suas memórias, que revelavam parte daqueles fatos insólitos, devidamente apagadas. Ao contrário do que poderia se supor, a repórter Nina de Freitas, cujo cameraman filmava avidamente as pessoas ensanguentadas e agressivas por trás dos vidros, não reclamou em entregar a fita da câmera ao ser solicitada. A atitude passiva da repórter fez a maioria das pessoas ali pensar que *com a loura não teria sido tão simples assim,* para em seguida se perguntarem onde, afinal, estaria Rachel Nunes.

Enquanto a primeira equipe fazia a limpeza nos registros dos eletrônicos, uma segunda fixava a nova faixa de isolamento, dessa vez a mais de cinquenta metros a partir das portas duplas nos lados direito e esquerdo, fechando um trecho de mais de cem metros da avenida dupla. O único estabelecimento aberto no espaço daquela avenida de comércios que compreendia a área isolada era a Celebration Recepções; todas as outras — uma loja de veículos, um salão de beleza, uma loja de roupas, uma clínica de estética e um pet shop — haviam fechado suas portas em horário comercial.

A distância das faixas até as grandes portas duplas tornava impossível a visão do interior do shopping, e Viana se perguntou por que diabos não havia estabelecido aquela impossibilidade aos curiosos antes. Contornando cada uma das faixas, quinze policiais montavam uma guarda reforçada para o caso de alguma insistente tentativa de ultrapassagem.

●

Ele não se sentia exatamente incomodado com o tipo de trabalho que precisava executar ali, sendo que o adjetivo "ligeiramente desconfortável" muitas vezes fosse talvez o mais cabível. Para Wilkinson, a expressão "vale tudo em nome da ciência" era algo com o qual ele concordava em absoluto e com o qual tinha de conviver. Era aquele o trabalho que ele havia escolhido, e aceitar suas condições e responsabilidades fazia parte do pacote empregatício. Se não possuísse esse básico requisito, teria tido outra profissão — seu pai, o velho e turrão texano Gregory Wilkinson, havia sido um excelente mecânico de carros importados, e incentivos não faltaram ao pequeno Stevie. Mas ele havia escolhido aquilo ali e, como consequência, aceitara que peso na consciência era algo que não tinha lugar no IBPE.

Enquanto acendia seu Morley em frente à janela de um dos escritórios do segundo andar e contemplava a escuridão da mata alta que rodeava o instituto, ele pensava que a única desvantagem daquelas relaxantes tragadas de nicotina americana seria o novo processo de esterilização nas partes expostas e a recolocação das luvas e do capacete. Pensava nisso para não pensar em outra coisa.

Toda a vegetação densa que cercava o instituto — ou, mais razoavelmente falando, o fato de o instituto ter sido construído havia mais de três décadas no meio daquela mata acobertadora — era outra questão sobre a qual o americano divagava quando se viu de repente com a cabeça voltada para o laboratório de pesquisas. Tentou por um tempo, mas logo percebeu que não tinha como expulsar aquele pensamento. Wilkinson se viu pensando nas cobaias. Dando uma tragada demorada no cigarro e observando a fumaça se desfazer para fora da janela, ele forçou a mente a pensar então unicamente na razão daquilo. A pesquisa científica contribuía para a resolução de diversas desordens que afetavam a humanidade. Mas nem sempre os conhecimentos biológicos podem ser obtidos apenas pela observação e pelo registro do que ocorre, sendo que aí entra a experimentação científica, procedimento indiscutivelmente necessário para que o ciclo do conhecimento se estabeleça. E, nesse ponto, entram os animais e seu uso nas pesquisas, uma prática comum. Só que as cobaias que estavam utilizando agora não faziam parte da prática comum. Observando uma nova onda de fumaça se dissipar a centímetros de seu nariz, o americano abanou a mão no meio dela, acelerando aquele processo lento e monótono. Viu a fumaça tóxica dançar para todos os lados e logo sumir na atmosfera da noite estrelada.

    Estava acostumado com cobaias desprovidas de inteligência e, mesmo com elas, embora ele não exatamente se importasse, as regras eram claras: respeitar a proposta dos três *R's* da experimentação científica — proposta que consiste na possibilidade de substituir (*replace*), reduzir (*reduce*) e refinar (*refine*) a utilização dos animais nas pesquisas. E ainda havia a preocupação com a ética na experimentação animal, que envolvia a questão dos direitos dos animais, a alegação do seu sofrimento e todo esse "mimimi" dos ativistas. Wilkinson considerava esses fatores quando era possível considerar. Caso não fosse, mandava que seus cientistas seguissem em frente. Em nome da ciência. Se muitos laboratórios do mundo eram rigorosamente inspecionados, lá eles tinham total liberdade para agirem do modo que fosse conveniente. Tinham cobertura para isso. Mas *aquelas* cobaias... Não que fossem exatamente uma novidade para ele. Já havia visto experiências com esse tipo de cobaia no seu país de origem, quando trabalhava nas instalações da Área 51.

Varrendo mais uma vez uma nova nuvem de fumaça no ar, Wilkinson se lembrou da primeira vez que havia se deparado com cobaias humanas. Eram vinte e seis homens, todos indigentes. *Ainda assim eram seres humanos*, havia pensado, mas, em sua posição de cientista, precisava considerar que eram apenas cobaias de laboratório. E assim o fizera sem muita dificuldade. Estava fascinado com as possibilidades dos casos com os quais se depararia naquela agência tão polêmica e famigerada.

Era o ano de 1982. O jovem doutor Steve Wilkinson, recém-saído do pós-doutorado em Biologia Molecular e Celular em Harvard e de um árduo processo de seleção para a nova leva de cientistas candidatos a entrarem na NASA, encantava-se com cada perímetro da instalação, com cada centímetro da área laboratorial enquanto era encaminhado ao Setor Ômega 3. O setor ficava localizado no fim do longo corredor de laboratórios, e, após cruzar a porta metálica — cujo sistema de abertura de deslize horizontal fora acionado pela leitura da íris do cientista que o guiava, que recolocara o capacete do biotraje imediatamente após a abertura —, Wilkinson estava em uma sala extremamente espaçosa. Mais de oitenta metros quadrados constituíam o espaço destinado a uma infinidade de macas em aço inoxidável, dispostas lado a lado e separadas cada qual por uma bancada metálica repleta de utensílios laboratoriais. Nas vinte e seis macas estavam as cobaias humanas, sendo estudada cada uma por uma dupla de cientistas. Os cientistas sabiam qual era a doença daquelas cobaias. Sabiam também qual era a causa. Sabiam disso porque haviam inoculado a doença naquelas cobaias. Naquele momento, realizavam pesquisas para descobrir como curá-la. Era esse o objetivo daquele experimento. Conforme as duplas trabalhavam nas cobaias, outros cientistas, que assistiam a tudo posicionados em espécies de arquibancadas laterais suspensas e separadas por uma parede de vidro, faziam registros metódicos sobre as condições atuais dos pacientes involuntários. Vários outros registros declaravam mortes de pacientes antes daqueles.

Wilkinson fora posicionado com os cientistas das anotações, chegando até as arquibancadas por um elevador localizado no canto lateral esquerdo. Chegando lá, pudera tirar as luvas e pegar uma prancheta de anotações — algumas décadas depois, aquele trabalho seria realizado em telas de LED manuais. Wilkinson fora apresentado ao cientista que faria par com ele naqueles registros. Anotariam o progresso com a cobaia número 17.

O cigarro de marca americana estava chegando ao fim. A nova baforada dessa vez não teve seu percurso rumo ao nada interrompido por Wilkinson, que a observou em sua marcha vagarosa até deixar o olhar se perder naquela fumaça de nicotina. Estava de volta ao Setor Ômega 3 da NASA e, ao menos uma vez naquela primeira experiência tortuosa, chegara a estabelecer uma comparação com os campos de concentração nazistas, onde judeus eram submetidos a inenarráveis atrocidades para testar a resistência do ser humano em experimentos ditos como médicos. O ocorrido nos campos de concentração fora só a primeira comparação, porque ele tinha conhecimentos de inúmeros casos de cobaias humanas involuntárias submetidas a procedimentos indizíveis em vários lugares do mundo, e muitos nos Estados Unidos. Ele podia elencar pelo menos quatro desses procedimentos em busca de cura que eram realizados sem anestesia, porém esse pensamento fora cessado quando o jovem Wilkinson se dera conta de que pelos menos aquelas cobaias estavam devidamente anestesiadas.

Ao fim dos experimentos, apenas quatro cobaias sobreviveram, embora a cura estivesse longe de ter sido encontrada: duas haviam ficado com gravíssimas sequelas motoras, a terceira tivera sua capacidade cognitiva afetada radicalmente e a quarta cobaia entrara em um estado paralisante irreversível. E todas apresentavam a mesma corrosão cutânea inicial, invalidando, assim, quaisquer das diferentes formas de tratamento recebidas. Dois dias depois, em meio à agonia da corrosão que avançava lenta e progressivamente, as quatro cobaias foram submetidas à eutanásia.

— Usamos esse modelo de cobaia porque a tecnologia de que dispomos não é boa o bastante para dispensá-las — o cientista-chefe fora explicando a Wilkinson e a mais dois outros cientistas novatos com seu carregado inglês britânico conforme passavam, dentro de seus isolantes biotrajes, pelos cadáveres das cobaias ainda estendidos sobre as macas. — Todos os testes que já fomos capazes de desenvolver seja em laboratório, seja em animais, seja em simulações por computador — eles passavam por cada um dos cadáveres; em alguns, o efeito corrosivo estava chocantemente avançado, parecia que havia sido jogado ácido sulfúrico diretamente sobre aqueles homens —, são incapazes de afirmar precisamente a maneira como um tratamento agirá no organismo do *Homo sapiens*. Não posso afirmar que não tentamos achar a cura com a utilização de cobaias animais, porque essa foi nossa intenção inicial. No entanto, a questão da variabilidade genética foi fundamental aqui. As cobaias animais não respondiam ao tratamento da forma como esperávamos que um organismo humano fosse capaz de responder.

Wilkinson já havia descido e esterilizava as mãos no banheiro frio, extenso, muito branco e extremamente limpo. Se todo aquele esclarecimento solene era na verdade uma espécie de lavagem cerebral para fazer os cientistas novatos serem capazes de conviver com aquilo sem maiores questionamentos morais, Wilkinson jamais soube. Mas, depois daquilo, nunca mais a lembrança do que havia lido sobre os campos de concentração nazistas e os demais casos semelhantes voltaram a passar por sua cabeça. Suas cobaias não sentiam a dor dos procedimentos; elas nem sequer sabiam que estavam sendo submetidas a eles. Isso, por si só, já era bastante piedoso por parte dos cientistas da NASA.

No entanto, o que Wilkinson nunca questionara era o fato de os direitos de uma cobaia — ou "sujeito de pesquisa", conforme o jargão médico, descartando-se, assim, o termo vulgo e pejorativo — de qualquer continente do mundo, estabelecidos pelo código da bioética, serem categoricamente ignorados no trabalho que executavam. O primeiro e mais pertinente deles — ser voluntário, ou, em outras palavras, decidir se quer participar — era também o primeiro a ser nitidamente desprezado por eles e por seus colegas de trabalho, mas ele nunca chegara a questionar, porque não cabia a um verdadeiro cientista da NASA, a um agente idôneo do Setor Ômega 3, fazer esse tipo de questionamento. Faziam o que faziam na tentativa de uma cura. De um progresso que ainda não tinham alcançado. Faziam pela ciência. E, no seu trabalho em prol das ciências, no trabalho em prol da ciência naquele instituto, as etapas usuais eram puladas ou simplesmente deixavam de existir.

Depois de transferido para o Brasil, não havia surgido nenhum caso que necessitasse do uso de cobaias humanas. Até aquele dia. De qualquer maneira, ele não pensaria mais naquilo. Esvaziaria a mente e faria o que precisava ser feito. Era o sacrifício de poucos para a vida de muitos; isso era incontestável, necessário e adequado.

Wilkinson entrou no laboratório onde estavam sendo realizadas as experiências. Onde seus cientistas tentavam encontrar a cura para aquela doença que acometia as vítimas do Shopping Imperial. Observou, nas macas de procedimentos, diferentes corpos sedados e infectados em diferentes estágios de hemorragia e deterioração. O mal da minoria para o bem da maioria. Era imprescindível que fizessem aquilo. Piscando fortemente os olhos dentro do capacete de biossegurança, o americano expulsou mais uma vez a ideia de cobaias humanas, varreu para longe da mente qualquer indício de pensamento com a expressão "direitos humanos" e acolheu outra que, na sua posição, era a mais viável: podiam fazer aquilo e não havia lei que os impedisse. Estavam devidamente acobertados. *Pro diabo o mal da minoria para o bem da maioria! Você precisa acreditar nisso, porque precisa livrar o próprio rabo, essa é que é a verdade, Wilkinson. Você é coiote velho e sabe disso.* Não, deveria haver algum caráter de nobreza naquilo. Havia, de fato, um caráter de nobreza, que era poupar a maioria. Nem que para isso precisassem sacrificar a minoria. Sentindo-se melhor com o pensamento objetivo e preciso, Wilkinson foi examinar de perto o progresso com as cobaias.

•

Em pouco tempo, enquanto os outros jogavam o cameraman infectado no chão e Laertes se apoderava da pistola caída, o agente Hamilton estava nu e sangrando muito através de cada centímetro do corpo, e partia para cima das pessoas próximas à parede de vidro.

Gritos ecoaram por toda a área do hall, chegando desagradavelmente ampliados lá fora pelo equipamento de escuta de Viana. Em instantes, os civis na quarentena que assistiam à cena foram obrigados a se dispersarem, correndo como podiam para não serem atacados pelo hemorrágico recém-infectado.

As pessoas — Nicole e os três garotos na frente —, praticamente espremidas entre a parede da Magictoys e a da entrada, espalharam-se como pássaros no chão diante do salto surpresa de um gato. O agente Hamilton produzia sons agudos e agonizantes no fundo da garganta, e sua expressão, adornada pelos dentes incomuns, era de uma fúria animal. Os olhos do agente, emoldurados por uma face desfigurada, não tinham mais o brilho nem o foco de olhos humanos. Ele havia se transformado.

Nicole, os meninos e todos os demais pareciam não assimilar direito o que estavam vendo ou o que estava prestes a acontecer. Ficaram parados, observando, certamente incrédulos com o deturpado pesadelo em movimento que avançava sobre eles. Ou talvez esperando que algo ou alguém o detivesse, mas isso não aconteceu. Então, quando por fim se deram conta de que deveriam correr, tornara-se tarde demais para alguns.

No momento em que Laertes finalmente conseguiu sedar o infectado que descera as escadas, não se preocupou em levá-lo para dentro da quarentena ou para qualquer outro lugar. Não havia tempo para aquilo, já que o agente Hamilton também estava fora de si e atacava os civis. Largando o corpo do homem sedado no chão onde havia caído, os agentes Laertes, Edgar, Roberto e Ernesto correram com seus movimentos limitados para alcançar e sedar o agente Hamilton. Mas ele corria de forma frenética e irregular, desviando o tempo todo para tentar atacar a quem quer que passasse por ele.

O hemorrágico agarrou Erick pelo braço esquerdo e o puxou para si, dando uma mordida selvagem no ombro direito do garoto, arrancando um pedaço tão volumoso que deixou um osso exposto e um espesso pedaço de carne jogado no chão como um bife cru. O garoto caiu com espasmos violentos antes de se levantar, segundos depois, sem nenhuma manifestação de dor, os olhos injetados, a boca retorcida numa careta de ódio e sangue saindo por todos os poros do corpo.

Nicole correu com Rodrigo, Iago e mais uma dúzia de pessoas, entre elas Saulo, Luiza, a filha deles, Amanda, e os amiguinhos da garota, na direção oeste, olhando para trás e vendo a situação descontrolada que aquilo tinha virado. Mas Erick, olhando para todos os lados feito um predador faminto, correu na direção do grupo perdendo quase todo o sangue do corpo. Saulo procurava manter as crianças e a esposa à frente durante a fuga, mas o salto de Luiza se quebrou assim que começaram a correr. Antes que conseguissem continuar correndo pelo corredor ou entrar em qualquer loja aberta para se protegerem, Erick conseguiu agarrar e cravar as unhas pontudas no braço de Luiza, que foi imediatamente puxada pelo marido. Em seguida, Saulo, vendo que o garoto estava nada menos do que perturbado e altamente perigoso, deu um chute no estômago de Erick, fazendo-o cair alguns metros para trás.

●

A garota emo, que nem por um instante deixara de filmar tudo com seu celular da Emily the Strange, havia se perdido do namorado, então ficou sozinha, apontando a câmera do celular para a imagem chocante do homem coberto de sangue no meio da área da quarentena, sem se decidir para que lado correr quando chegasse o momento. Ela se virou na direção da barraca de quarentena somente a tempo de ver o namorado, que chamava por ela. Hamilton chegou pelo lado oposto e a agarrou pela blusa preta e roxa. O salto que a garota deu para a frente fez o celular se espatifar no chão e o tecido da blusa se rasgar musicalmente nas costas, mas ele investiu novamente e a agarrou então pelos cabelos, puxando a cabeça da menina para trás e dando diversas mordidas em sua testa e em parte das bochechas.

A menina se debatia e gritava quando Arnaldo, o rapaz bombado — separando-se do grupo de pessoas que correra e assistia a tudo de frente da livraria Bookstory —, agarrou o hemorrágico alucinado, prensando-lhe a cabeça com o braço musculoso num imobilizante mata-leão.

Com o atacante preso, a garota caiu para a frente de joelhos, tocando com as pontas dos dedos tomados por um incontrolável tremor a face machucada. Arnaldo não aguentaria segurar por muito tempo aquele corpo forte e deslizante, ensanguentado que estava. Quando as forças já se esvaíam, o agente Laertes chegou com a pistola sedativa de ar comprimido e aplicou o líquido no abdômen do infectado. O peso no braço de Arnaldo se tornou subitamente maior, e então ele soltou o homem, que caiu, desacordado, ao lado da garota emo de rosto mutilado.

Simultaneamente à queda do agente Hamilton, a garota se levantou, mas não estava mais com medo nem sentindo dor. O ódio que ela sentia substituíra com êxito o sentimento e a sensação anteriores.

— Puta que pariu! Você tá mal pra caramba! — Arnaldo olhou espantado para a garota, enquanto Laertes examinava a condição da pistola. — Ela tem que fazer um curat... — prosseguiu ele, olhando para Laertes, que olhou de volta.

A garota soltou um rosnado primitivo para ambos e avançou na direção de Arnaldo com os braços esticados, conseguindo provocar na parte interna de um dos braços fortes do rapaz um arranhão superficial com as unhas pintadas de roxo — cuja cor chamativa se limitava, agora, apenas às pontas pontiagudas devido ao crescimento repentino. Depois disso, antes que pudesse ser imobilizada por qualquer um dos dois, ela saiu correndo e pulou para cima do agente Edgar, que se aproximava para tentar detê-la.

A garota emo de roupa e face rasgadas cravou os dentes ensanguentados no braço do macacão do agente, conseguindo arrancar várias camadas do tecido com uma só dentada. Vendo a parte de pele exposta, ela enfiou a mão em garra e arrancou com os dedos um bife de carne do braço do agente Edgar. Ele caiu no chão, tirou o capacete e o atirou longe em meio a uma crise claustrofóbica que começava a se instalar lá dentro; agonizou por alguns segundos, para finalmente desmaiar de dor.

Logo, vários gritos dominaram o ambiente, alternando-se entre clamores de desespero das pessoas saudáveis e urros de ódio das pessoas contaminadas. Arnaldo olhou em volta e viu que o nerd com o laptop tentava se proteger com o aparelho, usando-o como escudo contra as investidas da garota emo. Sem dar nem ao menos tempo de o jovem musculoso chegar à metade do caminho que o separava de Eduardo com seu computador portátil, o namorado emo da garota surgiu por trás, tirando-a com um puxão violento da frente do rapaz nerd. Não era mais a namorada dele que controlava aquele corpo, então ela se desvencilhou com um empurrão três vezes mais violento e o fez cair sentado no chão. Toda a roupa da garota já estava encharcada de sangue, mas ela não se incomodava com aquilo. Jogou-se sobre o namorado, uma das mãos segurando seu cabelo chapado e a outra empurrando seu braço para trás enquanto dava mordidas esfomeadas em sua face.

Antes que ela se desse por satisfeita, o agente Laertes chegou por trás e direcionou a pistola sedativa para as costas já muito magras da garota. Mas não havia mais nada dentro do instrumento. O líquido sedativo havia acabado. Sentindo o toque da pistola, ela se virou a tempo de ver o braço do agente a meio centímetro de seu rosto carcomido. Com um soco, a garota esquelética, devido à perda de sangue, foi lançada para longe, e, antes que pudesse se levantar novamente, como um último resquício de gás hélio que sustenta um balão em flutuação, as gotas finais do sangue que ainda lhe restava foram expulsas de seu corpo debilitado e ela caiu, os ossos se amontoando uns sobre os outros.

O namorado emo se contorcia no meio da poça de sangue deixada pela namorada, e assim agonizou penosamente até se entregar a uma piedosa inconsciência.

— Que porra tá acontecendo aqui?

Arnaldo observava os restos mortais da garota, o outro garoto desacordado no meio da poça vermelha e, por fim, o nerd a verificar seu laptop e balançar a cabeça negativamente, vendo que o aparelho havia se quebrado.

Como que não ouvindo a dúvida revoltosa do rapaz, Laertes, vendo que os agentes Roberto e Ernesto estavam ocupados demais na frente da *LAN house* tentando conter uma mulher de cabelos pretos curtíssimos com terninho de executiva e um rapaz com o avental laranja do Mundo do Sorvete, ambos igualmente sanguinolentos e descontrolados — que haviam sido contaminados por Hamilton assim que ele avançara sobre os civis —, correu como pôde até a barraca de quarentena para repor o sedativo na pistola.

A executiva contaminada conseguiu derrubar o agente Ernesto com um empurrão enérgico, fazendo-o bater com o capacete na parede da *LAN house*. Quando se preparava para saltar sobre ele como uma leoa faminta, uma das funcionárias da Happy Party passou correndo com o objetivo de chegar ao outro lado do hall; mas não teve sucesso e foi lançada ao chão pela executiva raivosa, que em seguida saltou sobre ela.

Conseguindo dar um soco que pôs a nocaute o hemorrágico com o uniforme da sorveteria, o agente Roberto correu até o colega Ernesto para ajudá-lo a se levantar. Ao lado deles, a funcionária da Happy Party estava sendo trucidada, e eles nada podiam fazer por ela a não ser tentar sedar a mulher que a devorava viva; isso se um deles estivesse com a pistola, que havia sido derrubada na luta anterior. Enquanto notava a ausência da pistola e a localizava caída a vários metros no meio do hall, Roberto soube que teria de travar uma luta corporal mais uma vez, apesar da dificuldade de movimentos que o uniforme proporcionava. Mas o que o agente não sabia era que o rapaz de avental laranja com a estampa de um suculento sorvete de morango não havia sido derrotado; ele se levantou assim que o agente virara as costas para correr até o colega. E não sabia também que o rapaz de avental o agarraria pelas costas do macacão, sem ao menos lhe dar tempo de ajudar o agente Ernesto a conseguir se levantar com o uniforme pesado. Assim, mal havia estendido a mão ao agente caído e foi jogado para trás num impacto espantoso.

O rapaz se atirou para cima dele com as mãos já em seu capacete, mas o agente Roberto foi mais rápido e impediu aquela criatura transtornada de arrancar sua proteção da cabeça. Entretanto, segurando as mãos do infectado com as suas, não conseguiu impedi-lo de, ao se desvencilhar com um safanão abrupto, arrancar sua luva direita e cravar as unhas anormais em sua mão a ponto de deixá-la em frangalhos. Ainda assim, o agente não desistiu e, mesmo com pedaços de pele pendurados na mão latejante, obtendo a ajuda do agente Ernesto, que finalmente conseguira se levantar, imobilizou o homem e só o soltou quando o agente Laertes voltou da quarentena com sua pistola de sedativo devidamente abastecida e aplicou na criatura o líquido da derrota.

Ainda com o laptop quebrado e ensanguentado na mão, Eduardo procurou se aproximar dos três agentes que botavam mais um daqueles doentes para dormir, buscando pela proteção que os homens com as pistolas ofereciam. Enquanto os agentes largavam o rapaz do Mundo do Sorvete já com uma perda muito grande de sangue no chão, Eduardo não viu — e certamente os próprios agentes esqueceram — a mulher que se banqueteava com o corpo já sem vida da funcionária da Happy Party, ocultada pelos físicos robustos dos agentes. Então, talvez por já haver terminado seu trabalho com a mulher morta, ou mesmo apenas por ter notado a presença de Eduardo, que se aproximava de maneira nada discreta, ela enfim ergueu a cabeça, exibindo um rosto coberto de sangue, tanto seu como da vítima destroçada ao seu lado. Fazendo uma careta que salientou ainda mais os dentes medonhos e o par de olhos injetados, ela se levantou e atirou o corpo hemorrágico sobre Eduardo.

Com os mesmos golpes de seu laptop quebrado, Eduardo acertou diversas vezes a mulher de terninho de executiva no rosto, ofuscando com respingos de sangue as lentes de seus próprios óculos de intelectual. Sem que ele percebesse, uma gota de sangue da infectada saltou e respingou também na orelha de uma adolescente que havia se aproximado, muito perplexa, para ver de perto o que ocorria com a mulher; ela não notou o respingo escorrendo sobre um dos inúmeros piercings que tinha e que ainda estava em fase de cicatrização. Eduardo não obteve efeito com um único golpe na executiva. Só o que fez a contaminada cair desacordada foi a pistola heroica de Laertes, cravada no meio de suas costas.

●

Catarina estava em pé junto a um grupo de telespectadores boquiabertos, que acompanhavam a tudo postados no ângulo entre as Casas Bahia e o palco do piano de cauda. Dessa vez, a experiência os havia tornado idôneos para recuar a qualquer sinal de locomoção na direção que haviam escolhido, e, enquanto isso não acontecia, apenas observavam cada movimento que ocorria no grande hall.

Ela manuseava o rosário, que obediente trabalhava no ritmo que lhe era imposto, sem se cansar ou reclamar, e assim estava sendo durante toda aquela noite de expiação. Catarina mexia os lábios trepidantes, embora suas orações não pudessem ser ouvidas por ninguém que tivesse um corpo físico. Ela orava com a mente, mas sentia a inexplicável necessidade de mover os lábios durante a manifestação de sua fé; ou do que restava dela. Aqueles terríveis acontecimentos provocavam em Catarina um forte sentimento de medo em vez da fé inabalável capaz de mover montanhas. A cada gota de sangue visualizada no reluzente chão de acrílico do shopping, seu medo se tornava maior. Durante a vida toda havia sido uma pessoa de fé e, por conta disso, sempre acreditara que, quando sua hora chegasse, não ficaria com medo. Iria se agarrar à sua fé imbatível e nada poderia a abalar. Agora, vendo que estava no meio de uma manifestação profana, não se sentia mais forte devido à sua fé; sentia-se mais temerosa exatamente por causa de sua fé. Se existia um Deus, onde ele estaria agora? Certamente não dentro do Shopping Imperial. E, pela primeira vez em setenta e dois anos, Catarina Maria de Bassos questionou a existência de Deus. De qualquer maneira, por um momento soube que, qualquer que fosse o veredicto, ela e sua fé conservada durante toda uma existência sairiam perdendo. Se Deus existisse, ele não estava no Shopping Imperial. E, se não existisse... então a fé não passava de um placebo inútil, incapaz de ser eficiente no momento em que mais se precisava Dele.

Lutando contra os pensamentos impuros que colocavam à prova não apenas a fé cultivada, mas sua própria essência e tudo o que ela era, Catarina continuava mexendo os lábios mudos, tentando demonstrar para si mesma que aqueles eventos profanos não tardariam a ser findados pelo seu — existente e, talvez, apenas latente — Deus.

A senhora de rosário entre os dedos era inquestionavelmente uma boa pessoa, dedicara a vida — além de cultivar uma fé que lhe serviria de garantia nesse tipo de situação — aos mais variados serviços de caridade, a ajudar qualquer necessitado em situação menos favorecida que a sua. Catarina era uma pessoa boa. E boa demais para deixar de sofrer ao testemunhar o sofrimento alheio. Boa demais para não sentir em si o que sentia o seu próximo, fosse fome, solidão, desamparo, injustiça ou... dor.

Ao redor dela, naquela noite que não fazia sentido algum, ela só via a dor. Dor física e dor espiritual. Dor física do agente de branco ferido no rosto cruelmente pelo homem ensanguentado e nu que descera as escadas e o atacara. E dor espiritual do homem ensanguentado. Dor física do menino que tivera pedaços arrancados pelo agente não-se-sabia-do-quê, agora também nu. E dor espiritual desse mesmo agente. Catarina presenciara a dor física da menina de saia preta rodada e meia listrada. E, instantes depois, a dor espiritual dessa mesma menina ao machucar pessoas que se aproximavam dela. Era só dor por todos os lados, e Catarina não sabia o que fazer com toda aquela agonia. Ela não sabia de mais nada, a não ser que deveria continuar suas orações, pedindo para que aquilo tudo tivesse um fim. Catarina orava mentalmente, movimentava os lábios mesmo que de forma inútil, pois aquilo era parte dela, assim como também era parte dela sentir tão profundamente toda a dor que se espalhava descontroladamente naquele ambiente hostil; naquele antro de criaturas humanas, portadoras de almas humanas, que se transformavam de um segundo para outro em criaturas selvagens e assassinas e cruéis.

Diferentemente do que fazia em casa, Catarina não orava ali com os olhos fechados. Ela se sentiria covarde demais se o fizesse; já bastava o medo para se sentir assim. Catarina orava com os olhos abertos, porque, de alguma forma, achava-se no dever de sentir ao menos uma parte da dor de seus semelhantes. Achava-se no dever de receber também um pouco daquilo. Ela orava e olhava para cada um dos que sofriam. Então, passou a orar também não somente por si, mas por todas aquelas almas desamparadas. Elevando seus pensamentos divinos para fora do shopping, ela orou também pelo marido e pela filha grávida, que provavelmente, estivessem onde estivessem, na certa sentiam o mesmo medo que ela; e orou pelo netinho, que nem sabia ao certo se chegaria a conhecer. Quando as orações já estavam saindo automáticas e ela mal conseguia distinguir o fim de uma frase sagrada e o início de outra, viu a menina de meia listrada com uma magreza impossível e feições desumanas se liquefazer numa poça de seu próprio sangue. Foi então que Catarina sentiu no peito o coração apertar agonizante e fulminantemente. Depois disso, não sentiu mais nada, nem quando sua cabeça bateu no piso de acrílico ou quando suas mãos soltaram o rosário, fazendo as bolinhas rolarem no mesmo chão que acolhia seu corpo sem vida. Chegara o fim pelo qual Catarina tanto havia orado. Ela diria que, naquele momento, ao menos para ela, Deus havia estado lá.

•

A jovem gestante de quase nove meses se recusou firme e prontamente a ir à coletiva com os outros familiares. Assim que avistou a mãe no meio das pessoas lá dentro, quis ficar ali e acompanhar o que acontecia com ela. Assim, temendo o fato de que uma contradição naquelas circunstâncias pudesse alterar ainda mais o estado emocional e físico da mulher, Viana permitiu que ela ficasse lá com o pai. Foram colocados sentados na parte traseira de um caminhão do exército, onde ela pudesse descansar perante a ansiedade, mas, quando a moça ruiva e os garotos surgiram transtornados no hall, ela e o pai se levantaram e chegaram mais para a frente, onde passaram a vigiar tudo o que acontecia com a mãe mais de perto.

E as coisas só pioravam. Quando Gabriela de Bassos viu que todos precisaram correr e se dispersar assim que um dos agentes subitamente violento avançou para cima das pessoas, a jovem gestante levou a mão à barriga por puro reflexo materno, temendo o que seu sentimento de pavor pudesse causar ao bebê que carregava. Durante toda a sequência de acontecimentos anormais ocorridos do outro lado da parede de vidro blindado, a mulher e o pai não tiraram os olhos de Catarina — querida mãe e esposa — e, embora não muito acostumados a preces e orações, passaram a orar, vendo que Catarina, com seu inseparável rosário nas mãos, o fazia. A velha senhora não os havia visto e talvez fosse melhor assim. Amparada pelo pai, Gabriela orava pela mãe, os olhos em lágrimas, uma das mãos na barriga, e, por vezes, considerando o nível de tensão que ela sentia, esperando por um sinal do filho, que estava a caminho; sinal esse contra o qual ela lutaria para não obedecer.

O pai, Getúlio de Bassos, embora estivesse razoavelmente conservado para suas sete décadas e meia de existência, naquela noite pareceu a Gabriela mais velho do que nunca. A preocupação com a esposa naquele pedaço de noite o havia envelhecido mais do que os últimos dez anos, e Gabriela sabia que teria de segurar as pontas caso acontecesse alguma coisa com o pai. Portanto, mais do que apenas segurar, ela agora acariciava a barriga a fim de tentar evitar os movimentos do bebê, que também se mexia mais do que nunca. E tentava evitar também as contrações — ela queria fugir da palavra, mas não adiantava, era o que estava acontecendo, e o fato de negar não mudaria nada —, que haviam começado discretas, mas que agora se faziam sentir em intervalos menores que dez minutos.

Lá dentro, o homem atordoado agarrou um adolescente, provocando um ferimento feio em seu braço. O adolescente caiu e se levantou em seguida, também querendo atacar outras pessoas. Era contagioso. Getúlio sentiu o estômago revirar, mas não era mais isso que teria o poder de abalá-lo. Lá dentro, as coisas estavam tomando proporções catastróficas — e ele sabia disso devido ao desespero que o cientista Viana pensava estar conseguindo controlar —, e nada podia fazer para tirar a esposa de lá. Notando que a filha sentia algum tipo de desconforto, o qual parecia tentar esconder provavelmente para não o preocupar ainda mais, Getúlio tirou pela primeira vez os olhos da esposa e viu gotas de suor se espalhando na testa da filha gestante de vinte e um anos.

— Gabi, você está bem?

Getúlio retirou o lenço listrado do bolso e secou a testa de Gabriela, colocando os negros cabelos cacheados dela para trás.

— Estou, papai. — Mais uma contração, e ela não conseguiu segurar a careta de dor. — Ele tá agitado aqui dentro, só isso. Quem não está?

— Se sentir qualquer coisa anormal, me fala, e a gente vai pro hospital.

— Falo, sim, pai.

O velho ansiava pela chegada daquele netinho mais do que ansiara por qualquer coisa até então. Não deixaria que nada de ruim acontecesse a ele, mas como faria isso era algo que o deixava momentaneamente apreensivo. A esposa enfrentava uma situação perigosa e desumana — pessoas atacavam umas às outras, e algumas aparentavam estar mortas a poucos passos dela —, e a filha, com uma gravidez de oito meses e algumas semanas, lutava para esconder que alguma coisa estava acontecendo no interior de seu ventre. Sentindo-se velho e, o que era pior, impotente com tudo que o rodeava, ele amparou o corpo da filha, ignorando o peso que se inclinava sobre ele. Lá dentro, a esposa amada orava sem parar enquanto assistia a pessoas arrancando pedaços umas das outras, como animais na cadeia alimentar.

Um dos agentes, um dos homens que entrara no shopping para resolver a situação, havia tirado toda a roupa e sangrava de forma incontrolável, e aquilo por si só já era incompreensível demais para não causar imensa preocupação. Atacar as pessoas da forma que estava atacando e ferindo, como se tivesse perdido sua essência humana, era algo que Getúlio nunca havia visto em nenhum momento de sua vida bem vivida.

Como se não bastasse, viu uma menina tendo a face brutalmente machucada pelo agente. Aquela garota provavelmente tinha uma mãe e um pai. Aquilo não era certo. Não parecia ser real. Aquilo não podia estar acontecendo. Era demais para ele. Sua esposa estava lá dentro, e ele só podia ver. Então, limitado à única coisa que podia fazer, viu quando a garota morreu da forma mais hedionda e fantástica que imaginava ser possível. Viu quando sua esposa Catarina teve um ataque do coração e caiu, também sem vida. E viu que a filha, presenciando o que acabava de acontecer com a mãe e não aguentando mais as dores das contrações que tentara até então esconder, ajoelhou-se com um grito angustiado. Gabriela estava em trabalho de parto.

•

As pessoas à volta de Catarina se afastaram para dar espaço e depois se reuniram de novo, como um enxame de abelhas sobre ela, entendendo na mesma hora o que havia ocorrido à pobre senhora. Excetuando Catarina, mais oito pessoas estavam naquele grupo: um segurança do shopping, três funcionários de lojas, duas adolescentes e um jovem casal na faixa etária dos vinte e cinco anos. Por um momento, deixaram de acompanhar os ataques insanos que se sucediam um pouco à frente deles e observaram o segurança moreno de óculos sem aros e muito elegante em seu terno engomado tentar o conhecido método de ressuscitamento após uma parada cardíaca. Mas as investidas manuais contra o peito de Catarina, acompanhadas de uma esperançosa respiração boca a boca, não estavam fazendo efeito, então ele se reergueu depois de mais de dois minutos de tentativas frustradas, anunciando o que todos ali já haviam constatado:

— Não adianta. Ela faleceu.

Havendo encerrado a expectativa de uma possível reanimação da senhora, sem lamentarem a perda e pensando racionalmente, o pequeno grupo direcionou novamente as atenções para a onda de surtos psicóticos que se passava em volta.

A mulher do jovem casal se esgueirou para trás do marido, como que buscando a proteção que ele podia lhe oferecer. Uma vendedora com traços orientais, vestindo uma blusa verde da loja Seda Divina, abaixou-se e pegou do chão o rosário de Catarina, levantando-se rapidamente e fazendo o sinal da cruz de maneira discreta e hesitante, como se não acreditasse muito no significado daquele gesto. Depois, guardou o objeto no bolso traseiro da calça preta e deu dois passos para trás quando viu que, em frente à *LAN house*, duas novas daquelas pessoas doentes pareciam estar ganhando a luta contra dois dos agentes.

●

Dois soldados do exército que estavam próximo a Gabriela e ao pai quando a moça se entregou às contrações dolorosas correram para prestar socorro à jovem gestante. O olhar lacrimejado de Getúlio, que emanava uma dor ferina e silenciosa, dividia-se entre tentar localizar Catarina no meio das pessoas que haviam feito um círculo em torno dela e amparar a filha, que agora gemia de dor uterina.

    Um taxista acabara de estacionar no limite da faixa de isolamento, deixando por lá um casal, que saltara com urgência e então se comunicava com um dos policiais da calçada, para, segundos depois, sem conseguir olhar para o interior do shopping, ser guiado até a coletiva com os familiares no interior da Celebration Recepções. Um dos soldados correu para falar com o taxista, que havia saído do veículo e estava com o pescoço curioso esticado na direção da entrada no shopping. Após o pedido do homem de farda verde, o taxista, que havia chegado no momento mais oportuno, imediatamente se prontificou a levar a jovem gestante ao hospital.

    Apesar da dor, Gabriela, parcialmente agachada — amparada pelo pai e por um soldado — e sempre segurando a barriga pesada, nem conseguia abrir os olhos e ver o que se passava com a mãe. Mas conseguiu, entre um gemido e outro, perguntar ao pai, sabendo que logo seria levada dali:

— Como ela está, papai?

— Ela... vai ficar bem, minha filha... — respondeu Getúlio depois de ver que o pequeno aglomerado se afastara, e um segurança de terno se levantava de cima dela falando qualquer coisa enquanto fazia movimentos negativos de cabeça. — Sabe como sua mãe é forte, filha... Ela vai ficar bem.

    Ela já era bem grandinha para entender o que aquelas palavras significavam. E, mais ainda, para entender o tom que as palavras carregavam. O pai não quis dizer que a mãe estava morta. Nem precisou. Gabriela tinha dois motivos para chorar agora: a dor física que sentia e a dor que conseguia ser ainda mais intensa, a da perda da mãe. De uma forma inconsciente devido à ocasião, ela sabia que, apesar de tudo, em breve teria um motivo para sorrir. Mas, mesmo se tal motivo lhe viesse à mente de uma maneira consciente, ela o ignoraria agora. Por enquanto, só queria chorar. Assim, chorando e se entregando às duas dores que a derrubavam, Gabriela foi colocada no táxi — juntamente com o pai e um dos soldados, que recebera ordem de acompanhá-los para mais tarde não poderem ser acusados de negligência — e levada à maternidade mais próxima para dar à luz.

●

Seguiram pelo caminho mais próximo, a primeira curva à direita. Extasiado demais com a recente liberdade, o agente Enrico nem se lembrou mais de tentar fazer o jovem agente recolocar o capacete — ou, talvez, tivesse desistido de argumentar.

Os rastros sanguíneos paralelos puderam ser vistos antes mesmo de os dois agentes chegarem ao outro corredor. Estavam no cercado de visão panorâmica central que circundava as escadas rolantes. Um pouco à frente, parecia que uma lesma gigante havia passado. Só que, em vez da típica substância pegajosa e transparente, aquela lesma expelia sangue por onde passava. Ao lado desse rastro, um outro menos vasto seguia na direção da escada rolante, e dava para ver claramente que o dono daquele sangue havia descido.

A visão era desoladora mesmo para um agente tão experiente como Enrico. Entrando na loja Além da Magia — não que eles tivessem lido o nome em néon na fachada —, viram que realmente se passara muito tempo desde que haviam sido trancados pela garota. Quanto mais eles chegavam perto do amontoado de partes sólidas e líquidas nos fundos da loja, menos eles se convenciam de que não se tratava de restos de um ser humano.

    Era, de longe, a pior coisa que Samuel já havia visto na vida e a pior que Enrico via em muito tempo. Além dos restos humanos, sinais de luta denunciavam um confronto agressivo ocorrido ali. Vários objetos e prateleiras da loja estavam caídos, e manchas disformes se espalhavam por grande parte do chão. Observado por Samuel, o agente Enrico retirou um pequeno frasco comprido de um dos bolsões do biotraje e, com uma espátula de tamanho compatível ao recipiente, abaixou-se e coletou uma pequena quantidade do sangue, fechando-o dentro do vidro, que guardou em seguida no mesmo bolso.

    Era impressionante a visão de todos aqueles rastros de sangue notavelmente distintos devido à direção para onde cada um seguia no decorrer de toda a extensão do corredor. Parecia ter ocorrido lá um verdadeiro desfile de infectados enquanto os agentes estavam presos na Le Postiche. O agente Enrico, calculando a quantidade de pessoas contaminadas que pareciam ter passado por ali, começou a divagar que estavam seguros quando a porta de vidro da loja que os mantinha prisioneiros não havia sido quebrada.

    Saindo da loja e acompanhando a origem do rastro de sangue, Enrico deduziu se tratar do garoto que havia estado no banheiro. Seguindo pelo lado oposto, o rastro continuava, e eles se entreolharam. Se o garoto havia se decomposto naquela lojinha, uma luta havia se sucedido ali e um novo rastro continuava seguindo pelo corredor afora... Só poderia ter acontecido uma coisa. Então, Samuel sentiu um arrepio subindo gradativamente pela espinha ao se lembrar de que estava sem o seu capacete.

Foram seguindo o rastro até que ele se misturou com pedaços de tecidos, que, apesar de estarem tingidos de vermelho, eles conseguiram identificar com facilidade: era um biotraje. A bota mais à frente só confirmou o que eles já sabiam, e então se sentiram petrificados.

Em frente a uma loja de onde vinha uma ritmada música eletrônica, estava um corpo pequeno, provavelmente infantil, com o rosto e grande parte dos ombros, braços e peito, inclusive na região do coração, hediondamente carcomidos. Se tivessem de reconhecer o corpo, não conseguiriam, porque o rosto do garoto não mais existia. Era apenas uma esfera com inúmeros buracos que revelavam uma disforme carne viva.

Após realizar o mesmo procedimento de coleta de sangue, o agente Enrico saíra de lá e já estava do outro lado do corredor, em frente à Lady in Pink, observando um amontoado de resquícios humanos semelhante ao que haviam visto na outra loja. O impressionado agente Samuel — que ficara um pouco mais observando a crueldade que havia sofrido aquele corpo possivelmente de uma criança ou, no máximo, de um adolescente — levou alguns segundos para se juntar ao outro agente e testemunhar outro daquele monte de partes humanas mergulhadas em sangue.

Estavam tão chocados com tamanha barbárie que a inexplicável filmadora profissional caída perto deles se tornava irrelevante.

O agente com menos tempo de trabalho naquela organização e, portanto, com tantas experiências na área quanto um diário em branco, começou a sentir um pânico quase histérico tomar o seu corpo. Queria poder falar, fazer perguntas ao agente Enrico, mas se sentia incapaz de mover um único dedo. Foi a pausa entre uma música e outra vinda do interior daquela loja de roupas que fez com que os dois focassem as atenções no interior dela.

Dezenas de peças de roupas ainda nos cabides serviam como um tapete irregular naquele chão mergulhado em um show de luzes coloridas e conflitantes que dançavam não só sobre as peças de tecido, mas também nas paredes e no teto. Os dois agentes olharam para lá, mas foi o agente Samuel quem disparou na frente, chutando algumas roupas para o lado e escalando outras. Logo estava na metade da parte interna da loja — enquanto o agente Enrico, lá fora, colhia agora sua terceira leva de amostras do dia, retirada do amontoado de sangue em frente à Lady in Pink.

O agente Samuel foi seguindo aquele rastro de sangue, tímido se comparado aos rastros do corredor, mas ainda assim excessivamente desconfortável ao se saber se tratar de sangue humano. Naquela noite, seus ouvidos haviam sido presenteados com cargas de decibéis suficientes para causar uma tremenda enxaqueca em qualquer um que sofresse de tal moléstia. E, mesmo não sendo o caso dele, começava a sentir uma pontada incômoda na base da nuca. Enquanto averiguava os sinais do chão, foi atraído pela ideia de que, se interrompesse aquela música impertinente, ele e o agente Enrico poderiam se concentrar naquele ponto com mais facilidade. Assim, identificando a origem do som como sendo na parte traseira da loja, ao ver a enorme cabine de DJ numa elevação — cujo acesso se dava pela escadinha em espiral —, ele foi para lá.

Também era naquela direção que um acúmulo maior de sangue estava disposto no chão, e, assim que desligasse a música, voltaria para ele próprio coletar amostras daquela vez. Por precaução, retirou a pistola com o sedativo e a levou na mão esquerda. Estava tão absorto no objetivo de desligar a música que nem percebeu a substância na qual havia acabado de tocar no corrimão. Retirou a mão direita imediatamente e juntou os dedos, conferindo as ligas pegajosas — e vermelhas — que se formavam conforme os abria e fechava.

O agente Samuel deu um estrondoso chute nos ferros do corrimão no mesmo segundo em que a música fez uma pausa proposital, para depois ressurgir num refrão ainda mais alto e psicodelicamente compassado. O som de seu chute poderia ter sido facilmente interpretado como parte daquela música sem voz, mas um ouvinte amedrontado e encolhido num canto qualquer lá em cima saberia fazer a distinção e, mais do que isso, saberia que algo se aproximava.

Daria um beijo no agente Enrico agora por ele ter tentado ensiná-lo a usar a roupa protetora. Mas, como teimosamente deixara de escutar o agente, só lhe restava limpar a palma e as pontas dos dedos no tecido da calça do biotraje, umedecendo-os com cuspe e tornando a esfregá-los ardorosamente, repetindo o processo até que os dedos estivessem livres da ameaçadora cor vermelha. A próxima amostra de sangue a levar para análise seria a sua, caso sentisse qualquer coisa diferente no corpo; isso ele já havia decidido.

Quando chegou ao topo da escada, dessa vez sem segurar o corrimão contaminado, ele só pôde visualizar um objeto que se lançava contra o seu rosto até ficar perigosamente perto. Depois disso, a consciência foi se esvaindo junto com o baque que seus ouvidos ainda foram capazes de captar, até que o agente também foi se perdendo como o motor de um foguete que se distancia da Terra para o espaço. Estava tão entregue ao estado inconsciente que nem sequer foi capaz de sentir desconforto quando seu corpo rolou a escada até tocar o chão lá embaixo numa queda inevitável e violenta.

●

No alto da escada, olhando fixamente para baixo com o coração disparado pelo pânico, uma absolutamente pálida Rachel Nunes apertava as pernas do banco entre os dedos antes de perceber que as unhas davam a volta na madeira fina e se cravavam em suas palmas. Com um esforço quase impedido pelo pavor, ela soltou vagarosamente o banco que acabava de usar como meio de defesa e voltou correndo para trás de sua protetora cabine de DJ.

•

Mesmo o estado inconsciente não foi suficiente para evitar que ele despertasse, afinal a pancada violenta do banquinho manipulado por Rachel o havia feito cair de bruços e com a boca entreaberta, servindo como uma irrecusável passagem para resquícios do sangue que cobria o chão. Como se nunca tivesse perdido a consciência, o jovem agente Samuel soltou um rugido agonizante e colérico. Depois disso, levantou-se e nem ao menos estava mancando como consequência da queda. Os olhos injetados em sangue transmitiam a mesma raiva do som que evocara do fundo da garganta, mas ninguém estava olhando para seus olhos agora. Ainda não.

•

Parando para analisar o estado do garoto que havia acabado de chutar bem no meio do estômago como a uma bola de futebol, Saulo foi imitado por todos do grupo, que se viraram e viram que o menino havia sido derrubado, mas começava a levantar-se, embora com certa dificuldade.

Naquele grupo estavam: Nicole, Rodrigo, Iago, Saulo, Luiza, Amanda, os dois amiguinhos e a amiguinha de Amanda, uma adolescente, uma senhora e mais três funcionários de lojas — sendo uma moça e dois rapazes.

    Saulo olhou de soslaio o ferimento no braço de Luiza, causado pelo ataque do garoto, e repuxou os cantos da boca imperceptivelmente para baixo. Um sangue muito tímido saía no que parecia uma hemorragia também extremamente tímida, mas, ainda assim, uma hemorragia. Pegando o lenço estampado que a esposa usava na saia em forma de cinto, ele limpou o sangue e o amarrou no local. O sangue pareceu se aquietar, mas não foi o suficiente para tirar da cabeça de Saulo que o ferimento era preocupante. Os agentes não usavam aquela roupa toda por nada. Precisava subir até a farmácia e fazer um curativo no braço de Luiza. Por ora, era só no que conseguia pensar.

    Estavam todos parados no meio do corredor, observando o garoto que começava a se reerguer. Saulo já ia puxando a esposa e as crianças para subir quando o menino soltou um som primitivo, quase um urro animal.

— Caralho, meu! A mãe do Erick vai ficar louca — Rodrigo falou ao ver que o amigo estava muito debilitado, tanto física quanto psicologicamente.

— E a mãe do Matheus vai ter um ataque, Rodrigo. Ele se ferrou feio lá em cima — contou Iago, menos perplexo do que antes, motivado pela adrenalina da corrida, e mais racional do que emotivo, dada a gravidade da situação. — Tá morto, mortinho, cara! E a gente vai tá no mesmo barco se não sair daqui!

— A gente já tá no mesmo barco — Nicole murmurou, mas a uma altura suficiente para ser ouvida pelos dois meninos.

    Quando Rodrigo ia falar algo, ou talvez perguntar, Erick conseguiu, enfim, levantar-se. Entre o estado em que estava quando fora lançado ao chão por Saulo e o estado em que ele se levantava, havia uma diferença impressionante. Somente quando ficou completamente em pé foi que deu para perceber a quantidade de sangue absurda que o menino havia perdido. Ele estava muito magro, inumanamente magro, e o sangue continuava a escorrer. A pele, sem a presença do líquido que lhe dava sustentação, estava murcha e enrugada, semelhante a um balão que acaba de se esvaziar. O líquido recém-expulso de seu corpo quase infantil formava um lago vermelho em torno dele. Escorregando no sangue que havia poucos instantes estava dentro dele, Erick conseguiu dar alguns passos até sair do acúmulo maior de sangue, a feição retorcida numa máscara vermelha de pura fúria. Qualquer traço da humanidade que o menino tivera não estava mais lá. Não era mais um menino, não era mais um ser humano; era uma daquelas coisas. Era um hemorrágico.

Dava para perceber que o menino contaminado não conseguiria ir muito longe, o que fez com que o grupo também não se apressasse em sair correndo, apenas dar passos para trás, acompanhando o dificultoso progresso da coisa que queria alcançá-los. Mas não dava para conceber, definitivamente, o que aconteceria com ele.

Saulo daria tudo para que a filha pequena e os amiguinhos não presenciassem tal cena, mas cobrir os olhos de quatro crianças agitadas ou simplesmente pedir para que se virassem eram duas hipóteses que não funcionariam; assim, as crianças acompanharam tudo, incapazes de desviar os olhos, como qualquer um ali. Era uma espécie de perda de inocência que ele gostaria de ter podido evitar.

O hemorrágico foi andando cada vez mais devagar até seus movimentos se reduzirem a passos cambaleantes. Entre a tentativa de um passo e outro, de forma muito súbita, com a pele murcha empapada de sangue, como se o sangue todo que restava tivesse saído de uma só vez por todos os poros, ele caiu, fazendo o barulho de um pano encharcado jogado ao chão.

Separando-se do outro grupo assim que o menino definitivamente pereceu em sangue, Saulo subiu com o grupo pelo qual era responsável pela escada em zigue-zague. Não era a primeira vez na noite que fazia aquele percurso, e essa impressão de andar em círculos era algo que não o agradava. Não estavam ocorrendo muitos progressos naquela situação; muito pelo contrário — e o estado atual de Luiza só servia para confirmar essa tese.

Fora a esposa, que havia sido arranhada e agora corria o risco de se transformar em um daqueles seres errantes — uma suspeita que ele ainda não tivera coragem de verbalizar —, era ainda responsável pela filha, naturalmente, e por mais três crianças assustadas, que, querendo ou não, só tinham a ele para ampará-las contra fosse o que fosse que os estava ameaçando lá dentro. Mas, por ora, Luiza era sua maior preocupação. Tanto por ela quanto por ele e pelas crianças. Luiza poderia se tornar em breve uma ameaça. A mulher que ele amava corria o risco de também perder sua humanidade, conforme ele já havia testemunhado em diferentes momentos e com diferentes pessoas. Saulo não aguentava mais aquela noite. Fisicamente, estava exausto; emocionalmente, estava perdido.

Guiou o grupo até a farmácia do segundo andar e levou Luiza e as crianças até a parte detrás do balcão, onde ficariam ocultos caso alguém aparecesse. Não eram só as coisas sangrentas as únicas ameaças. Os agentes — os que haviam restado — também eram, a seu modo, ameaçadores, principalmente em se tratando de haver uma pessoa ferida por uma daquelas coisas. E, mesmo os agentes estando em pouca quantidade agora, logo chegariam mais. Não que tivesse visto o mandachuva lá de fora enviando mais de seus rapazes; para falar a verdade, quando as coisas pareceram realmente fugir do controle, não lhe fora possível tirar os olhos nem por um momento daqueles que devia proteger. Sabia que entrariam mais agentes, porque fazia parte do procedimento militar. Apenas por isso. E, quando eles entrassem, não sabia o que seria da esposa. Nem de qualquer um deles lá dentro. Só o que seu raciocínio lhe permitia agora era saber que devia cuidar de Luiza da forma como podia. E a forma que podia era praticamente nula perante a gravidade daquela coisa desconhecida que agora estava dentro dela.

●

Nicole e o restante do grupo que havia assistido ao triste e antinatural fim de Erick contornaram o corpo sem vida e voltaram ao hall, vendo que Saulo e aqueles que estavam com ele haviam subido, e por algum motivo que Nicole não conseguiu deduzir. Não era mais o momento de se refugiar lá em cima. Estariam perdidos cedo ou tarde do mesmo jeito; e ela gostaria de ter dito isso ao outro grupo. Por isso, estava retornando à entrada.

Iago e Rodrigo lamentavam a morte de Erick, e o faziam à sua maneira, com suas gírias típicas e alguns palavrões, mas que refletiam exatamente a perturbação interna que sentiam.

No hall, as coisas não estavam piores do que eles, em circunstâncias distintas, já haviam visto desde que os fatos começaram a acontecer. Mas agora eram muitas ao mesmo tempo, o que dava um ar ainda mais trágico ao que já era quase que uma tragédia absoluta.

Várias pessoas, que tinham corrido para todos os lados no momento em que o caos realmente havia se estabelecido, agora se juntavam novamente e estavam em volta do cenário devastado em vermelho. Em um número não muito extenso, mas absurdamente grande em se tratando de cadáveres em um estado de insana e inexplicável selvageria, corpos se encontravam estendidos em diferentes pontos e posições no local onde estava armada a barraca de quarentena.

O pessoal que havia corrido para o lado leste e ficara assistindo a tudo da frente da livraria retornava e se lamentava em um coro de comentários incessantes. Alguns falavam entre si; outros, com eles mesmos. César, o cadeirante, girava a cadeira em todas as direções, a sacola com a caixa no colo, não acreditando no estado em que aqueles corpos se encontravam, e muito menos na motivação que havia guiado muitos para aquele infeliz destino. Algumas senhoras mais velhas faziam o sinal da cruz. Eduardo, que havia aceitado que seu laptop não voltaria a funcionar e o jogara num canto qualquer do chão, também estava pasmo com aquilo tudo e limpava as lentes dos óculos na camiseta preta com o símbolo do DNA. Jonas, com as mãos nos bolsos, estava igualmente abismado com o cenário, mas inquieto de uma forma particular. Algo o estava incomodando, e não era somente o cenário do hall.

As pessoas que haviam corrido para perto das Casas Bahia também retornavam, deixando o corpo de Catarina estirado e sozinho para trás. Não conseguiam tirar os olhos dos corpos. O que se passara ali era horrendo demais para não atiçar a mórbida curiosidade humana. Precisavam ver, mesmo que tal visão lhes causasse náuseas e terrores indizíveis.

Os agentes Laertes, Ernesto e Roberto eram os únicos que restaram — mesmo que este último, tendo sido ferido na mão por um daqueles seres transtornados, agora revirasse os olhos de dor, enquanto Laertes lhe fazia um curativo com faixas e gazes retiradas de dentro da barraca. Os outros estavam, cada qual por um motivo, incapacitados de ser considerados úteis para alguma coisa.

Os agentes Samuel e Enrico, que haviam subido para trazer a menina de cabelos vermelhos de volta, até agora continuavam em algum lugar lá em cima, por uma razão da qual Laertes não fazia nem ideia. Ítalo havia se tornado uma daquelas coisas e ficara preso lá em cima; e era terrivelmente incerto se ainda continuava do outro lado daquela portinha da loja esportiva, onde Nicole o havia prendido. O agente Hamilton jazia sedado no chão e, mesmo se não estivesse num sono profundo, não seria mais ele de qualquer maneira. O pobre agente Edgar, que desmaiara depois de haver perdido um pedaço do braço para um daqueles lunáticos, também não seria de grande serventia agora. Só restavam os três, e, de acordo com o padrão daquilo que combatiam, Laertes sabia que em breve seriam só ele e Ernesto. Terminando o que havia conseguido providenciar na mão de Roberto, Laertes, assim como todos por ali, observava a imagem do desastre. Para ele não era menos chocante do que para os civis.

No chão, encontravam-se estirados em diferentes níveis de degradação e consciência: o homem — Pedro, o cameraman — que havia descido a escada rolante atrás de Iago, o agente Hamilton, a garota emo, o namorado dela, o agente Edgar, a funcionária da Happy Party, a mulher com terninho de executiva, o rapaz com o avental do Mundo do Sorvete e a senhora do rosário, a qual, a olhos vistos, tivera a morte mais generosa e digna entre todos ali.

Claro que nem todos estavam mortos — ao menos não considerando o sentido literal da palavra. Algumas daquelas pessoas jogadas no chão continuavam vivas, mas Laertes, Ernesto, Viana e, inclusive, o próprio Roberto sabiam que a morte certa era só uma questão de tempo, ou até cientistas que trabalhavam incessantemente em um lugar longe dali acharem uma cura, uma descontaminação. No entanto, não podiam se prender a uma possível falsa esperança agora. Teriam de ser racionais. Tinham presenciado coisas demais para faltar com a razão àquela altura do campeonato.

Inconscientemente, Viana, lá de fora, o largo nariz colado ao vidro, fazia a contagem dos cadáveres — esses, os literais. Eram três: uma adolescente, uma funcionária do shopping e, ao fundo, uma senhora que ele não se lembrava de ter visto sendo atacada; nem ao menos poderia dizer com certeza que estava de fato morta não fosse o binóculo que usara para tentar detectar algum sinal de respiração no peito dela. Nada. Estava mesmo morta, mas não vira sinal de ferimento algum. Mas essa era a menor preocupação no momento. Os outros, os ainda não mortos, eram com quem se preocupava Viana de verdade.

O motivo da preocupação maior do cientista-chefe se resumia a seis corpos inconscientes esparramados no chão: o rapaz da escada, o primeiro a ter sido sedado; o agente Hamilton; o adolescente com a franja cobrindo a testa; um bastante ferido agente Edgar; a mulher de cabelo curto e roupa social; e o sorveteiro. Todos estavam contaminados. Estavam todos irremediavelmente condenados — ao menos, claro, e isso numa hipótese quase milagrosa, que eventualmente encontrassem uma forma de derrotar o agente infeccioso — e capazes de lançarem à mesma situação cada criatura saudável que tivera a infelicidade de ter ficado lá dentro.

Saudável? E desde quando, depois das onze daquela noite, alguém ali dentro poderia ser considerado saudável? "Assintomático" e "saudável" eram duas palavras indiscutivelmente distintas. Afinal, ele as havia prendido lá dentro, não havia? Como ele tinha sido capaz de prender — apesar das ordens de força maior —, junto aos infectados, pessoas saudáveis? Mas ele não tinha como saber. Por um momento, antes de voltar a si e ver que estavam em suas mãos as rédeas daquele espetáculo aterrorizante, ele quase pensou que a consciência e a razão fossem lhe pregar uma peça ao se entregarem a uma pane mental.

Viana começava a pensar em um meio — enquanto seus outros agentes não apareciam — de isolar aqueles corpos dos já isolados quando o viu. Na verdade, não o viu por si só. Ele somente o viu, depois que o agente Laertes, ao terminar o curativo da mão estilhaçada do agente Roberto, saiu da barraca de quarentena, onde guardara o kit de primeiros socorros, e então se petrificou, encarando o fiapo de corpo humano que ele havia sedado minutos antes.

Apenas por isso Viana enxergou, e também os outros ali, afinal era fisicamente pequeno demais para ser notado de longe; tornara-se pequeno demais. Mas significativamente grande o bastante para causar choque e repulsa em todos que passaram a acompanhar a cena: o homem que havia descido as escadas em avançado estado de demência física e mental — e ninguém sabia se tratar do cameraman do *Cidade Nossa* — e fora sedado pelo agente Laertes continuava no mesmo lugar onde seu corpo havia se entregado à perda dos sentidos. O que estava diferente em relação a antes era o estado físico do rapaz. A aparência a que o corpo — ainda com vida, ou uma pseudovida mais adequadamente dizendo — havia se reduzido.

Tudo o que restara daquilo que havia sido um corpo humano era uma casca mole e vazia, da qual se podia visualizar a cabeça, o tronco, os braços e as pernas, mas tudo isso como se tivesse sofrido o esmagamento de um rolo compressor — exceto por algumas nítidas elevações que se sobressaíam na pele morta, que eram o que restava dos órgãos internos e ossos —, porque aquele corpo não tinha mais uma gota de sangue, embora estivesse mergulhado na substância que o cercava. Todo o sangue daquele corpo havia sido drenado enquanto o sujeito se encontrava sedado. Estava claro para Viana: a sedação bloqueava a atividade cerebral, mas não impedia que aquela coisa que os estava controlando continuasse com sua atividade no resto do corpo.

Embora muitos ali já tivessem presenciado algo como aquilo — ou parecido com aquilo, como a garota emo, que havia se liquefeito ainda com vida e consciência; se é que se podia chamar aquele estado cerebral primitivo de consciência —, não havia como não se sentir enlouquecendo ao ver uma coisa tão bizarra como aquela acontecer a um ser humano.

Atraídos como um ímã para a frente da área da barraca de quarentena, onde estavam os restos mortais do rapaz, os três agentes — um deles com uma mão totalmente enfaixada, o branco do tecido a avermelhar-se nas bordas com gotículas de sangue — e as demais pessoas formavam um círculo em volta dele, colocando-se no campo de visão de Viana. Só quem estava no hall e não fazia parte dos espectadores daquela surreal cena de morte, tirando os cadáveres e os demais sedados, eram dois meninos encostados ao vidro, próximos e ao mesmo tempo angustiantemente longe da mãe, que se encontrava do outro lado.

Viana precisava voltar a falar com Fontes. O que via era sério demais para continuar assim, com as mãos praticamente atadas e sem mais nada saber a respeito daquilo. Aquelas pessoas lá dentro, as que ainda restavam, precisavam de uma chance. Não podia esperar mais. Foi pegando o celular para ligar para Fontes e só não derrubou o aparelho da mão porque teve o ímpeto racional de colocá-lo de volta no bolso.

O garoto de franja escorrida e ferimentos por toda a região do rosto se sentara com um grito agonizante, que soara mais como um uivo de fora para dentro. Foi um som pavoroso e suficiente para fazer o cadáver drenado perder toda sua plateia. O garoto já sangrava muito quando ficou em pé. E assim, cambaleante, mas visivelmente decidido sobre aonde ir, ele seguiu na direção do aglomerado de pessoas. Correndo para todos os lados, uma vez mais aquela pequena multidão se dispersava, cada qual à própria sorte, a fim de se manter afastada do novo hemorrágico que desejava ferir alguém.

Os agentes Laertes e Ernesto, dando-se conta de que precisavam agir imediatamente para deter o garoto, apossaram-se de suas pistolas sedativas e se separaram, indo um para cada lado na intenção de cercar o jovem contaminado.

O rosto do garoto estava repleto de mordidas, faltavam um pedaço do lado esquerdo do nariz e um outro da sobrancelha direita. Rasgões em ambas as bochechas e também no queixo davam a ele uma aparência de máscara de *halloween*, acentuada pelas fileiras de sangue que escorriam de cada orifício do rosto; cortesia da namorada, morta momentos antes. Mas ele não parecia sentir dor e muito menos se importar com tal estado. Seus olhos injetados se convertiam numa expressão de ódio absurdo, em total sincronia com a boca retorcida numa careta cheia de dentes predadores mergulhados em sangue. Fora a demência que seu rosto exibia, alguma coisa mais estava errada dentro dele, e, por isso, o menino cambaleava para se locomover, o que fez com que o segurança que tentara ressuscitar Catarina, que estava atrás do garoto, sentisse que era capaz de detê-lo.

Mas o que o segurança não esperava era a força que o garoto possuía. Que passara a possuir. Como o segurança o agarrara por trás, rendendo seus dois braços atrás das costas, o menino, com apenas um safanão, conseguiu se soltar e empurrar o homem para trás. Ele foi lançado de forma súbita e ficou temporariamente desnorteado antes de se restabelecer, o que foi tempo suficiente para que o menino avançasse sobre ele e desferisse mordidas e arranhões em seu rosto, pescoço e mãos. Tentando lutar com a força comum de um homem adulto, em detrimento da força descomunal do garoto, o segurança do shopping só se viu livre do ataque quando um dos agentes chegou por trás do garoto e fez com que ele se desfocasse do homem.

O agente Ernesto, apesar de encostar a pistola no pescoço do menino, teve o objeto jogado ao chão antes que pudesse apertar o gatilho. O menino, tão rápido quanto forte, lançou ao longe a arma com o líquido que o poria para dormir. O segurança estava ajoelhado, com as pontas dos dedos trêmulas num leve toque no rosto já desfigurado, enquanto soltava gemidos de dor.

O agente Laertes, ao se aproximar do menino demente, também não conseguiu aplicar o sedativo, uma vez que o garoto se lançou sobre ele assim que o viu chegar com o objeto na mão; mais uma pistola sedativa voava para longe. Conforme o primeiro agente era atacado, o agente Laertes tentava segurar o garoto, que deixou toda a parte da frente de seu traje especial encoberta por sangue.

O garoto tentava se desvencilhar com investidas insanas e extremamente violentas, o que fez com que, em determinado momento, os braços molhados de sangue escorregassem por entre as densas luvas do agente que o segurava, e ele saiu correndo atrás de mais pessoas.

Do grupo que observava, outro garoto, poucos anos mais novo que o garoto hemorrágico e trajando calça skatista, tomava a frente para ver tudo de perto, apesar dos protestos da garota de cabelos vermelhos. Por isso, Iago foi o primeiro a ser atacado e arranhado no lado direito do rosto, quatro sutis linhas na região próxima à orelha, antes de o menino se desvencilhar com um safanão para trás. E antes de o insaciável hemorrágico partir para cima de mais pessoas.

Depois disso, ninguém mais foi capaz de bancar o herói e tentar segurar o garoto ensanguentado. A multidão se dispersava rapidamente, o instinto de autopreservação avisando as pessoas para se manterem afastadas do garoto que urrava feito um animal ao correr para pegar o primeiro que conseguisse.

Enquanto os agentes Laertes e Ernesto, já havendo recuperado as pistolas, faziam inutilmente um cerco em torno do garoto, que se desvencilhava habilmente, ninguém presenciou o corpo nu do agente Hamilton caído no chão, onde estava inerte desde que havia sido sedado e agora dava seu último suspiro inconsciente, as últimas gotas de sangue sendo expulsas de seu afilado organismo.

O menino havia se transformado num monstro, nada diferente dos monstros anteriores, tão perturbador quanto. Cercado pelos três agentes — o agente Roberto, vendo que o sangue não parava de umedecer o curativo improvisado, tentou sozinho colocar mais algumas faixas brancas sobre a antiga, mas, por fim, vendo que não estava adiantando, resolveu ser mais útil e pensar no seu problema depois —, o garoto estava alucinado e avançando na direção de cada um deles. A força daqueles três homens adultos não conseguia impedi-lo de se desvencilhar a cada vez que era agarrado pelos agentes, mas pelo menos não lhe dava tempo de obter êxito em nenhuma nova investida a algum deles. Assim que o garoto atacava um dos agentes, os outros dois o retiravam, empurrando a fera raivosa para o mais longe que podiam, mas ela voltava em segundos, sem conseguir sair do cerco e sem conseguir morder nem arranhar mais ninguém. Os agentes precisavam conseguir rendê-lo por tempo suficiente para aplicarem o sedativo, já que a distância não estavam conseguindo acertar e já haviam perdido dois dardos devido aos movimentos extremamente rápidos do infectado, mas aquela tarefa árdua de lutar contra uma criatura completamente agitada e desvairada já chegava aos cinco minutos e estava se tornando cada vez mais cansativa.

O chão embaixo deles já havia se tornado um grande tapete de sangue, o que complicava mais ainda a tarefa de agarrá-lo, já que qualquer movimento mais rápido poderia derrubar os agentes. Se escorregassem, estariam perdidos. Por isso, quanto mais o sangue se acumulava sob seus pés, mais limitada se tornava a locomoção de cada um e mais difícil a captura daquele hemorrágico.

Vendo que não poderiam ficar por muito mais tempo naquela brincadeira de pega-pega infernal, o agente Laertes, após uma rápida troca de olhar com o agente Ernesto, jogou-se sobre o garoto, caindo por cima dele — ambos deslizando por mais de um metro no chão escorregadio — e segurando seus dois pulsos na região acima da cabeça. Imediatamente, o agente Ernesto se ajoelhou ao lado do garoto, que se debatia enlouquecidamente e emitia sons cada vez mais primitivos, e direcionou a pistola ao seu pescoço. O agente Laertes segurava os braços da coisa, mas não tinha como segurar também a cabeça.

Assim que o outro agente aproximou a pistola, o infectado virou a cabeça numa rapidez impressionante e conseguiu arrancar com apenas um fechar de dentes parte do biotraje do agente Ernesto, na região que cobria o pulso. Se o agente tivesse desistido naquele momento, talvez não tivesse sido mordido pela segunda tentativa do hemorrágico. Quando ele apontava mais uma vez a pistola para a região do pescoço, tentando ser o mais ágil possível, já com o pulso exposto pela perda do tecido, foi que sentiu os dentes daquela coisa se cravarem em seu pulso direito e deixarem a superfície em carne viva. Foi sua última investida antes de o líquido sedativo fazer o devido efeito e a criatura entrar num sono profundo.

Havia sido mordido. Aquilo estava ficando grave demais, fugindo de qualquer coisa que haviam previsto. O agente Ernesto, assim como Roberto, sabia que o quer que estivesse acometendo aquelas pessoas agora estava com ele também. E que não tardaria a se manifestar. Ernesto sabia dos riscos da profissão, mas começava a reavaliar se realmente estava preparado para um caso como aquele, ou se apenas imaginara estar. De qualquer forma, tudo estava perdido mesmo. No IBPE, eles eram como soldados numa guerra. Sabiam que poderiam não sobreviver à missão do dia, mas ainda assim continuavam lá, dedicando-se a uma tarefa que tornava seus destinos tão incertos quanto a probabilidade de ganhar numa partida de xadrez contra um adversário de nível idêntico. Seu pulso estava condenado, e logo estaria todo o seu corpo. Mas o que mais o preocupava era o cérebro, o raciocínio. Perder a razão, perder a lógica, perder toda sua essência humana era algo para o qual ele tinha extrema certeza de que não estava preparado.

    O pouco que lhes haviam dito a respeito do que estavam indo combater naquela noite não incluía, absolutamente, a informação de que as vítimas deixariam de ser humanas para se tornarem algo próximo de zumbis *hollywoodianos*. E, agora, ele era um deles. Ele, o colega Roberto, Hamilton, Edgar e inúmeras pessoas que haviam resolvido dar um passeio inocente no centro de compras naquele fim de semana. Sentia-se uma vítima, mas em breve nem essa consciência lhe restaria. Pensou em sair correndo dali, arrancar aquela porcaria de biotraje inútil e sedar a si mesmo num banheiro qualquer do andar superior. Pelo menos morreria com um pouco de dignidade; morreria antes que sua alma humana voasse para bem longe dali. Olhando para o agente Roberto, viu que o colega também divagava ao examinar a mão ferida. Por um momento, sentiu pena do colega e de todos os outros desafortunados tocados por aquela praga. No momento seguinte, estava decidido a correr dali e colocar seu plano em prática. No entanto, num último instante, ao olhar para aqueles dois garotinhos colados ao vidro tentando tocar a figura da mãe, decidiu-se por ficar até o fim.

Acompanhando tudo lá de fora, um inerte Viana finalmente expirou, dando-se conta de que havia prendido a respiração até aquele instante. Todos que estavam com ele do outro lado do vidro — coronel Antunes, soldados, policiais — também assistiam a tudo, incapazes de desviar os olhos.

Considerando que as coisas haviam mudado drasticamente desde sua última e recente avaliação de uma eficiência precisa e militar, Viana fez uma contagem mental de cada grupo de pessoas espalhadas e misturadas — *como as coisas puderam perder o controle a tal ponto?* — em toda a extensão do hall ensanguentado.

Até onde ele podia visualizar, os civis somavam cinquenta e três pessoas saudáveis — negou-se a considerar a palavra "assintomáticas", embora soubesse que deveria —, sendo eles: Nicole; um dos adolescentes que havia surgido com ela do corredor traseiro; treze outros adolescentes, sendo sete meninas e seis meninos; doze funcionários do shopping — e ele sabia disso porque estavam todos com diferentes uniformes de lojas, incluindo um dos seguranças —, sendo sete rapazes e cinco moças; o cadeirante; o homenzinho franzino que havia subido as escadas atrás do namorado de Nicole; quatro casais; duas senhoras, uma delas de xale florido e cabelos branquíssimos; quatro garotas na faixa etária dos vinte anos, que aparentavam ser amigas; seis pessoas adultas, entre as quais três homens — um deles, um homenzarrão assustadoramente grande, com um físico de leão-de-chácara — e três mulheres, sendo que duas das mulheres estavam cada qual com uma criança, um menino e uma menina; e os dois irmãos que estavam junto ao vidro, próximo à mãe. Era esse o grupo que ele tinha de preservar.

Havia um infectado desacordado que, devido à intensidade da dor provocada pelo ferimento, tinha perdido a consciência: tratava-se do agente Edgar.

Um outro grupo, que compreendia seis pessoas, era o dos infectados que ainda se mantinham conscientes, sem mudança de comportamento, e que só não podiam ser considerados assintomáticos porque Viana, com sua visão já devidamente treinada para aquela missão, havia detectado o início da hemorragia em alguns, até mesmo nos lugares mais furtivos: o agente Roberto, o agente Ernesto, o outro menino que estava com Nicole e que havia descido a escada aos gritos minutos antes, o rapaz musculoso, o rapaz do laptop e o segurança do shopping. Ficaria de olho nesse grupo até o próximo procedimento por parte dos agentes — e que deveria ser colocado em prática o quanto antes.

Os quatro infectados sedados eram: a mulher de cabelos curtos, o rapaz da sorveteria, o menino de cabelo escorrido e o homem que havia sido colocado na cápsula de isolamento após ter ido atrás de Lucas — de quem, aliás, Viana quase ia se esquecendo. Não fazia ideia de como ele estaria e não tinha como mandar verificar isso agora.

Cinco pessoas já sem vida faziam parte daquele cenário dantesco: a garota de meia listrada, o rapaz que havia descido as escadas e morrera sedado, a funcionária do buffet infantil, a senhora morta misteriosamente ao fundo e... o agente Hamilton! Somente agora ele viu o agente Hamilton, morto da mesma forma que o outro rapaz, terrivelmente encolhido e reduzido a pele, ossos e sangue enquanto era mantido sedado. Mais um de seus homens perdido para aquela praga enigmática. Se um certo adolescente chamado Erick estivesse em seu campo de visão agora, tal contagem seria de seis.

E Viana — não se detendo no agente Hamilton, e não por falta de consideração, mas por não ter tempo para aquilo — acabava de considerar um novo e mais preocupante grupo, que estivera momentaneamente contido, mas que ressurgia naquele momento formado por apenas uma pessoa: o dos infectados hemorrágicos e insanos, já com o comportamento bruscamente alterado. O segurança que tentara reanimar Catarina, recém-ferido pelo garoto de cabelo liso, levantava-se de onde estivera até o momento gemendo pela dor excruciante dos ferimentos no rosto, uma dor que já não sentia mais. O que sentia não chegava nem perto da mais deturpada condição humana.

Apesar de haver feito com eficácia o reconhecimento das pessoas que estavam no hall, alguma coisa incomodava Viana: antes de se iniciarem os ataques, parecia haver mais pessoas por ali. Talvez umas dez ou quinze a mais, mas ele não poderia ter certeza. De qualquer forma, nada poderia fazer agora.

Os agentes, mais uma vez, não tiveram tempo para mais nada. Precisavam remover os corpos dali, isolar os infectados recentes e assintomáticos — incluindo dois de seu próprio grupo —, organizar novamente os civis num mesmo local e, no entanto, não conseguiam sair do lugar. Não parecia haver progresso em nada do que faziam, e aquilo já estava se tornando desesperador. Laertes, vendo a condição dos dois colegas, torcia para que os outros quatro agentes mandados por Viana chegassem logo, caso contrário ele e os demais oficiais ali iriam enlouquecer. Quando viu que o segurança ferido pelo garoto começava a reerguer-se em meio a espasmos e sons guturais, pensou que teria uma crise nervosa naquela mesma hora. No entanto, agarrou a pistola entre os dedos, e, com um gesto de cabeça para o agente Ernesto, avançaram para o segurança.

●

Após colher aquela última amostra, o agente Enrico fazia um novo estudo mental dos distintos rastros de sangue, intrigado por tanta coisa ter se passado enquanto estiveram incapazes de agir. O baque inicial já havia passado e agora ele estava intrigado também com a câmera jogada no chão entre as duas lojas, e não conseguia imaginar nenhuma justificativa plausível para um aparelho daquele estar caído no meio daquela cena. Com o pé, virou a câmera e viu a inscrição minúscula na lateral que estava oculta: "*Cidade Nossa*". Aquele era um jornal local, o que deixou o agente mais confuso ainda. Mas isso era o de menos.

 Decidira que, assim que entrasse naquela lojinha com a música chata e averiguasse o que o agente Samuel havia descoberto, fariam mais uma busca superficial pela garota — pois possivelmente ela já nem mais estaria lá em cima agora; seria maluca se estivesse — e desceriam para ver como estavam indo as coisas lá embaixo. Pensava justamente nisso quando foi tirado de seus devaneios pelo barulho de um objeto pesado rolando, até parar num estrondo repentino. Seus ouvidos eram bons demais para deixarem de detectar tão peculiar som de alerta, apesar da música alta. Como o impulsivo — e desprotegido — agente Samuel e o som estavam no mesmo ambiente, a passos mais do que apressados Enrico entrou na loja.

 — Samuel, o que foi isso? — foi perguntando, mas a voz sufocada pelo capacete e a música insuportável eram uma dupla que dificilmente permitiria que o agente o ouvisse, ele bem sabia disso. — Samuel! — Aumentou o tom, passando sobre as roupas e procurando pelo outro agente.

 Ele foi avançando e tateando os bolsos do biotraje. Tocou no bolso onde guardara as amostras e, desprezando-as, parou a mão naquele que levava o sedativo. Por via das dúvidas, retirou-o.

 Nem bem havia encaixado direito o objeto nas mãos, foi surpreendido violentamente por uma investida que surgiu de onde ele não saberia dizer. Conseguindo evitar a queda, viu o agente Samuel e a máscara inumana que envolvia sua face. Depois disso, o agente contaminado e ele travaram uma luta corporal agressiva e intencionalmente — de ambas as partes; não poderia ser diferente — destrutiva.

O infectado segurava o agente Enrico pelos braços e, fazendo com que perdesse as forças e largasse a pistola, cravou uma mordida em seu ombro, arrancando parte do tecido do biotraje como se fosse feito de papel — ou como se a mordida tivesse a mesma intensidade da mordida de um cão *pitbull*. Depois outra mordida, e mais outra. A terceira arrancou juntamente um pedaço de pele e carne, ao que o agente mais velho soltou um urro de dor.

Como que guiada por uma estratégia de ataque, a coisa sangrenta soltou um dos braços do agente, e então, com o próprio braço livre, deu um soco tão forte no capacete do homem são que provocou nele uma rachadura sinuosa e contínua. No segundo soco, a parte da frente do capacete se espatifou em vários cacos. Um pedaço pontiagudo do material ficou afundado na bochecha direita do agente Enrico, mas ele havia ficado tão zonzo com o primeiro impacto que nem foi capaz de sentir a dor do corte profundo. Apenas o puro instinto humano e uma imensa vontade de viver faziam com que o agente Enrico continuasse a tentar afastar o hemorrágico, mas ele era mais forte, e, assim, ficaram se locomovendo por todo o corredor enquanto se debatiam furiosamente agarrados um ao outro.

A tentativa de se ferir mutuamente, embora com uma visível vantagem do oponente que vertia sangue, fez com que ambos fossem parar no corredor. E lá a luta continuou, até que o hemorrágico arranhasse e mordesse cada centímetro da face atordoada do agente conforme terminava de arrancar a parte de cima da roupa que deveria ter servido de proteção.

Somente uma coisa fez o corpo que pertencera ao agente Samuel parar, embora a vítima caída sob seu corpo infectado ainda estivesse numa semiconsciência: um barulho que subia pelo lado direito do corredor, através do espaço de abertura das escadas rolantes, vindo de dois degraus abaixo — um barulho de gente e um barulho que ouvidos humanos não seriam capazes de captar àquela distância. Mas o hemorrágico foi capaz de ouvir e, no mesmo instante, largou o agente Enrico no chão, de onde o infeliz não teve forças suficientes para se mover.

Correndo desvairadamente, aquele ser ensanguentado — com o que lhe restava do biotraje impermeável lambuzado de um sangue vívido e quente — se movia numa velocidade descomunal até onde seus ouvidos o levavam. Após percorrer toda a extensão do corredor, quando chegou a um determinado ponto, em frente ao quadro *O nascimento de Vênus* em tamanho surreal — mas ele jamais identificaria o quadro, não tinha raciocínio para isso naquele novo estágio de vida —, ele estacou e novos sons guturais se fizeram ouvir de suas cordas vocais. Como que confuso, não encontrando o que fora procurar, a coisa ficou lá por mais alguns instantes, até virar as costas e descer — não que tivesse exatamente decidido aquilo — as escadas rolantes, chegando ao lugar onde novos sons humanos haviam chamado sua atenção animalesca.

Ele não sabia que estava indo na direção do hall. Não era assim que funcionava o senso de orientação daquele ser. Samuel-hemorrágico sabia apenas que estava indo na direção de novas presas.

●

Enquanto os agentes se aproximavam o mais rápido que podiam do segurança, que a olhos vistos não era mais uma pessoa sã, a maioria do aglomerado humano, vítima daquela circunstância atípica, estava reunida em frente à livraria Bookstory e fazia o que lhe restava agora: apenas observar o que acontecia, sem nada mais poder fazer, sem poder questionar a situação, o confinamento, o pesadelo. Apenas um casal de funcionários e uma adolescente se encontravam um pouco à frente do grupo, e olhavam todos para a mesma direção — para o mais novo infectado, que, como todos os anteriores, havia sido ferido e agora também manifestava aquela doença.

Num instante, estavam todos hipnotizados com o novo caso, o homem ferido urrando e se contorcendo a poucos metros deles. No instante seguinte, um funcionário do shopping — com a camiseta da loja de celulares da TIM — apontou para Iago, que mantinha a mão pousada na região atingida pelo hemorrágico.

— Esse garoto tá sangrando também. Ele pegou essa coisa!

Assim que o rapaz anunciou sua descoberta, um alvoroço tomou conta daquele grupo de pessoas. Nicole puxou um Iago em pânico para o lado da parede, acompanhada por Rodrigo.

— Não vai acontecer nada com ele agora. Não vai ser tão rápido como esses que vocês viram. — Ninguém ouvia a moça falando na sua tentativa de amenizar a situação, embora ela soubesse que, de qualquer forma, Iago estava condenado. — Não vai ser agora!

As pessoas continuaram não dando ouvidos a Nicole. Em vez disso, o grupo se dividiu em dois: Nicole, Iago e Rodrigo encostados na parede da Bookstory, e, de frente para eles, a uma distância de dois metros, o restante das pessoas, gesticulando e comentando num emaranhado de vozes que não cessavam. No meio desse grupo, um rapaz musculoso, cujo ferimento na região interna do braço havia passado despercebido pelos demais — a passos, de início, vacilantes, e depois se tornando decididos —, abriu caminho no meio das pessoas, quase esbarrando na cadeira de rodas do rapaz com deficiência física, e se juntou ao pequeno grupo de três.

— Se querem saber, eu também tô me sentindo normal por enquanto — disse ele, erguendo o braço e exibindo o sinal em alto relevo e levemente ensanguentado deixado pela garota emo —, mas vou torcer pra que esses caras façam alguma coisa logo pra essa porra melhorar.

Do meio do grupo alarmado, Jonas fechou os dedos da mão direita, pressionando-os dolorosamente contra a palma, por dentro do bolso da calça. Mas não era por causa da pressão que sua mão estava sangrando. E ele sabia disso.

Súbito, antes mesmo de Arnaldo baixar o braço com o ferimento que exibia e de Jonas pressionar mais uma vez os dedos, num gesto de pura indignação pela encrenca em que sabia que estava metido, um homem surgiu correndo do lado leste, vindo da direção das escadas rolantes.

Furioso, com o uniforme igual ao dos outros agentes, mas sem o capacete, o homem — que sangrava incontrolavelmente por cada orifício visível da cabeça e, certamente, do corpo todo — se aproximava numa velocidade surreal, embora nitidamente descoordenada, tal qual um maratonista entregue à exaustão pelos quilômetros percorridos.

Ao olharem para a direção de onde ele chegava naquela velocidade espetacular, ambos os grupos de civis — e apenas eles, porque os agentes e o pessoal lá fora estavam concentrados nas convulsões do segurança transtornado — ficaram, num primeiro instante, paralisados, como que assimilando o que as vistas lhes mostravam. E, mesmo após a devida assimilação, mantiveram o olhar por mais alguns segundos. Era inevitável olhar. Enxergar. Analisar. Sabiam o quanto aquelas pessoas eram perigosas e repugnantes, mas, como o ser humano é curioso por natureza, a visão de outro ser humano naquelas condições era algo que despertava o interesse mórbido e irremediável de qualquer um. Um interesse que podia lhes custar a própria segurança, mas eles olharam por bons cinco segundos mesmo assim antes de finalmente cederem ao instinto da autopreservação.

No momento em que começaram a correr, quando a ameaça já estava muito próxima, eram todos novamente um grupo só e, ao mesmo tempo, cada um por si. Se houvessem corrido um segundo antes, teriam esbarrado no segurança, que acabava de se levantar e fazia aquele percurso na diagonal, seguindo para a parte da frente do hall — a entrada do shopping. Enquanto todos corriam para a direção oeste, o segurança acabava de passar e, por isso, por um triz tal atrito não ocorreu.

De acordo com o cálculo mental de Viana, muito menos da metade do grupo de cinquenta e três pessoas seguiu pelo corredor adiante, dividindo-se entre os que continuaram correndo e os que se refugiaram em lojas abertas. O resto subiu as escadas em zigue-zague. Só o que os olhos atentos e estarrecidos de Viana deixaram escapar no meio da correria caótica foi o movimento giratório de duas ágeis rodas de uma cadeira para pessoas com deficiência física.

O hemorrágico vindo do lado leste corria, misturando seu sangue, que pingava, com o resto do sangue que já fazia parte do cenário desolado do chão de porcelanato. Os olhos estavam inumanamente arregalados, mirando todas as presas, como a decidir-se para que lado seguir. Uma moça loura, que se apoiou no corrimão da escada ziguezagueada e começou a vomitar ruidosamente para baixo, chamou a atenção daquele que os perseguia, fazendo com que o agente Samuel finalmente decidisse para onde seguir.

•

Conforme o agente infectado Samuel — com a consciência que fazia dele um arrogantezinho superdotado, como julgara mais cedo o agente Enrico, agora nula — ainda corria, alucinado, e antes de ser visto na metade do corredor do lado leste — e ninguém jamais imaginaria o que estava por vir —, só o que todos ali percebiam era que o tremor do corpo do segurança foi se alastrando e o sangue já começava a verter em todo seu esplendor. Ele era a perfeita imagem da insanidade. Arreganhando os dentes muito brancos, agora tingidos de um vermelho-púrpura no meio de uma feição grotesca e desfigurada, o novo hemorrágico ignorou a presença dos agentes, que praticamente se jogaram para cima dele, mas escorregaram no sangue deixado pelo menino sedado, e mirou um ponto qualquer na direção da entrada, locomovendo-se rapidamente até o local escolhido.

Enquanto isso, atrás dele, um grande número de pessoas corria para o lado esquerdo no mais incontrolável desespero para fugir de algo que as ameaçava. Mas ele não olhou para trás.

O segurança infectado e no mais absoluto estado de fúria foi se aproximando numa determinação irreversível dos dois meninos que encostavam as mãos na parede de vidro da entrada do shopping. Dois corpos frágeis e indefesos. A boca virada em presas letais do predador se abria em gemidos aterradores. Ele os desejava.

•

Deus age das maneiras mais misteriosas, foi o que ela pensou segundos após ver a senhora de rosário na mão desabar lá dentro, quando o segurança que tentava reanimá-la se levantou e comunicou que nada mais adiantaria para ela. A mulher havia sofrido uma parada cardíaca, e ela não sabia como, mas simplesmente sabia que aquela pobre alma havia sido poupada de um destino pior. Com as mãos sempre estáticas contra o vidro numa eterna tentativa de toque nas mãozinhas frágeis dos filhos, virou a cabeça e viu que a jovem gestante a poucos passos atrás dela estava em trabalho de parto enquanto presenciava a morte súbita da mãe — ela também havia ouvido a conversa entre a jovem e o pai — do outro lado do vidro.

Se ao menos pudesse chegar até a moça e dizer o que achava... *Não se preocupe, querida, Deus a tirou desse inferno e agora ela está bem melhor do que qualquer um deles lá dentro, pode acreditar.* Mas não teria coragem de dizer isso. E por dois motivos: por nada no mundo se moveria de lá e abandonaria os filhos, nem por um milissegundo; e também porque jamais seria capaz de dizer em voz alta o pensamento que a corroía por dentro: os filhos estavam presos num inferno que tomara formas palpáveis na Terra, e estava absolutamente incapaz de fazer qualquer coisa para tirá-los de lá.

Deus realmente age das maneiras mais misteriosas... Ela não conseguia tirar tal pensamento da cabeça, e, agora, vendo que a maneira misteriosa que Deus usara era para o bem, viu-se voltando, mais uma vez, ao dia 21 de setembro de 2010, quando Deus usara Sua maneira misteriosa para provocar a pior coisa que já lhe acontecera.

O motorista da caminhonete que havia batido em seu carro — que quase matara o seu filho — sofrera uma parada cardíaca enquanto dirigia. Morrera antes mesmo de ter sido capaz de frear o veículo ameaçador que avançava para Paolo. Ele havia morrido sem saber que quase tiraria a vida de uma criança no processo. Alguns dias depois, ela recebera flores amarelas em casa com um bilhete que somente lhe fizera sentido quando finalmente tomara coragem de ler o jornal datado do dia do acidente de Paolo.

Ela retirara o bilhete dobrado e o abrira. Era uma folha sulfite cortada pela metade. Nos dizeres, uma letra de forma não muito caprichada, escrita com mãos trêmulas talvez, diziam o seguinte: "Peço à senhora todo o perdão de que é capaz pelo que aconteceu, mesmo sabendo que a culpa não foi de ninguém. Deus age das maneiras mais misteriosas". A assinatura era apenas "Bernadete".

Três dias depois, as flores já começando a murchar no vasinho com água em que as colocara, Elena se jogara no sofá após cobrir os meninos e dar os medicamentos a Paolo, que dormia na posição mais confortável que conseguira encontrar. Ela saíra por um segundo do sofá e pegara o jornal do último dia 29, mais um que se acumulava na mesinha da sala junto dos outros que iam chegando. Num canto da primeira página, cuja manchete era "Desfecho do caso Lizenbergen: repórter local segue seu sexto sentido e encontra família desaparecida", ela lera a notícia: "Homem sofre parada cardíaca enquanto dirigia e deixa menino dentro de carro estacionado gravemente ferido. Pág 07". Lendo toda a notícia, soubera que o motorista se chamava Celso Matias da Cunha, tinha quarenta e seis anos, era verdureiro, pai de três filhos e casado com Bernadete Maria da Cunha. A viúva lhe mandara as flores. Ela gostaria de retribuir o gesto e dizer que sentia muito, mas Bernadete não havia colocado endereço algum. Os dias foram se passando e ela fora adiando o momento de pesquisar onde Bernadete residia, até que acabara por não o fazer jamais, ocupada que estava com a recuperação de Paolo.

Agora, Catarina — ela também ouvira quando o marido falara o nome da senhora aos soldados — havia tido uma parada cardíaca para ser poupada. De certa forma, era um bom motivo. Celso Matias da Cunha havia sofrido o mesmo desígnio para seu filho quase perder a vida. Ela cerrou os olhos e orou, evitando enrugar a testa na contenção do choro para os filhos não perceberem o quanto ela estava preocupada — em pânico seria um termo mais verdadeiro. Deus agia mesmo de maneiras absurdamente misteriosas, mas, depois do acidente de Paolo, ela moldara sua fé de tal forma que não conseguia questionar o *modus operandi* de Deus àquela altura. Só fazia orar mentalmente e pedir que, mais uma vez, Sua maneira misteriosa de agir pudesse livrar os filhos de todo aquele mal.

    Quando aquele homem completamente fora de si e exalando uma maldade que não era humana avançou na direção de seus filhos, ela se deu conta, de uma maneira tão nítida que chegou a doer, que não seria capaz de protegê-los. Não que antes estivesse mantendo Thomas e Paolo debaixo de suas asas. Não se sentia assim desde que aquelas malditas portas haviam sido fechadas, mas, de alguma forma, era como se ainda tivesse algum tipo de controle sobre o que acontecia a eles. Estavam a uma distância de alguns centímetros de espessura de um vidro blindado, mas ainda assim estavam próximos. E, mais importante do que qualquer outra coisa no momento, o perigo ainda não havia chegado ali. O perigo não havia avistado seus filhos. Agora, o perigo não somente os avistara como caminhava na direção deles, e ela se sentiu perdida. Com seu coração de mãe saltando do peito, Elena se sentia mais encurralada do que os próprios filhos. Conforme a situação caótica naquele hall ia se desenrolando, ela se movimentava cada vez mais para a direita com os filhos, lentamente — e o fazia de maneira estratégica para que aquelas coisas não notassem qualquer movimento brusco vindo daquele canto onde estavam. Para que os filhos passassem imperceptíveis. Era só o que ela queria; era por esse mínimo que ela orava desde que grudara naquele vidro como uma lagartixa numa parede. Até aquele momento, havia conseguido. Acostumada que estava com a ideia de uma falsa segurança, não compreendera inteiramente — a emoção não queria a deixar compreender tal fato — até que viu o terror de seus olhos refletido nos de Thomas e de Paolo. Então, a razão conseguiu sufocar a por vezes alienada emoção, e, no segundo que se sucedeu a isso, tomada por uma consciência súbita de que os filhos corriam um risco iminente e assustadoramente real, ela primeiro murmurou, como se falasse apenas para si, sem forças para nada mais além daquilo:

— Corram. — A essa ordem plangente, que os filhos não puderam ouvir, seguiu-se na cabeça de Elena um pensamento rápido e terrivelmente lógico que se concretizaria caso eles continuassem ali, o que fez então com que ela gritasse a ponto de quase explodir os pulmões: — Corram! Corram! Corram!

Na quarta ordem materna, terceira que os meninos puderam ouvir, eles já haviam saído do outro lado do vidro. Desprenderam-se do quase toque de suas mãos e correram, misturando-se com a multidão que fugia de alguma coisa vinda do lado leste.

Mas as duas mãos de Elena continuaram ali enquanto ela dizia não mais para os filhos, que já não a ouviam, mas para si mesma:

— Corram... corram... corram...

Conforme repetia as palavras de forma quase catatônica, imagens familiares surgiram na cabeça de Elena. Todos os detalhes passaram na velocidade de um filme em câmera rápida, e, durante cada um desses detalhes que sua mente a fez recordar ao ver os filhos se afastando, ela continuou dando a ordem que os filhos não mais podiam ouvir, mas a qual já haviam obedecido.

Elena se lembrou dos temores que sentira antes mesmo de os filhos nascerem. Todo o cuidado, a preocupação, a apreensão durante a gestação. A primeira vez que ouvira o coração de cada um bater na primeira ultrassonografia. A descoberta do sexo de Thomas. Depois o de Paolo. Enquanto repetia as palavras, agora vãs, para que os filhos saíssem dali, ela se lembrou do dia do parto de cada um, e a continuação da apreensão. Talvez até maior do que aquele período de nove meses. Porque era chegado o momento de os filhos saírem para a luz da vida, e tudo tinha de dar certo. Então, cada um deles viera ao mundo chorando, como faziam as crianças saudáveis, e ela também chorara de alegria e alívio. Quando o médico colocara cada um deles ao seu lado na cama — no espaço de três anos entre um e outro —, ela conferira se eram realmente perfeitos fisicamente e soubera que, mesmo se não o fossem, seriam perfeitos para ela. E eles eram perfeitos na concepção plena da palavra, eram do jeitinho que ela os havia imaginado, e então chorara mais uma vez, talvez por achar que não era capaz de merecer tanto. Depois viera o primeiro toque — que fora mais rápido do que ela desejava —, o teste de Apgar, o teste do pezinho e todas aquelas consultas pediátricas. E ela continuava preocupada, e feliz, e enfeitiçada. E as preocupações só cresciam. A hora de dormir... Será que estavam dormindo bem? Respirando direitinho? Dormindo pouco ou dormindo demais? E o cotidiano... Estavam chorando muito? Mamando pouco? O cocô estava na consistência adequada a bebês saudáveis? E eles começaram a crescer... e as preocupações também: a primeira papinha; será que tinha algum perigo de se engasgarem? Ela passara a triturar todos os alimentos, cada pedacinho de cenoura, mesmo sabendo que não devia, pois pedacinhos mais consistentes eram importantes para desenvolverem a mastigação. Quando alguém os pegava, será que saberia segurar as costinhas da maneira com que ela segurava?

Não tirava os olhos. Quando eles passaram a engatinhar, ela tinha de ficar por perto e sempre atenta para que não colocassem os dedinhos em nenhuma tomada. E, quando aprenderam a andar, a preocupação em guardar todos os objetos pontiagudos, em ver se não iriam colocar alguma porcaria na boca. Quando foram para a escola pela primeira vez, viera a preocupação em pensar se estariam cuidando bem deles — da maneira como ela cuidava. E cada novo passo, cada progresso naquelas vidinhas que estavam começando a conhecer o mundo — Deus do céu, eram só dois bebês! Só tinham oito e onze anos; eram bebês ainda — eram motivo de preocupação. Mas também de alegria. De uma sensação de dever cumprido. De plenitude. De felicidade.

E agora a sensação que ela jamais havia experimentado. Nem quando Paolo havia sofrido o acidente, porque, naquela circunstância, sabia que ele estava sendo cuidado. Era como deveria ser. Agora, ela não aceitava e não entendia ao certo o que significava aquilo. Elena estava impotente, estava incapaz de cuidar dos filhos como havia cuidado a vida toda. E eles precisavam que ela cuidasse deles agora mais do que nunca haviam precisado.

— Corram... corram...

Através das lágrimas de mãe, ela ainda enxergava Thomas e Paolo, principalmente porque conseguia identificar as roupinhas que usavam se afastando rapidamente. E aquela sensação terrível, indizível, pela qual nenhuma mãe no mundo deveria passar, só crescia dentro dela e parecia que iria fazer seu coração explodir. Ver os filhos naquela situação era a pior sensação pela qual já passara — e pensara que nada seria pior do que o vigésimo primeiro dia daquele mês de setembro. Ver os filhos sumindo de suas vistas era como se uma adaga estivesse sendo cravada gradativamente em seu peito à medida que eles se afastavam. O filho mais velho levando o mais novo pela mão, misturados àquela massa de pessoas apavoradas que fugiam daquelas que haviam deixado de ser pessoas por um motivo que não parecia em nada ter a ver com Deus e Suas maneiras misteriosas de agir.

Quando perdeu os filhos de vista definitivamente, ela sentiu suas forças sendo tragadas por uma gravidade esfomeada e vampiresca. Elena, não tendo mais controle sobre seu corpo, permitiu-se finalmente escorregar rente ao vidro, as mãos ainda voltadas e fixadas nele, como se o gesto pudesse trazer os filhos de volta. Quando chegou ao chão, sentada com as pernas dobradas, deparou-se com a sacolinha da livraria Bookstory caída do outro lado. Dentro da sacola de plástico, as revistinhas em quadrinhos que Paolo tanto insistira em comprar. Perdendo até mesmo o restante da força débil que mantinha suas mãos presas no vidro, ela baixou os braços, que caíram ao lado de seu corpo como dois pesos terrivelmente mortos.

No lado de dentro, entre as pessoas que estavam desacordadas, a mulher de cabelos curtos subitamente se levantou, já naquele estado inumano e letal. Ela buscava, ansiava por pessoas sãs. Despertada de um sono que parecia tê-la levado ao inferno e depois a trazido de volta, também passou a correr atrás daqueles que desejava ferir. Então, com aquela fileira de dentes ameaçadores horrendamente expostos, seguiu para o corredor da esquerda. Para onde Thomas e Paolo haviam seguido.

— Oh, Deus, faça com que eles não parem de correr...

Elena encostou a testa no vidro, exausta. E chorou.

Para saber mais sobre os títulos e autores do GRUPO EDITORIAL COERÊNCIA, visite o site **WWW.EDITORACOERENCIA.COM.BR** e curta as nossas redes sociais.

Além de informações sobre os próximos lançamentos, você terá acesso a conteúdos exclusivos e poderá participar de sorteios, promoções e eventos.

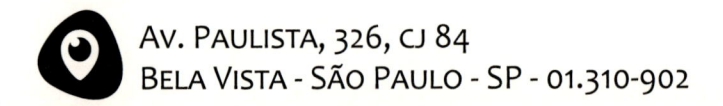

@GRUPOEDITORIALCOERENCIA

FB.COM/GRUPOEDITORIALCOERENCIA/

Av. Paulista, 326, cj 84
Bela Vista - São Paulo - SP - 01.310-902

LILIAN@EDITORACOERENCIA.COM.BR

(11) 3287-1614

Não perca a oportunidade de realizar o sonho de se tornar um escritor.
Envie seu original para o nosso e-mail e
PUBLIQUE CONOSCO.

Grupo Editorial
coerência

Esta obra foi composta na fonte ITC Legacy Serif,
tamanho 11,5 pt, e impresso em papel pólen soft 70g/m².
São Paulo, abril de 2020